李鸣生，当代著名作家。1956 年生于四川简阳。1974 年入伍。1991 年毕业于解放军艺术学院文学系。中国报告文学学会副会长。中国作家协会报告文学委员会委员。中国文字著作权协会常务理事。

1981 年发表第一首诗歌。1982 年发表第一篇小说。1984 年发表第一部中篇报告文学。1990 年创作第一部电视剧剧本（中央电视台播出）。1991 年发表第一部长篇报告文学。主要作品有：《李鸣生文集》（十六卷），李鸣生“航天七部曲”（七卷），李鸣生“走出地球村”系列丛书（七卷），中篇小说、电视剧、电视专题片、电影纪录片多部，共约九百万字。

作品曾获三届鲁迅文学奖、三届国家“五个一工程”奖、三届中国报告文学奖，以及中国图书奖、中国改革开放三十年优秀报告文学奖、中国长篇广播金奖、北京市优秀文学作品奖、上海重大文艺工程精品图书奖、《当代》文学奖、首届《中华文学选刊》奖、冯牧文学奖、徐迟报告文学奖、全军文学作品特等奖、全军文学作品一等奖、中国人民解放军文艺奖等二十二项。

有作品入选《21 世纪中国文学大系》《21 世纪中国最佳纪实文学》《中国报告文学精品文库》《共和国作家文库》《新中国 60 年文学大系》《30 年文学典藏》《中国优秀报告文学读本》《中国报告文学精选》及大中专院校教材等数十种文本。

李鸣生微信公众号：lms6668

博客中国李鸣生专栏：limingsheng.blogchina.com

李鸣生新浪微博：@ 李鸣生

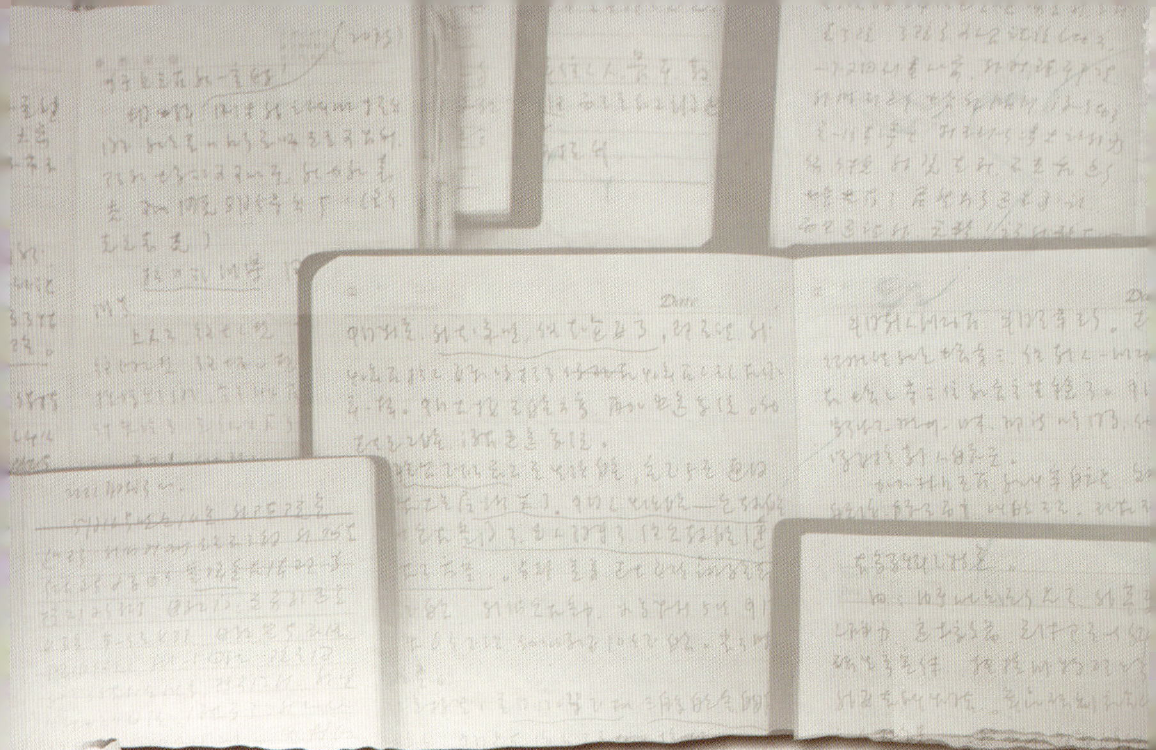

作者采访手迹

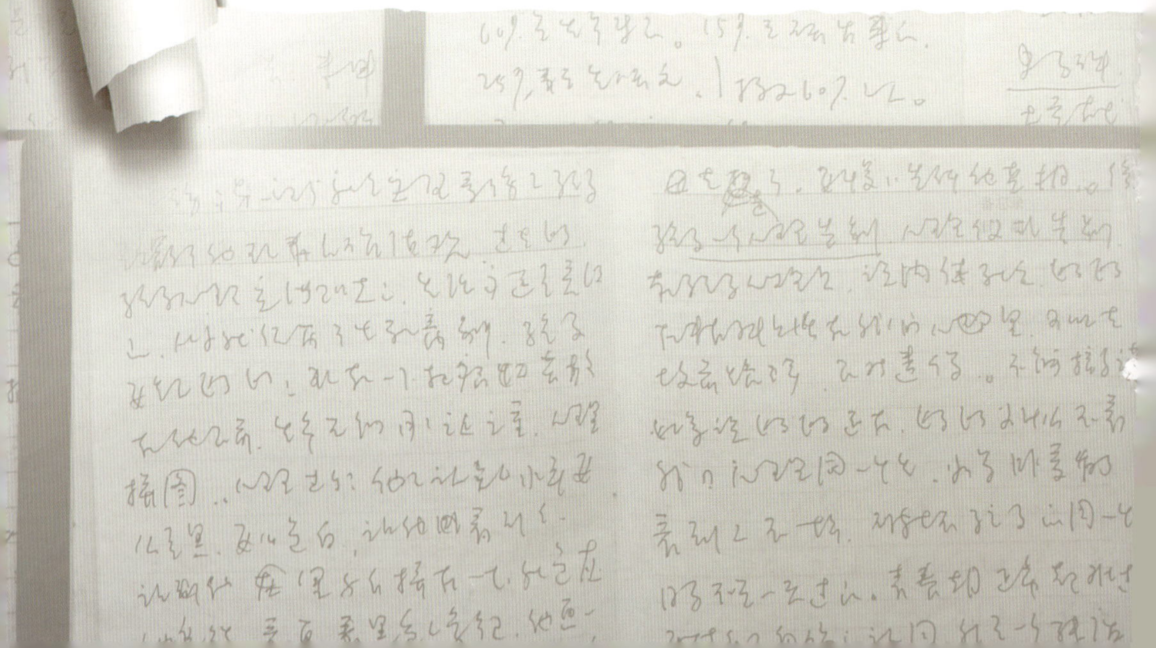

李鸣生文集

与大家聊天

天地出版社

图书在版编目（CIP）数据

与大家聊天/李鸣生著. —成都：天地出版社，2017.2
（李鸣生文集）
ISBN 978-7-5455-2152-8

Ⅰ. ①与… Ⅱ. ①李… Ⅲ. 访问记-作品集-中国-当代 Ⅳ. ①I253

中国版本图书馆 CIP 数据核字（2016）第 179873 号

YU DAJIA LIAOTIAN

与大家聊天　李鸣生　著

出 品 人　罗文琦

选题策划　张　京
选题组稿　谭清洁　漆秋香
责任编辑　谭清洁　漆秋香等（本书责任编辑：郭汉伟）
装帧设计　冠腾文化
电脑制作　四川胜翔数码印务设计有限公司
责任印制　田东洋

出版发行　天地出版社
（成都市青羊区槐树街 2 号　邮政编码：610031）
网　　址　http://www.tiandiph.com
http://www.天地出版社.com
电子邮箱　tiandicbs@vip.163.com

印　　刷　四川经纬印务有限公司
版　　次　2017 年 2 月第一版
印　　次　2017 年 2 月第一次印刷
规　　格　168mm×240mm　1/16
总 印 张　330（本书印张：17）
总 字 数　4700 千(本书字数：226 千)
总 定 价　698.00 元
书　　号　ISBN 978-7-5455-2152-8

举报电话：（028）87734639(总编室)　87735359(营销部)
87734601(市场部)　87734632(综合业务部)
购书咨询热线：（028）87734632　87738671

听君两席话，胜读十年书

——代题记

序

有思想的非虚构：李鸣生报告文学论

丁晓原

尽管我们有《左传》《史记》这样久远的文学纪实的传统，但具有特指性的报告文学还只是一种只有百余年历史的后起文体。建构晚近三十年中国报告文学史的优秀作家有许多，其中特别重要的是一批穿越上世纪70年代末至新世纪的资深报告文学家，我们称之为跨世纪报告文学作家。但真正具有文体史意义的，或其创作参与了文体建设的报告文学作家，并不是很多。李鸣生是其中不可或缺的一位，他的写作对报告文学文体具有典型意义。这位写作了《飞向太空港》《澳星风险发射》《走出地球村》《中国“长征号”》《远征三万六》《千古一梦》《发射将军》“航天七部曲”的“太史令”，以其独特的创作，为我们书写了新中国航天的悲壮历史。它们既是航天的壮美诗史，也是国志，是文学。作家的地位是由作品的品位决定的，作家的个人史由其创作史建构。李鸣生以其高水准、大规模的航天作品，铸就了他在文坛作为中国航天首席报告文学家、中国航天文学领军者的地位，即使在世界航天文学的书写中也可作如是观。此外，《走出地球村》《中国863》和《震中在人心》三部作品分别获得第一届、第二届和第五届鲁迅文学奖。获得三届鲁迅文学奖的作家很少，尽管获奖不是评价作家创作的唯一尺度，但李鸣生的这些作品摄取独特，叙事宏阔，思考深广，语言表达颇具个性意味，是完全配得上鲁迅文学奖这一荣誉的。

我们对作家的创作进行价值评估，需要超越作品某种应时而生的新闻性，获得必要的时间间距和空间背景。时间是最有信度的批评家，空间也为批评提供了更多的参数。基于这样的认知，我们将李鸣生个人的报告文学创作史，推置于晚近三十多年中国报告文学史中加以观照考察，解析作家创作的特质，探索其何以并在多大程度上实现了对报告文学文体的有效诠释，这应该是很有意义的。

一

我以为，报告文学是一种个人化的社会写作。从作者主体角色的存在视之，这是一种典型的知识分子写作方式。对此，李鸣生也是认同的。他在鲁迅文学院第二十届中青年作家高级研讨班的研讨会上，就明确地告诉他的青年同道："我认为，真正的报告文学作家是典型的知识分子。"①

知识分子的范畴具有多种义项。这里所说的知识分子不是"知识"的知识分子或者是"专业"的知识分子，而是公共知识分子。这种知识分子的基本特点是介入社会；作为社会良知，基于独立思想而向社会发言。因此，报告文学的写字间是整个社会，它拒绝一厢情愿的私人写作。并且从根本上说，作家的思想品位决定着报告文学作品的品质，而有品位的思想需要作家秉持独立的人格。在李鸣生看来，"知识分子最大的特点就是他的人格的独立，这点，作为一名优秀的报告文学作家必须具备"。由此李鸣生给出"报告文学作家和新闻记者的区

① 李鸣生：《报告文学作家要人格独立》，中国作家网2013年7月2日。

别”的关键之处在于，“新闻记者是要在现场报道，要在第一时间内把最有价值的信息传达出去（深度报道另当别论）；报告文学作家是要在这些新闻事件的基础上作出自己的独立思考，最终传递和表达的是你对这个世界的思考，而你的思考要与众不同。所以，在所有的社会问题上，作为报告文学作家必须建立起自己独立的思想体系，进行与众不同的思考，最终发出与众不同的声音”。① 由此可见，思考、思想之于报告文学作家李鸣生所具有的特别意义。“一个民族光有空间的高度是不够的，还必须要有思想的高度。唯有拥有了思想的高度，其眼光、胸襟、境界才大不一样，甚至说话的气派、分量也大不相同；而天天看到、想到的，就不仅仅是秦砖汉瓦、巍峨长城，滔滔黄河、滚滚长江，还有五洲四海、辽阔世界，万里长空、茫茫宇宙!”（《千古一梦·尾声》）这是李鸣生长篇报告文学《千古一梦》中一段具有主题性意义的表述。根据这一表述，结合体现作者追寻思想自觉的创作实践，我们可以获得观照、读取李鸣生报告文学特质与价值的一个优选的视角。在我看来，李鸣生的报告文学体现为一种有思想的非虚构写作范式。

思想为美是报告文学写作美学中的一条重要原则，这是这一文体作为知识分子写作方式的一种内在规定。著有《西部在移民》的麦天枢曾经说过：“当思想的深度构成读者对报告文学的普遍要求的时候，思想性就表现为一种美；思想性通过文学手段来承载，思想性就变成了文学性。”② 优秀的报告文学是作家卓异思想的产物，同时它又如思想的“发生器”，能够激活读者的关联思考与叩问。《哥德巴赫猜想》在新的历史时期首次正面叙写讴歌科学工作者的业绩和科学精神，在拨乱反正之初具有显然的思想先锋意义。《人妖之间》直击现实严重的

① 李鸣生：《报告文学作家要人格独立》，中国作家网 2013 年 7 月 2 日。

② 参见《太行夜话——报告文学五人谈》，《光明日报》1988 年 9 月 23 日。

腐败，开创了新时期以批判为价值取向的“问题报告文学”的先河。作者感于世相而提出的“人们啊，要警惕”的告诫，危言醒世，启人深思！李鸣生初入文坛，就浸润着新时期报告文学的文学精神。在其后的写作中，他奉持“独立人格、独立立场、独立思想、独立写作”的原则。这一原则来自他长期写作实践的真切体悟，也视为他对报告文学理想写作的一种诉求。出版文集时，这一原则被赫然印在文集的封面上，这充分说明作者对这诸多“独立”的特别看重。

我以为，四个“独立”的核心在于“独立思想”。“独立思想”是我们解读李鸣生报告文学的“文眼”。李鸣生是一位对思想有着执着认知的作家。他以为：“一个作家的思想非常重要，无论你是写什么的。思想决定作品的高度，决定作品的品质，甚至说思想决定一切。而这种思想，必须属于自己。”① “思想”在李鸣生报告文学写作中是一种整体性的存在，它涉及选题与格局、价值取向和叙事设置、思想表达和语言策略，等等。特别与众不同的是，思想于报告文学家李鸣生而言，更可贵的是体现为思考的方法、思维的智慧。我们读李鸣生的作品，很容易获得一种直观的感觉，就是大题材、大视野、大构架、大叙事、大主题、大气场。同样是科技题材的报告文学，徐迟的《地质之光》《哥德巴赫猜想》《生命之树长绿》等可谓是精致的诗，而李鸣生的《飞向太空港》《千古一梦》等作品是一种史诗的创制，即便是《发射将军》这样的人物报告文学，也注意将个人史与国史的叙事有机融合，体现出别有意味的史性。我以为李鸣生写作中显示出的种种大观，从根本上说是来自作家的大思维。其中具有李鸣生原创性新思维的，是其关于“星际文明”“宇宙文明”的发明与阐释。这是李鸣生卓

① 参见杨鸥：《李鸣生：中国航天史诗的书写者》，《人民日报·海外版》2010年8月6日。

然有成、自立于文坛的思想前提。

二

航天书写于李鸣生而言是一种宿命，一种天作之合的情缘，是个体生命史的建构，也是作者贡献天地文明的事业！“十五年的发射场生活，使我比一般人更有条件看到天空，也更有机会随着火箭卫星的一次次升腾，对我们居住的这个星球以及顽强地活在这个星球上的同类进行立体的思索，从而改变了我跪着看待人生的姿势，获得了一个与众不同的审视世界的角度。”（《飞向太空港·后记〈天空让人想起使命〉》）这位结缘于航天伟业的作家，是以航天人的姿态入轨报告文学天地的。从李鸣生的话中，我们可以获知作者不仅具有得天独厚的熟稔题材的条件，而且更重要的是由此衍生出的心理优势和写作智慧。“发射场成了我的精神牧场”（《千古一梦》）。在对象主体化的领悟之中，李鸣生开启了辽阔宽广的思维空间。这种思维空间早在写作《飞向太空港》时就已形成了。《飞向太空港》叙写的是中国“长征三号”火箭发射美国“亚洲一号”卫星的故事。这样的题材在当时极易写成高度意识形态化的主题，但李鸣生显然并没有为思维定式所囿。有作品“题记”可证：“谨以此书，献给创造空间文明、寻找人类新家园的航天勇士们！”这里所说的“空间文明”为李鸣生首先提出，在作品后记《天空让人想起使命》中，作者对此有具体的阐释。这篇后记中，作者从容地挥洒着沛然的才情，演绎着飞天想象的迷人：在宇宙文明的时代，“也许，宇宙公民们还会从各自的星球走来，手牵着手，肩并着肩，欢聚一堂，嬉笑打闹，谈天说地。而地球人回忆的话题一定是：在很久很久以前，我们如何艰难、痛苦地挣扎在地球上”。这不只是凌虚的想象，更有对科学逻辑的预知。李鸣生认为：“从区域文明到地球文明，从地球文明到星际文明，从星际文明再到地球文明，应该是一个无法抗拒的自然规律。航天时代带来的宇宙意识，导致了人类认识的飞跃，从而把人类的思想与情感引升到一个辽远而广阔的大境界。”这一表述中所包含的卓异的宏大思维，表明了作者思维的开阔与大气。而正是这样的思维建构，促成了《飞向太空港》得以大起高开，使李鸣生此后能以高水准的创作在充满竞争的报告文学领域中步履稳健地登堂入室。

《飞向太空港》的主题不只是此类题材通常会有的爱国主义精神。它的主题是复调式的。作者将中外航天合作置于中国改革开放的大背景之中，《周游列国的中国专家们》等章节极其真实地反映了开放之初始，人们在观念、能力、文化以及适应国际规则等方面所面临的种种问题。从这一点而言，这部作品可以说是为中国的开放史留存了一段生动而珍贵的侧影。而更富创意的是作者基于空间文明的思想，将不同文明的交流设置为一个叙写重点，以开放、包容的姿态，使作品超越政治叙事，建构起一个更为宏大的文明叙事。作品共六章，其中第四章《火箭，另一个伟大的文明》、第五章《我们都是地球人》和第六章《跨越国界的飞行》都直接关联了不同文明交流的叙事。正如作品中作者在与美方技术专家交流时所说，中美火箭与卫星的合作，“不单单是一次空间技术的合作，也是两个民族、两种文化、两种感情的一次交流与沟通；不光是发射一颗卫星，也是中美两国科学家在一起共同创造空间文明。因为开发宇宙，造福人类，是全人类的共同使命”。这里给出的正是《飞向太空港》的核心价值。李鸣生在《中国“长征号”》中有一段关于“长征号”意义的表述凝练而到位：“‘长征号’其实就是中华民族的一种象征，它象征着力量，象征着智慧，象征着精神！‘长征号’从封闭走向开放、从靶场走向市场的历史，就是中华民族从传统走向现代、从国内走向世界的历史；‘长征号’与世界接轨的历史，就是中华民族与世界融合的历史。”我想，这一表述用于对《飞向太空港》多维主题的解读，也是非常合适的。

如果按照“主旋律”作品的写作制式，李鸣生的《澳星风险发射》自然无法进入“主旋律”的“轨道”；而若是按照“问题报告文学”的写作要求，则这一作品需要设置为“批判”的模式。《澳星风险发射》由作品题目就可知晓所写重心，但这里的“风险”并不是作为一种“问题”来作否定性报告的。航天是一种高风险的科技，因此，失败也是航天史的一种真实。作者将1992年3月22日“澳星”发射失败视作一种客观存在，以一种中性的叙事立场，在中国航天文学中第一次直面失败，并对此作全展式的报告，“本来，人们对那个春天的夜晚寄予了再大不过的希望。结果，那个春天的夜晚回报给人们的却是天大的懊丧和无尽的遗憾；中华民族的自尊心受到了空前的刺激，火箭子孙的感情遭到了莫名的戏弄”，“失败似一道无形的阴影，笼罩在发射场的上空；失败像一个看不见的幽灵，潜伏在人们的心底”。作品以真实而很有故事性的叙写，凸显了极具中国特色的失败心理和失败文化。但显然，李鸣生并不是因为“懊丧”与“遗恨”而言说失败，而是因为真正领悟了诗人惠特曼所说的“当失败不可避免时，失败也是伟大的”的深意。作者以为：“一个民族，如果不光会欢呼成功，而且还能正视失败、接受失败、超越失败，甚至达到一种欣赏失败的境界，那这个民族该是多么地伟大而不可战胜啊!”由此，作品既展示“澳星”发射失败后种种中国式的反应，也不吝笔墨实写了中国航天人艰辛负重、超越失败的壮美精神。这样颠覆常规的写作，在当代中国报告文学史上也是少数的典型个例。作品这种有意义的立异，正是建立在作者独立思想、独立写作的基础之上的。从这个角度而言，《澳星风险发射》是有思想非虚构的一个典型样本。

如果我们仅仅关注创作了航天及其他高科技题材作品的李鸣生的

存在价值，是不够的，也是不完整的。我们还应当关注他的另一部作品——《震中在人心》，关注这部作品的写作怎样“避免概念化，避免传统的主流叙事”，又怎样将“传统的‘主流’叙事转化为作家个性化的作品叙事”[①]。李鸣生的这一表达实际上涉及了公共的“主流叙事”和作家个人的“作品叙事”这个重要的话题。真正的报告文学需要作家在面对重大的公共写作题材时，善于将新闻写作常设的“主流叙事”有效地转化为文学创作别异的“作品叙事”。这里的“作品叙事”，就是基于主体独特感受、独立价值判断、独立思想的具有个人色彩的非虚构的文学叙事。在这一点上，《震中在人心》尤显其意义。这部取材于汶川特大地震的作品，在第五届鲁迅文学奖终评中以名列第一胜出。有意思的是，在初评时因为作品思想的某种“异调”、主题的非主旋律而差一点遭淘汰出局。这是很值得我们思考的。我们需要反思何为地震非虚构作品的终极价值。我以为钱刚的《唐山大地震》和李鸣生的《震中在人心》，在某种角度上对此作了例说。《唐山大地震》就是一部具有多功能的皇皇之作，它“是作者为今天和明天的人类学家、社会学家、地震学家、心理学家……为我们整个星球上的人们留下的一部关于大毁灭的真实记录，一部蒙受了不可抵御的灾难的人的真实记录”[②]。《震中在人心》不仅有通常的对抗震救灾的感人场面的描写，而且更有对人类遭遇重大创伤的生命之痛的感悟，还有对地震灾害作出的深刻反思。作品不仅观照地震的视角独异，而且在情感与思考的深度上超越了同类作品。作者曾说，“面对灾难，作家不应缺席；面对死亡，文学不该沉默”。大地震的写作有很多可能性，应该有对一方有难、八方支援，以人为本、抢救生命等主题的表现。但大地震终究是

① 《李鸣生在〈千古一梦〉研讨会上的发言》，中国作家网 2009 年 5 月 22 日。

② 徐怀中：《唐山大地震·代序》，《解放军文艺》1986 年第 3 期。

对人类的重创，因此大悲悯应该是此类写作不可或缺的元素。“我只为真相，只为实情，只为血印，只为泪痕，只为记录，只为见证。我不想把废墟变成大厦，把悲剧变成喜剧；我不想把谎言变成真理，把哭泣变成歌声；我不想把反思变成庆典……公示汶川大地震灾难的真相，传递废墟的气息，留下亡灵的心声，定格人心的表情。”正是有了这样的思考，作者不仅独异地摄取地震的镜头，而且在叙事处理、情感书写和思考深度以及批判性等方面超越了同类题材的作品。

有思想的非虚构，需要达成报告客体的本真、呈现主体自我的元真，从而实现报告文学文体有自我且真实的文体性。真实是报告文学的生命，是其文体力量生成的支点。报告文学的真实说到底需要作家独立地思考和判断，不违心，不唯上，不唯书，不唯权威名家，而能唯实，尊重并敬畏叙写对象本身的历史存在。作为一个有思想的非虚构作家，李鸣生是严格持守这样的写作原则的。其作品里有一个关于钱学森的个例可以说明这一点。钱学森是名满世界的杰出科学家，“钱学森的脑袋比一般人的大，略呈方形；尤其是额头，非常宽阔，而且发亮。你很难说清他的脑袋具体哪点与众不同，但给你的印象就是与众不同，似乎藏有一座智慧的金山，又像装着一组成功的密码，满脑袋都长满了天才的花朵与知识的森林，甚至连每根头发丝都像是一棵智慧的大树”。（《走出地球村》）可是就是这样的科学家，当年却坚持航天飞船“五人舱”的设计主张。“钱学森解释说，这五个人的分工是：一个是指令长，一个是航天员，一个是随船工程师，一个是随船医生，再加上一个政委。”（《千古一梦》）就是“再加上一个政委”的极简叙说，意味无限地实写了当时中国航天发展的复杂的政治生态。尽管科学的“钥匙”可以开启政治的“后门”，但科技的研发需要盖上“政治的印章”。“再加上一个政委”并不是钱学森的非科学，而是政治异化下一种集体无意识的表达。这便是历史的真实，也是一个关于钱学森的真实的插曲。

三

研读李鸣生的报告文学，我以为他的最大优势，并不在于新闻性，而体现为作品思想性的整体生成和他对非虚构文学性的自觉追求。这是决定李鸣生报告文学写作能在较高水准上长期可持续发展的关键因素。而这对新常态语境中的报告文学写作，更具有切实的意义。所谓“新常态”，取自经济学界的一个热词，报告文学的“新常态”就是全媒体或融媒体的存在。全媒体时代的报告文学，它原有的“新闻性”红利大为减少，文体一般的新闻优势已不存在。这就需要报告文学基于非虚构原则，通过有深度有个性的思想表达和非虚构文学的美学建设，激发文体内在的活力，有效强化非虚构叙事的优势。

文学性不高，是制约报告文学作为审美文体而发展的一个重要因素，也是影响读者阅读的一个基本问题。尤其在全媒体时代，报告文学文体的新闻性优势已经失去，报告文学的写作并不能简单依赖新闻性，在此背景中，文学性的意义就显得特别重要。报告文学的文学性是什么？烦琐的学院派式的论证最终也许还是无解。在美国非虚构作家杰克·哈特的《故事技巧——叙事性非虚构文学写作指南》中，“叙事性非虚构文学”命题及其展开的思路，对于报告文学文学性的研究和达成，或许能给我们一些有意义的启发。

我以为作为一种叙事文学样式，将报告文学定义为“叙事性非虚构文学”，是符合这一文体逻辑的。报告文学是真实的叙事，小说是虚构的叙事，它们共同的要求是叙事。叙事构成报告文学写作的本体，它既承载着作品思想情感等价值表达，同时又是写作本身的重要目的。

李鸣生的作品具有强烈的叙事意识。《中国“长征号”》是中国火箭发射美国卫星的大叙事，作品以事件演化为叙事线索。这是作品建章的目录：第一章《怪圈》、第二章《变轨》、第三章《推销》、第四章《天机》、第五章《谈判》、第六章《碰撞》、第七章《发射》、第八章《草图》、第九章《保险》、第十章《贷款》、第十一章《合同》、第十二章《失败》、第十三章《检讨》、第十四章《发愤》、第十五章《官司》、第十六章《爆炸》、第十七章《阵痛》、第十八章《反省》、第十九章《雪耻》、第二十章《代价》。由章目设置可见，作者十分重视作品的叙事构篇，贯穿其中的线索主干清晰而又跌宕曲折，故事性很强，对读者别有一种牵引力。《发射将军》是一部人物报告，作品以“发射将军”与发射相关的人生历程为叙事线索，具有某种纪传体的特征。作品从第一章《军委令》将主人公由战场奉调至发射场作为故事的发端，以人物离休生活“晚年赋”作结，突出了“故事性”人物的叙事。吸引读者的是将军的传奇和在传奇中蕴含的伟大精神。

一个叙事优化的文本，首先需要建构一个与之适配的叙事结构。李鸣生能根据客体本身内在的逻辑和主题思想表达的需要来配置这样的结构。《走出地球村》写的是“东方红一号”卫星飞天的故事。卫星的研制动议于1958年，发射成功在1970年。这是一个具有特殊的政治生态的时期。根据这样一种特殊的存在，作品设置卫星叙事和政治叙事双线叙事结构。政治叙事在《走出地球村》中是充分的，从开篇“苏联第一颗卫星上天，艾森豪威尔总统手中桥牌落地”，到“美国人造‘小月亮’挂到天上，周恩来午夜拿起直通毛泽东的电话”，一直贯穿到收结“卫星功臣登上天安门”。而“‘小弟弟’找‘老大哥’学放卫星”“忍着饥饿的肚子，中国从八公里起飞”“‘东方红一号’人造卫星方案诞生”“马灯前钱学森坐卧不安”“火箭司令神游戈壁”等则为卫星叙事。这种双线并置反映的正是“东方红一号”卫星的一种特殊的历史真实。这样的安排一方面强化了对科学家忍辱负重、刻苦创造、献身科学光辉形象的再现，另一方面对非科学的政治对于科学的干预、对于科学家的摧残，进行了深刻的反思和批判。

一般来说，李鸣生的报告文学叙事构架是宏大的，这是因为叙事对象具有先在的宏大性。但是单纯的宏大无法抵达文学叙事所需要的细部深层的景致，宏大叙事需要有具体叙事作坚实的支撑。李鸣生也有作品如《发射将军》，表面看不是宏大题材，书写的只是某个人物。但对于这样的作品作者并不就小写微，而是注意将人物推置时代与历史的宏大背景中加以表现。在历时演进的纵轴上融合将军的个人叙事、导弹部队的集体叙事和共和国历史的大叙事。作为文学的非虚构叙事，在李鸣生报告文学中大叙事与小叙事是相生的，而小叙事的核心则是具体的人物叙事。“叙事需要三大支柱：人物、动作和场景。排在第一位的是人物，因为人物能够推动动作和场景的发展。”[1] 对于人物叙事的意义，李鸣生是充分认知的。他说自己的作品“希望通过人物把我们的历史，一个非同寻常的历史写出来”[2]。李鸣生把人物作为历史叙事的要素，而在我看来人物就是历史的本身，作者笔下的许多人物，航天人、科学家等，正是他们创造了作者叙写的历史。不仅如此，作者再现的人物，许多是中国脊梁式的人物而又具有常人情怀。作品的感染力来自于这些走近读者的真实而感人的人物。

李鸣生报告文学的人物叙事，颇多性格叙事、精神叙事。《中国863》是一部题材重大的长篇，作品首章《悄悄发生的革命》格局甚大，由美国“星球大战计划”、欧洲“尤里卡计划”、日本“振兴科学技术政策大纲”叙述领起，导出中国的“863 计划”。这是典型的宏大叙事。以后的全部篇幅从第二章到第七章都为具体的人物叙事，其中

① 杰克·哈特：《故事技巧——叙事性非虚构文学写作指南》，第 74 页，叶青、曾轶峰译，中国人民大学出版社，2012 年。

② 《李鸣生在〈千古一梦〉研讨会上的发言》，中国作家网 2009 年 5 月 22 日。

第二章《科委来了个“厉害的老太婆”》，是作品重点写作的一章。“厉害的老太婆”是朱丽兰。“厉害”是其作为管理者的主导性格，改革创新，敢于担当。但作品没有将她写成一个单面的概念人物，而是运用细节集成的方法，还原朱丽兰既“厉害”又和蔼；既是工作狂，又会理发、织毛衣、弹钢琴的圆形立体的本真。而李鸣生航天系列中的航天人的形象，是最烙印在心底的、难忘感人的。作者叙写这些人物，不只写他们的科学智慧、科技才能，而更重于对他们作精神性叙事。赵廉清是创建西昌发射场的指挥者，在非常年代，知其不可为而为之，积劳成疾。他留给这个世界最后的镜头是：“他手上紧紧揣着一样东西。这样东西不是别的，就是他生前一直随身携带的那个军用挎包！而护士打开挎包后，只看见两样东西：一份皱巴巴的施工图纸，一个被啃了小半的冷馒头！”（《千古一梦》）从这样的细节中我们可以看到，一个瘦小羸弱的生命里，升华出一个伟大的精神形象。

四

故事是什么？乔恩·弗兰克林在《为故事而写作》中为我们给出了“定义”之一：“当人物遇到错综复杂的情况，而他又不得不面对和解决时，行动就发生了，故事正是由一连串这样的行动所构成的。”①这一表述中关键词是冲突，是矛盾。故事存在于冲突、矛盾之中，冲突、矛盾推衍出故事。非虚构的报告文学作者无法依靠想象力制造故事，但是他可以从对真实客体冲突、矛盾的存在中，选择并呈现其中的故事。李鸣生说，在他的作品中，“我希望呈现大的矛盾”②。《走出

① 杰克·哈特：《故事技巧——叙事性非虚构文学写作指南》，第6页，叶青、曾轶峰译，中国人民大学出版社，2012年。

② 《李鸣生在〈千古一梦〉研讨会上的发言》，中国作家网2009年5月22日。

地球村》中有极"左"政治与卫星科技的矛盾，《中国"长征号"》中有开放与保守、体制与市场、国力基础与航天发展、中外文化等之间的矛盾，航天人存在的价值就是"面对和解决""错综复杂"的矛盾冲突。这些形成了李鸣生叙事的基本构架和基础。这样的矛盾构篇也决定了李鸣生报告文学叙事的丰富性和复杂性。在总体的矛盾叙事基础上，作者再相宜地采用悬念式叙事方法，就更有效地强化了作品叙事的故事性。悬念不是虚拟的，而是实际发生的状况，也是航天高风险的一种表征。作品一环扣一环的悬念叙写，渲染了其时其地其情的紧张感。而报告文学所需的现场感就在这紧张感之中，特别扣人心弦，使人身临其境，强化了故事性叙事对读者的吸附力。

李鸣生报告文学的叙事方法是富有变化的，他能根据不同的报告对象运用相应的方法。在他的作品中读者可以分享到多种叙事艺术所产生的叙事之美。在《千古一梦》中，作者设计了"双声叙事"，即作者（采访者）叙事和人物（被访者）叙事的结合，特别是导入当事人的自述，以人物的亲历亲验，真实地还原出特定时空中人物和事件的现场情状。这是一份珍贵的活的航天档案。《发射将军》则注意在"实体叙事"中有机地穿插"软性叙事"。所谓"实体叙事"是指与作品主人公"发射将军"直接关联的主干内容的记写，而"软性叙事"则如对导弹部队饥饿、文艺生活极度贫乏等的叙说。《震中在人心》则是一部运用镜头观察和叙事的作品，"用镜头定格真相，让文字留下思考"，大量的照片极具视觉冲击力和情思震撼力，不只是为文字的叙述提供了直观的背景，而且照片本身也成为作品的一种独特的叙事元素，生成了超越文字的叙述力量。

五

文学是语言的艺术，报告文学也是。语言是作品思想的现实，也是叙事生成的工具，还是作为审美的报告文学的要素。报告文学创作中语言的问题，主要是缺乏主体鲜明个性的语言新闻化，另一个是小说化的语言絮叨铺张。李鸣生的报告文学大多为长篇，但语言凝练具有表现力，诚朴简约不过度藻饰，并且具有自己鲜明的个性，许多语言表达有意味、情味、趣味，有效地增强了他作品的文学美感。在这里，我不打算对李鸣生报告文学的语言艺术进行全面的解析，只就他的“智慧语言”和“软语言”运用之美作一解读。

所谓“智慧语言”，是指形象生动、意含新异别致、具有特殊表现力的语言。比如“已经点火的火箭竟然无视天下众生，老练得如同一位千岁老人，打个盘腿坐在那儿，连动都懒得动弹一下”。(《澳星风险发射》)写卫星发射的失败，作者用拟人化的手法形容，以独特的冷峻与幽默，写意地写出发射失败的状态和航天人的尴尬，用语非常新颖。作者以幽默笔法言说失败，正与作品正视失败、超越失败的主题相关。幽默的语言是典型的智慧语言。在李鸣生的作品中已不是偶尔为之，而是一种个性的语言景观。“在国际市场上，美国人早就大把大把地捞着美元，中国人为什么不能去弄点‘零花钱’？在国际空间俱乐部里，美国人可以大口大口地喝着‘咖啡’，中国人为什么就不能去喝上一杯‘清茶’？”(《中国“长征号”》)这一表达的语境是，对于中国航天进入国际市场，国内以为冒险，西方设置障碍。这里的美元与“零花钱”之喻，客观地表示中美航天科技实力和航天市场份额的差距，“清茶”之类意含走中国自己的航天发展之路。整体的表意是非常清晰的，就是中国应该进入国际航天市场进行竞争，只不过用“李式语言”表达，意味意趣就大不一样了。“已经欠着一屁股账的中国专家当然拿不出这笔钱来，他们只有一个价值连城的传家宝，这就是：自力更生!”(《中国“长征号”》)“一屁股账”与“价值连城”对举，极简地实写了中国航天发展的境况，高度凝练了中国航天的伟大精神。

李鸣生幽默的语言可分为“麻辣幽默”和“冷幽默”。“这一年，‘反右斗争’刚刚过去，‘大跃进’的旋风又骤然卷起，中国人像被灌了一桶大剂量的兴奋剂。”(《千古一梦》)“据说，两年前一所中学考试时，发生过这样一个故事——试卷问：爱因斯坦是谁？学生答：美国当代著名歌星。”(《飞向太空港》)这种幽默让我们无法轻松说笑，其间的麻辣唤起读者对非常年代的反思与批判；是对过度娱乐化，忽视科学世相的揭露和讽刺。“美国人把这条山沟称为‘神秘的峡谷’，而当地彝族老人则说：‘什么神秘不神秘，这山沟就是我们过去放羊的地方!’故此，当地人称‘赶羊沟’。”(《飞向太空港》)这样的文字可谓冷幽默，读起来会忍俊不禁。报告文学拒绝虚构，但它同样需要作家具有丰富的想象力。想象之翼可以飞扬智慧的语言。“世界各国许多中学的少男少女们，每晚相聚在迷人的星空下，像谈论童话似的，长时间不知疲倦地谈论着卫星、卫星、卫星。仿佛苏联的这颗人造卫星，成了他们嘴里一块永远嚼不够的口香糖。”(《走出地球村》)以“口香糖”喻说人类第一颗人造卫星发射后对各国学生的影响力，新颖生动，可意会，也可言说，体现了李鸣生语言表达的一种智慧。

软语可人，是我阅读李鸣生作品时的一种直觉。我这里无法给出“软语”的标准解释。所谓软语，是一种“闲语”，它不属于主干叙事，但与主干叙事有所关联；在表情表意方面偏于柔细，静安之中，可入情入心。“将军家的院门是双扇的大铁门，夕阳照在斑斑驳驳的门上，给人暖洋洋的感觉。每当这时，将军便坐在门外一张自制的小折椅上，像一位坐在长满颗粒饱满的庄稼地边的老农，静静地守候着儿孙们的归来。夕阳在他眼角的皱褶里绣着陈年旧事，时光在他花白的头上写着岁月沧桑。”（《发射将军》）将军从战场到发射场，军人形象刚硬，棱角分明。而此时进入晚景的将军没有了豪情、霸气，却有人间的亲情和慈祥。“夕阳在他眼角的皱褶里绣着陈年旧事，时光在他花白的头上写着岁月沧桑。”我们从诗一样的句子中，可以读出将军人生种种的况味。

李鸣生的报告文学有种种特点和优点，而我最为看重的是他的作品有思想，也很文学。有思想，也文学，这就是我所希望读到的报告文学。

2015 年 8 月 28 日

目　录

大智无形

人生如梦

平淡是真

——与著名翻译家、作家冯亦代先生聊天

冯亦代，著名翻译家、作家。

当年与徐迟、袁水拍并称香港文坛“三剑客”。

1913 年生于杭州。1938 年赴香港。1941 年回到重庆，首次翻译海明威作品。

1949 年任《大报》社长。1979 年任《读书》副主编。与茅盾、夏衍、乔冠华、梅兰芳、韩素英、徐迟等文化名流交往甚密。特别是与著名报告文学作家徐迟，有着五十年的金石之交。

美国文学研究会常务理事，中国作家协会第四届理事会理事，中国翻译工作者协会常务理事，中国民主同盟第五届中央委员会常委。

江湖人称“冯二哥”。

1993 年，八十高寿，与著名艺术家、著名报告文学作家黄宗英结为伉俪。从此归隐书林，相依为伴。

生前没有小车。没有秘书。没有一间书房。

聊天时间：2000 年 5 月 15 日至 9 月 15 日

聊天地点：北京小西天，冯亦代家。

冯亦代先生印象

李鸣生

2000 年 5 月中旬一个温暖的下午，我第一次走进北京小西天一座普通的住宅楼。当我穿过七楼光线暗淡的走廊，敲开南边尽头的一扇木门时，便见到了一脸灿烂的著名报告文学作家黄宗英。

在一间客厅兼卧室、三面是书的小屋里，一位老人早就坐在一张小桌前等候多时了。老人一见我，便远远地伸出手来——这便是我要聊天的对象，著名翻译家、散文家冯亦代老人了。

宗英老师告诉我说，生活起居方面，冯老很有规律。晚上 10 点以前睡觉，早晨 5 点钟起床。起床后做自创的健身操，而后看电视早间新闻，再看一会儿书。7 点钟早餐。早餐后学习写作，至 10 点钟，稍稍活动活动，放松放松。中午小睡半个小时。下午接着读书或写作，约两三个小时。饮食方面，冯老有自己的习惯，注重早餐的质量和营养。早餐前喝一小瓶蜂王浆，然后吃点燕麦片、牛奶、面包。午餐和晚餐，则是一碗米饭或一碗面条，随便对付对付了事。冯老最大的嗜好是读书、听音乐。他觉得高雅的音乐能抚慰人心，涤荡灵魂，让人享受到一种崇高的纯美境界。由于家学渊源，他很小就喜欢读书。而今虽然已是望九之年，依然蓁蓁童心。他整日坐于家中，手捧书卷，不是潜心阅读，就是疏理日记。一天不读书，不动笔，就像丢了魂似的。

宗英老师还告诉我说，冯老最怕接受采访了。不过每次接受采访，他都认真对待，有时还要特意换上一件衣服，显得很有礼节，很有修养。这不，今天听说你要来采访——哦，不，你说要来和他聊天，他还特意换了一件衬衫呢！

由于我想把对冯老的拜访变得轻松一些，随便一些，自由一些，所以事先并没有拟定提纲送给冯老，打算聊到哪儿是哪儿。但我又担心我的提问，尤其是一些涉及往事的提问，对于一位已经八十七岁高龄并且曾经患过七次脑梗死的老人来说，是一道很难的难题。

事实证明，我的担心多余了。从冯老口齿模糊且带着几丝乡音的话语里，我很快发现，冯老的思维相当清晰，相当敏捷，且智慧的火花闪烁不断。

后来，冯老把我对他的访谈戏称为“接受考试”。每次我们刚刚相对而坐，他便说：“鸣生，你又要考试啦？”等我们聊天结束，他又会玩笑一句：“今天的考试总算结束了。”

记得是第二次造访冯老时，宗英老师一见我就说：“鸣生，上次你走了之后，二哥（黄宗英称冯亦代为二哥）对我说：‘鸣生考我，也不给我准备的时间，搞得我好苦啊！’”

我听后，忍不住笑了，转身对冯老说：“冯老，今天我又要考您了。”

穿着随意又不失儒雅的冯老依然坐在老地方——一张小桌前，含蓄地笑了笑，而后轻轻说道：“考就考呗。”

其实，与冯老对话，是一件相当困难的事情。

难就难在，冯老毕竟是一位年近九十岁的老人了，而且还有过多次从死亡线上挣扎回来的苦难经历。所以我与他聊天时，每每聊到半小时左右，冯老的精力和体力便难以支撑，我只好暂时中止；另一方面，由于疾病和年龄的关系，冯老说话声音小，且不少吐字含混不清，听起来非常费劲，所以常常要靠宗英老师充当翻译，我俩的聊天方能往下进行。尽管如此，后来整理录音文字时，依然困难重重。个别字句出现错误，甚至某个意思发生误解，完全可能。

因此，我与冯老的聊天，从 2000 年 5 月 1 日到 9 月 1 日，前前后后，断断续续，满打满算，竟持续了四个月。

不过，随着与冯老对话的日渐深入，我越来越感到这位老人的了得！作为一位著名翻译家、散文家、大学者，他有着自己独立的立场和思想境界以及至死不渝的学术追求；作为一位老人，他又有一颗博大而又平常的心。自多年前归隐书林以来，他潜心著述，独善其身，不管人间怎样喧闹无比，无论天上如何云卷云舒，他始终冷眼旁观，与世无争。

一次聊天结束时，宗英老师与我谈起冯老七次面对死神、又七次从死神手中挣脱回来的情景，令我肃然起敬，感动万分。

宗英老师告诉我说，面对即将到来的死亡，冯老非常坦然。他多次跟她说过，他要在他的遗嘱里写上一句话："我将笑着迎接黑的美。"

言罢，宗英老师还拿出一个大本，大本上记录着冯老脑梗死之后，为恢复语言和写作能力而专门制定的详细计划。其中，包括每天几点几分睡觉、起床，几点几分吹水、吹纸，几点几分写字、看书等内容。而第一页上，便是冯老刚从医院回家后，为练习写字而写下的一行歪歪斜斜的汉字。这行汉字首先写的是他自己的姓、名，接着便是赫然四个大字——难我不倒！

望着"难我不倒"四个颤巍巍的大字，我内心一阵感动，一阵震颤，也一阵羞愧。我想，眼前的冯老若不是有着非凡的意志和韧劲儿，今天的我，还有机会面对面地和这位老人聊天吗？

2000 年 5 月 16 日记于北京平安里

一、关于徐迟

李鸣生：冯老，我今天想和您聊聊天。

冯亦代：聊天，好啊。

李鸣生：我们先聊聊徐迟先生好吗？

冯亦代：徐迟？你怎么想到要聊徐迟？

李鸣生：是这样的，徐迟刚一去世，我就想找您聊聊。没想到一转眼好几年过去了，一直没机会和您聊。我知道，您和徐迟是好朋友，而且你们已有五十年的金石之交。

冯亦代：你和徐迟认识吗？

李鸣生：认识。可惜，我们只见过一面。

冯亦代：是哪一年？

李鸣生：大概是1992年。当时徐迟要去希腊访问，路过北京，北京的作家自然要为他接风。记得当时是作家出版社的副社长秦文玉做东，请徐迟先生吃烤鸭，作陪的有《人民文学》主编程树臻，副主编、著名诗人韩作荣以及新疆的著名诗人周涛，还有我。

那次徐迟先生给我留下了很深的印象。也许是他年纪大了的关系，他不像我想象中那么充满激情，却显得很温和，说话也慢条斯理，细声细气。由于我的第一部长篇报告文学《飞向太空港》在《当代》杂志发表后，引起反响，并获得1990—1991年全国优秀报告文学奖，徐迟先生看过这部作品，所以他和我的话题自然触及到了关于科技题材报告文学的写作问题。在那天的谈话中，徐迟老先生除对我的作品给予肯定，说了不少鼓励的话外，我印象很深的是，他还谈到了科技题材报告文学写作难度的问题。他说："科技报告文学的写作不同于别的题材的写作，它有很大的难度，而且，这个问题至今一直深深地困扰着我。”

就是在这次谈话中，我感到徐迟是个胸襟很宽阔、很大度的老前辈，在他身上有一种所谓人格魅力的东西在吸引着我。他不仅接纳了我的作品，同时也真诚地接纳了我这个文学晚辈，而且是一个与他同行的晚辈。如果不是一个胸襟很大度的人，是不容易做到这一点的。但非常遗憾的是，那次见面，竟成了我和徐迟先生的最后诀别。

冯亦代：是啊，我也没想到他会走得这么早。

李鸣生：您和徐迟是在香港才认识的呢，还是早就认识了？

冯亦代：是在香港认识的。不过，我还在上海的时候，就开始注意这个人了。时间大概是我大学快要毕业的时候……

李鸣生：是三十年代初吧？

冯亦代：不，大约是三十年代中期……哎，人老了，时间记不清了。

李鸣生：您在那个时候就知道徐迟了？

冯亦代：当时，我常在《现代》和《妇人画报》等文学刊物上看到署名徐迟的文章，还有一些诗歌和文学评论。徐迟写的诗如早晨的空气，很清新，给人扑面而来的感觉，使人读后不由得心醉。

李鸣生：我只知道徐迟年轻时写诗，没想到还写评论。

冯亦代：他写的评论可好了，比如，关于美国诗人维琪·林德赛的评介文章，不仅论点明确，而且深入透彻，令我折服。后来，当我从同学那里知道徐迟还在北平某大学读书时，简直让我吃了一惊。我想，他如果还在大学读书的话，年龄应该和我差不多。这么年轻，居然有这样的水平，堪称是个天才。我自己虽然也读了一些美国文学和相关书刊，但除了知道一个厄普顿·辛克莱之外，其他就知之甚少了，所以实在感觉自己是惭愧得很。

李鸣生：这么说来，徐迟最先吸引您的，是他的评论文章？

冯亦代：也不光是，那时徐迟还写神话。

李鸣生：徐迟还写神话？

冯亦代：对，当时讲神话的只有两个人，一个是楚图南，另一个是章克标。楚图南先生活了九十五岁，章克标先生现在大概有一百多岁了吧。我看到徐迟也写神话，就觉得他了不起，懂得很多。可惜，当时他在北平，要是在上海，我一定要写信给他，道一道我想和他做文友的心情。

李鸣生：不过你们很有缘。如果我没记错的话，后来你们是在香港认识的。

冯亦代：是的，我是1938年春天被原来供职的中国保险公司派去香港工作的。刚到香港时，住在中国银行设在半山的职员宿舍里，人地两疏，除了有时和同屋的袁水拍聊聊天之外，完全过着默默无闻的孤寂生活。后来，我遇到了沪江的同学陈宪锜，才认识了一批上海南下的文化人。

李鸣生：徐迟是不是就是这批文化人中的一个？

冯亦代：是的。有一天陈宪锜介绍我认识徐迟。那时，徐迟在《星报》搞电讯翻译，大概每天只有一小时工作时间，此外便可以逍遥自在。我很羡慕他。有一天，他邀我到皇后大道一家咖啡店里小坐，意气风发地和我大谈美国的海明威。那时，他已经翻译了海明威的长篇小说《永别了武器》，并且交给一个朋友出版。我认为把这样一部名著交到那样的地方出版，实在是对海明威的不敬。他听了我的话，有些吃惊，便转了话题，开始谈海明威的文风，一套一套的，听得我目瞪口呆。因为他的论点，有些是我从未想到过的，对我启发很大。从这以后，徐迟这个人就记在了我的心里，从此也就开始了我们至今半个多世纪的友情。

李鸣生：您和徐迟非常熟悉，交情又很长，您是否认为徐迟的才华是一种天分？

冯亦代：徐迟的才华也不完全是天分，而是读书读得多。他是讲到“夸特”的第一个人。

李鸣生：“夸特”？什么意思？

冯亦代：“夸特”就是跟未来有关的一个名词。他讲他的，我听我的，听过之后就忘记了。

李鸣生：徐迟是不是从那时起，就对自然科学很感兴趣？

冯亦代：他当时并不是很喜欢科技，是后来接触到之后，才喜欢上的。

李鸣生：我记得您曾说过，您虽然不是佛教徒，但在祖母的熏陶下，从小相信“缘分”。您有没有觉得您和徐迟相识也是一种缘分？

冯亦代：我是常把一些不可知的事情都推在“缘分”二字上的。和徐迟的相识也一样。我们相识以后，我由校友凌宪扬介绍进了信托局购料处工作，徐迟则到了他舅父主持的陶记公司管政府发行的库券。陶记公司就是国民党政府财政部的化名。而且信托局和陶记公司碰巧都在汇丰银行大楼办公。

李鸣生：所以您和徐迟就可以经常见面？

冯亦代：也不经常，是比较方便见面。有一天，职工们下班了，我在大楼后门遇到了徐迟，就请他去喝咖啡，他却力邀我到他新近迁居的波斯富街去看看他们初生的婴儿徐律，我就随他去了。

李鸣生：您这是第一次去徐迟的家吗？

冯亦代：是的。徐迟的家当时很简单，只有少数几件必要的家具，但是地上却堆着许多书刊和唱片。他一进门，还没给我介绍他的夫人陈松，就往地上的唱机里搁了一张唱片，并告诉我这是一张柴可夫斯基的乐曲；之后又换上一张斯氏的《厨房里的大熊》，然后随着音乐，他就开始手舞足蹈起来了。这是我第一次听到现代严肃音乐，我听了一遍又一遍，不但记住了几句曲调，后来空闲时还常在嘴边哼哼，而且这一音乐有时还能平息我胸中的不满。不过，这几年我老了，那首乐曲的旋律已经记不清了。

李鸣生：这么说来，从音乐鉴赏的角度来说，徐迟算得上是您的启蒙老师了？

冯亦代：也算是吧。认识徐迟对我来说，像是开启了文艺殿堂的一扇大门。他使我大开眼界，逐渐懂得了美与丑的区别。另外，他在《星报》当电讯翻译，也使我对翻译发生了兴趣。我是接替徐迟到《星报》去搞电讯翻译的，我和徐迟能在香港相识，我认为这是天意。

李鸣生：您刚才谈到徐迟的夫人陈松，陈松是徐迟的第一位夫人对吧？

冯亦代：对的。刚才讲到我去徐迟家，那是我第一次见到陈松。当时香港外来文化人都公认戴望舒的夫人穆丽娟是美人，依我看呀，陈松比穆丽娟还漂亮。因为，陈松身上有一种江南女子特有的风韵，就像一朵刚出水的芙蓉。而她的女儿徐律就继承了父母的优点，也娇美得像一朵花。

李鸣生：那时您成家了吗？

冯亦代：那时我还没有结婚，但我实在太喜欢徐律了。我就说把徐律给我做干女儿吧，我喜欢她。徐迟、陈松立刻表示同意，陈松还把女儿抱着推到我胸前。我从来没有抱过婴儿，结果一副笨手笨脚的样子，引得他们夫妇二人哈哈大笑。但我还是抱住了徐律。徐律当时看见生人并没有哭，反而还笑着投入我的怀抱。陈松说，我女儿喜欢你，你俩有缘，你抱去吧！我说你真舍得？陈松就笑了，不说舍得，也不说不舍得。至今一晃半个多世纪了，这一情景我还记得清楚。

李鸣生：看得出，您和徐迟的友情是相当深了，差不多可以和李白、杜甫媲美了。我记得有一句诗是“醉眠秋共被，携手日同游”，看来你俩也是这样既知心，又默契。

冯亦代：是的，我们相处了几十年，不容易。

李鸣生：冯老，您最早是怎么知道徐迟过世的消息的？

冯亦代：那是1996年12月，中国作家协会第五次全国代表大会在北京梅地亚中心召开。我接到通知后，就在会前几天打长途给徐迟，那时他的气喘病已经痊愈，我希望他来北京开会，好享受一下北国的冬天有暖气的生活，同时顺便会会亲人和老友，也消除一点他在武汉的落寞心情。但是电话铃响了又响，就是没有人接，我想他肯定还在医院里没有回家，只好挂了电话。那时，我心里有个希望，就是如果我能说服徐迟来北京开会，就说服他住在北京，这样我们就可以好好叙叙旧、聊聊天了，让他散散心，同时也免得他在武汉挨冻。

李鸣生：徐迟去世之前，您有没有什么预感？

冯亦代：是不是预感我也不好说。当时老伴宗英还在上海治病，家里没有人可以陪我去住在宾馆参加会议，我就决定13号下午再去梅地亚中心报到。我有多年没有失眠了，但12号晚上我怎么也睡不踏实，不时感到有人走进我的卧室，有好几次都被惊醒了，一直快到天亮了，我才迷迷糊糊地睡了一会儿。等天亮后，我起来一翻日历，是13号，星期五，心想怪不得昨夜睡不好，原来今天是“黑色星期五”。下午，等我坐车到达梅地亚中心，袁鹰早已在那里等着我了，一见我，他就把我拉到一个角落，轻声问我，听说徐迟跳楼死了，你有什么消息吗？我听了也大吃一惊，不敢相信，他也不信，我说我们打电话去问徐迟的三阿妹徐和吧。接着我就和袁鹰一起上楼给徐和打电话，电话是另外一个人接的，说他们已经知道这个消息了，但还没有对徐和讲，怕她受不了，明天武汉文联要派人来，和她一块谈，这样可以减轻一点对她的打击。然后，我俩又下楼去找武汉来开会的人问情况，刚下楼就遇到了骆文同志，谈起徐迟，他说刚才是他夫人打来长途电话告诉他徐迟去世的消息的，他也觉得很突然，感到很难过，因为不久前他还同徐迟通过电话。

李鸣生：这么说来，徐迟的确切消息，您在参加作代会期间一直都不清楚？

冯亦代：是的。14 号我本来应该打电话问徐和的，但我考虑到他们也许正在谈话，也许徐和难以接受这个消息，就没打电话去打搅他们。我自己就想，徐迟原来住在医院的六楼，也许是梦游病使他打开了铝合金的窗户，想吸些新鲜空气，一不小心就掉下楼去了，而不是自己跳下楼的。但这样的猜想连我自己都不相信。15 号下午，我转到了京西宾馆开会，心里很乱，因为整整两个晚上没有安心睡觉了，头脑昏沉，血压上升，而且还感冒了，止不住地咳嗽，就请假回家看病。我写信给徐迟的好友张继凤，也设法请人打电话给正在美国探亲的钱能欣，同时我也给宗英和含之（即章含之）打电话。她们听到这一消息后都呆住了。到了半夜时，含之打来电话，告诉我说，徐迟的秘书徐鲁给她讲了徐迟弃世的经过。

李鸣生：徐鲁具体是怎么说的？和您猜想的一样吗？

冯亦代：含之告诉我，徐鲁是这样说的：徐迟自北京回武汉后经常抱怨他睡眠不好，差不多每晚都要做噩梦，有时白天也有幻觉。他的病经有关的医务人员会诊后，断定是老年躁动症，会有幻觉也会有幻觉中的行动。出事的晚上，徐迟把陪夜的特别护士打发走了之后，医院的值班护士每隔十五分钟去病室里看望一次。大概是半夜的一次，他先前还好好睡在那儿，十五分钟后护士再去，就不见了徐迟。后来才看见，打开的铝合金窗框，已经被掰得变了形。据医院的人分析，可能是徐迟梦里走过那儿打开了窗，然后爬出了窗外，等窗外的冷风一吹，他醒了，发现自己身在窗外，便掰住了窗框，最后把窗框掰得都变了形，但最终还是掉下去了。后来据丁聪说，徐迟的手劲是很大的。含之还说，本来徐鲁也要打电话给我的，但徐鲁很累了，她说由她转告算了。含之一说话，我就听到电话那头她的哭泣声。我放下电话，眼泪也禁不住流了出来。这个晚上，我总想着徐迟乐乎乎的一生，一直到天大亮，也没入睡。

李鸣生：冯老，关于徐迟的死因问题，我一直很困惑。实话对您说了吧，我今天来找您聊，其中一个问题，就是想搞清徐迟究竟是什么原因去世的。您知道，古今中外，有很多作家、诗人，比如海明威、茨威格、川端康成，还有中国的三毛、海子等，都选择的是自杀的方式来结束自己的生命。那么徐迟呢？您是他生前最好的朋友，根据您多年对他的了解，您觉得徐迟的死，会不会也是……

冯亦代：你说的这个问题，也让我感到很困惑。我不能解释徐迟给我们留下的问题。至于他为什么会死？是自杀还是别的什么？似乎也很难说清。当然，徐迟不可能是他杀。不过，在我的心里，也可以说是他杀……

李鸣生：他杀？此话怎讲？

冯亦代：我是说，他是被电脑网络所杀。

李鸣生：电脑网络所杀？

冯亦代：对。有一年春节前徐迟来北京，住在三阿妹家里，我曾多次去看他。第一次去时，他在念一本英文书，是讲宇宙的，他随手递给我，说这是本好书啊，很值得读读。但我翻了几页，看不懂，便放下了。然后他说，20 世纪末快要到了，人类又将逢上一次大劫难，也许人类会因此而毁灭，等等。我当时听了有些吃惊，回来对宗英讲，徐迟上网中了邪了。以后再去时，他又谈到劫难的事，还说信息时代将完全改变人类的生活，如果发生战争——即使没有战争，人类也会毁灭。战争再也不会像过去的两次世界大战一样了，因为这已是信息时代。我禁不住说，我们都是相信唯物论的，你怎么又倒回去相信唯心主义了？他说这是电脑联网告诉他的，还说我不懂电脑，对我说也是白搭。

李鸣生：听您这么说，徐迟虽然有些偏激，但关于战争的问题，我认为他是有超前的思考的，讲的是有一定道理的。因为在未来的信息世界里，战争到底怎么个打法，还是个谜。但可以肯定的是，绝不是过去的打法。问题是，网上的信息，徐迟会完全相信吗？

冯亦代：关于电脑联网，我曾经在长途电话中问过徐迟的女儿徐律，她说她父亲的电脑并没有联网。

李鸣生：这怎么可能呢？从我同徐迟先生的交谈来判断，徐迟是位思想意识很超前的人，而且他一直在关注中国的高科技问题。我的一个根据是，1997 年我写高科技题材的《中国 863》的时候，在北大未名湖畔采访北大副校长陈章良，得知徐迟也在写陈章良，而且我看了他写出的几千字的初稿。但据陈章良讲，后来徐迟感觉高科技太难写了，加上年纪也大了，这篇稿子最终也没有写出来。所以在中国的作家圈里，他率先上网，我认为应该在情理之中。而且，从您讲的他说的内容来判断，他也应该在上网。

冯亦代：是啊，我记得有一次当我批评不应相信互联网中的荒唐消息时，徐迟并未回话驳斥，也没提及他到底加没加入互联网的事。而且，章含之也多次听徐迟说过，他的电脑是联网的。我怀疑他说这些话时，是在幻觉之中。所以，我想，他的情绪也许是受了网上信息的影响，因为网上可以收到乱七八糟的信息，特别是一个世纪到了末尾的几年，那些怀疑世界将会末日来临的各种信息很多。上一世纪末期，人类曾受到所谓人类及地球行将毁灭的流言的袭击，但愚蠢的信息并未得逞，人类和地球平平安安地走入了 20 世纪。如今又到了 20 世纪末，所以各种信息又来了。

李鸣生：最近几年是有不少“世界末日”“地球爆炸”等说法，我也搜集了不少，一些人的心开始有点惶惶然了。我的观点是，这些信息你可以不信，也有理由拒绝，但我们绝不能轻视甚至无视信息时代的到来。因为信息时代的到来，必将对人类的生活产生巨大的影响和天翻地覆的改变。

冯亦代：其实，有些信息是各种教派从自己的“圣经”里寻找到片言只语，煽起了这“末日”的阴风。不过即使你不信耶稣基督，你也不得不信古代哲人的所谓预言，因为这些预言在人的头脑里变为思想，使世人产生了信仰或怀疑。我想徐迟可能多少受了些影响，甚至在无意识中受到影响，又从无意识变为有意识，便盘踞在他的思想里了。谎话说上千遍便成了真话，迷信就是这样蛊惑人的。我只愿如他给我信里所说的那样，他没有受到影响。但他的行动又不得不使我相信他已经受到了影响。所以在生活里，他才有连夜的噩梦，白天又有各种幻觉。事实上他已得了老年躁动症，但他和大夫都没有引起重视而予以治疗。我想，他不幸弃世的那天晚上，可能从噩梦中醒来后就进入幻觉之中，在幻觉中走向窗口，打开窗户，然后就跨了出去。寒冷的风使他本能地拉住了窗槛，但他再也无法跨回窗户了，一失足成千古恨。我知道，这是我一厢情愿的幻想，但我不这么想，又不能解释徐迟的死因。所以我常常问自己，如果不这么想，我又该怎么想呢？一个一向热爱生活，对人世一直保持乐观态度的人，怎么可能扼杀自己的生命呢？

李鸣生：您是说，是电脑上不真实的信息影响了徐迟的思维，导致他自杀？

冯亦代：也不完全是。在武汉，他一个人离群索居，真是太寂寞了。我和宗英都劝他来北京，特别是有一次他谈到患了电脑病，一坐在电脑旁，两只手就要动，就要打字，就要一直打下去，甚至不知道打的是什么。他说以后只有不用电脑了，由他口述、录音，再让徐鲁打成文字，然后他再在稿上改动、定稿。我们都为他能离开电脑而高兴。他患的老年躁动症，也可以说是直接原因。他在北京曾经对我们说过，他还有美尼尔氏症，好像肺也不好，小腿也发生了问题，行走起来很困难。我们要他多下楼走动，他说周围环境卫生不好，他怕下楼。我们就劝他不要回武汉了，但是他说要赶紧把《江南小镇》写完。后来武汉来了人，又把他接回去了。

李鸣生：记得您曾经提到过，有一位医生的死，对徐迟的情绪也产生过很大的影响？

冯亦代：对，这个医生是徐迟的好朋友，叫李颢。乔冠华在重庆重病时，这个人曾以他高超的医术救过乔冠华，后来患癌症去世了。他的死对徐迟影响很大。有几个朋友，徐迟都是很在乎的，特别是那个医生。那个医生的子女都在国外，他先去英国看儿子，又到东南亚看女儿，回来后就死了。医生去世本来也没什么，只是对徐迟来讲，事情发生得太突然，他没有心理准备。于是他就寻思，是不是他也该走了。

李鸣生：冯老，不少人认为徐迟死于老年躁动症，我不太同意这个观点，或者说不完全同意这个观点。我认为徐迟在本质上是个地地道道的诗人，他一生热爱科学，并从事科技题材的写作，随着年龄和学识的增长，特别是近十多年来随着现代高科技信息的汹涌澎湃和狂轰滥炸，他的精神世界变得越来越丰富，越来越神秘，也越来越玄乎，越来越张狂。而他每天身处的现实世界却是那样的实实在在，那样的冷酷无情，甚至令他深感失望。也许正因为精神和现实二者之间的反差太大了，使他再也无力承受，不愿承受；同时他理想中的东西又太美太纯，太高太远，甚至永远不可企及，于是在他的精神之鸟处于神游的一瞬间，他便选择了死，以让自己精神的痛苦得到永远的解脱。所以，我个人不认为徐迟的死是无意识的死，是所谓的昏迷状态的梦游所致。而恰恰相反，我认为徐迟的死，是一种清醒的自杀，是他生命的一种自觉选择，或者说是他人生境界的一种升华。我的这个看法不知是否有理？

冯亦代：有一定的道理。徐迟这个人啊，主要是什么事都有他自己的看法。他不像我，很早就考虑过死了。他那时候情绪很低落，也很消极，而且好长时间都是这样。

李鸣生：具体是什么原因，您清楚吗？

冯亦代：那年7月下旬，我忽然接到徐迟好友钱能欣打来的电话，说最近徐迟给他去信，情绪十分消沉，要我写信劝劝徐迟。我听完电话后很纳闷，徐迟给我的信，总是谈到他生活的愉快，从来没有透露过他的苦闷，为什么钱能欣说他情绪消沉呢？是不是他和那位女士婚姻破裂的原因？他从来没有和我谈过他第二次婚姻的生活以及分手的经过，只有这次来京才谈到他同那位女士已经分手的情况。我推想可能这件事成了他的隐痛，所以在我和宗英面前有意不提。于是我们商量了一番，决定去信问他到底是怎么回事。徐迟很快回了信，寄到北戴河全国政协休养所，写信日期是1996年7月20日。

李鸣生：徐迟来信是怎么说的？

冯亦代：来信两页纸，他说：亦代，你们一天到晚勤于写作，可惜盘桓在旧有的世界里，于光芒万丈的宇宙未来不搭界，还得意而且自满，乃谓我杞人忧天，而听从能欣电话，谓我悲观厉害，还想当然地说是由那位Ms造成的，非也，非也！我的悲观毫无根据，但人人都有一条曲线，万物均是一条曲线，不可能没有上弧、下弧。你只看下弧，而不看上弧，岂能看到乐观？我在湖北、武昌过得不错，暂时不会出门，每日集中精神，读书写字，其乐也融融，你不用愁的。想寄一篇《文字第四章》给你们看看，一看便知道的。不过请勿拿出去给人家看见，千万千万！我寄的当然是打印之后未改定之稿，不能见人的。但徐迟后来没有寄给我，我电话中曾问过他，他说还在改。这以后我们还通了几封信，但情绪“消沉”的话题没有再谈了。

李鸣生：是的，我始终坚持认为，徐迟的死绝不是外界传说的那么回事，也没那么简单，肯定有他个人和社会的更复杂、更深刻的原因。当我第一次得到徐迟去世的消息时，我就有了一个冲动，想搞清徐迟的真正死因，并写一篇文章，题目都想好了，就叫《是谁逼迫徐迟选择了自杀?》。但后来因为别的事情给耽误了，没有做成，至今我都觉得是件很遗憾的事情。

冯亦代：徐迟不幸去世的消息传到中国作家协会第五次代表大会的会场后，大家有如五雷轰顶。由于他离开这个世界前，没有一个字的遗言留给我们，所以对于他的死因，人们便有了各种猜测，甚至还有人认为，可能是因与他那位女士分手后，感情上受到打击而厌世的。

李鸣生：我也听到过这方面的一些传闻，说徐迟的死，与他的家庭不美满，婚姻不幸福有关。冯老，您与他的家人有过接触，您是怎么看待这一点的?

冯亦代：人们谈论他的婚姻，说的其实是他的第二次婚姻。因为婚姻问题，徐迟不可能自杀。

李鸣生：对，徐迟是位有远见卓识和广阔心胸的作家，婚姻不顺，对他的情绪我想肯定会有一定的影响；但是，如果说就是或者仅仅是因为他与那位女士分手了，就导致他自杀了，我认为这是根本不可能的事情，这也未免太小看徐迟了!

冯亦代：是的，如果要这样看，那就真是太小看徐迟了。我过去也有这样的想法，但自从收到他的回信后，我也笑自己，怎么会用世俗的眼光去看待天才有如德国诗人歌德的徐迟呢?要知道，徐迟的心胸大得很，要不然他怎能写出《自然、地球、人类》那样的文章呢?他每天所考虑的不是一己的得失，而是自然、地球和人类的前途。有这样心胸的人，我想他是绝不会因自己感情的失落而觉得活不下去的。

李鸣生：哦，想不到您也有个转变的过程。

冯亦代：以前我写过一篇文章，说徐迟是死于老年躁动症。

李鸣生：您的这篇文章我看到了。不过，坦率地说，我看了后，是不太赞同您这个判断的。而且我当时还很纳闷，别人这么说可以理解，您作为徐迟的知己，难道还不了解徐迟吗？为什么也这样认为呢？

冯亦代：那时候我不得不这样写。

李鸣生：这又是为什么呢？

冯亦代：因为死的人是我很要好的朋友。如果我不这么说，人家会问：不是这么回事，那又是怎么回事呢？我就说不清楚了。最近我又看了徐迟写的一些东西，觉得他的死是有意识的行为，而不是无意识地跳下去的……

李鸣生：是吗？

冯亦代：他的死，我认为……非常美。因为在窗户外，没有要走的路，所以虽然当时我写文章说他跳下去很偶然，但事实上我认为他是有意识的。大家说他为什么死，说是老年躁动症，可能也有一点。不过，我想，他那时候就想到了，他已经走在了时代的前面，时代容纳不下他，他就自杀。

李鸣生：他理想的世界与现实的世界反差太大了，无法调和，又无可奈何，不愿妥协，所以由绝望而自杀。

冯亦代：应当这样讲，他是超前的，时代没到，他已经走到了。别人要走五步，他三步就已经走到了。

李鸣生：那么他的情绪，与他的经济状况、婚姻状况，就没有一点关系吗？

冯亦代：也有一些吧。徐迟的婚姻不是很理想。他和陈松结婚后，两人总是吵。

李鸣生：是因为性格不合吗？

冯亦代：都是因为家庭生活方面的事，钱呀什么的，两人总吵。我就说："你们不要吵，要钱从我这里拿就是了。"徐迟要钱，我就给他们，当然别人也会给予他帮助。不过徐迟从不乱花钱。

李鸣生：您说徐迟不乱花钱，是指他不抽烟、不喝酒吗？

冯亦代：他不抽烟，不喝酒。但他的钱从来都是自己用。

李鸣生：当时您也不是很宽裕吧？

冯亦代：我的经济比他好，而且借钱比他方便。他的前妻陈松去世后，娶了后来的这个女人。这个女人我也认识，我觉得不理想，当时就对他讲，先别找。所以他结婚时也没给我讲，晓得我不会赞成。他和这个女人结婚后，两人的家庭生活不太幸福，他的情绪可能因此而受到影响。他本来就没有什么钱，第二次婚姻破裂后，他的经济几乎就崩溃了。

李鸣生：他不是有稿费吗？

冯亦代：是有稿费，但他用途很多，开销也大。

李鸣生：对不起，随便问一个问题，徐迟生前大概存有多少稿费，您知道吗？

冯亦代：徐迟其实没有什么稿费，大概就存了两万块钱吧。第二次婚姻破裂后，两万块钱全没了。

李鸣生：怎么会全没有了呢？

冯亦代：……（沉默无语，难于启齿的样子）

李鸣生：好了，咱们不说钱的问题，还是说徐迟吧。冯老，是不是可以这么理解，像徐迟那样一类的诗人或作家，由于他们的心灵和感受与这个冷酷的现实世界天生就不相容或者说很难相容，所以总是选择自杀的方式结束自己的生命？

冯亦代：这就很难说了。其实，徐迟不是不晓得世界的冷酷，只是他不理睬。那年初我们见面时，也谈到我们的来日不多了，而要完成的工作却还有很多。在这一点上，徐迟尤其焦躁。我就劝他不要心焦，能做多少做多少，凭我们的良知，不必强求。再说，地球上少了我们两个人，也照样转动。他说，那我们的事业谁来继承？我说我想不了那么多了。他说能吗？我说没有办法，只能如此。他笑了笑，但笑得很不自然。我知道，他并不满意我这样的回答。他这人很怪的。

李鸣生：他怎么怪呢？

冯亦代：我记得当年在香港的时候，乔冠华同徐迟长谈了几次后说，徐迟这人有些怪。我问怎么怪？乔冠华说，他好像没有生活在这个世界里，我们应当把他拉回到现实生活里来。老乔认为这个工作应当由袁水拍来做，因为他们都是诗人。但后来事实证明，袁水拍也很急躁，不够耐心，到头来这个工作还是由郁风来完成的。

李鸣生：这算是徐迟致命的性格缺陷吗？

冯亦代：徐迟的最大弱点是空想，一天到晚地空想，从年青时候开始，要不然他不会成为诗人。有一种人想得过度，他自己晓得，但徐迟他自己不晓得。在他死前两三年，他有一个想法，就是："我要做一个职业作家。"他曾多次对我讲过。

李鸣生：他说的"职业作家"是什么意思？是不是要靠写作赚钱来养家糊口？

冯亦代：不是。他想的职业作家就是只写作，其他什么事情都不管。他很早就一直醉心于做一个职业作家，而我从认识他后就成为"徐迟迷"。有次他和我做了一次推心置腹的谈话，我鼓励他做职业作家，因为我自己也有这样的向往，我答应他如果他生活上发生问题，就完全由我负责。他一直在墨西哥大使馆当中文秘书，后来有了固定的收入后，才没干这个了。刚得到他弃世的消息后，我很悲痛，一直都在怀念着他。我感谢他把我们的往来写在他的《江南小镇》里，使我们的友情用文字传了下来。这几天我又把这部大书读了一遍，一切就像发生在昨天，可他却离开了我们。

李鸣生：您和徐迟已有近五十年的友谊了，而且一直都有联系，能不能谈谈您眼中的徐迟是什么样子？他在性格中有哪些弱点？您是否认为，接受一个朋友，就应该包括他的缺点甚至错误？您觉得徐迟的性格是开放的，还是内向的？

冯亦代：徐迟到武汉后，我们接触少了。他的性格不是开放，而是内向，但他也很容易冲动。果断决断，是一个人的美德，但过于迅速，往往容易走弯路。古人说，欲速则不达嘛。徐迟之所以做决定很快，很容易冲动，而不事先多做考虑，也许就是他老年躁动症的原因。可他自己并没有发觉，甚至可能连给他看病的大夫也没有发觉，因为他进医院是为了治他的气喘病，根本没有提及他的噩梦，朋友们就知道得更少了，连久病成医的宗英也认为徐迟思想自由奔放惯了，没有什么不正常的。

李鸣生：徐迟年轻的时候也很容易冲动吗？

冯亦代：是的，我跟你举个例子。1941 年，他在重庆的时候，由叶浅予介绍参加了山东戏剧学校的工作，校长王泊生是有名的党棍，徐迟在第一次校务会上就同他发生争吵，两人越吵越激烈，后来徐迟实在无法忍受王泊生的观点，当场卷起铺盖卷就离开了学校。浅予等人劝他也没用。朋友们都说他太冲动了，只有我听了后，觉得徐迟有理，站在他这边说话。

李鸣生：除此之外，徐迟还有哪些性格特征给您留下了深刻的印象？

冯亦代：其实，徐迟是个很木讷的人，他除了打开话匣子谈文学、诗歌和音乐之外，一般情况下话并不多。这也许是他得了中耳炎，妨碍了听别人谈话的缘故。但我发现他是个很有韧性的人，一旦他要做一件事，会不顾一切，非把它完成不可。他写《地质之光》和《哥德巴赫猜想》的时候，硬是啃了一摞一摞关于地质学和数论的书，最后硬是啃下来了，他自嘲说，就像打了一场淮海战役。在这一点上宗英同他有相似之处。宗英为了要了解西藏，她第三次进藏以前，屋子里堆满了很多有关西藏的书，一边读一边写读书笔记。我就不及他俩能下苦功夫，没有写笔记的习惯。

李鸣生：文人一般都有写读书笔记的习惯，您为什么会没有这个习惯呢？

冯亦代：也许是害怕文字引火烧身，给自己招来祸端吧。所以我不用笔去记，而是一切全凭记忆。可惜，我现在的记忆力是江河日下，一天不如一天了，甚至有时连常见的字，也写不完整了，只能靠《现代汉语词典》过日子了。所以呀，我对徐迟的博闻强记，是非常佩服的。

李鸣生：我听说在香港时，您，徐迟，还有一个谁？被朋友们称为香港文坛的"三剑客"，不知是否确有其事？

冯亦代：是的，徐迟，我，还有袁水拍，朋友们把我们三人戏称为"三剑客"。

李鸣生：袁水拍？就是那个被称为"江南才子"的诗人袁水拍吗？

冯亦代：对，袁水拍是写诗的，他原来的名字不叫袁水拍，而是叫袁光楣，袁水拍是他后来的笔名，取自宋代诗人梅尧臣的诗句"朱旗画舸一百尺，五月长江水拍天"之意。他另外还有一个笔名叫"马凡陀"，就是吴语"麻烦多"的谐音，表示他当时痛感中国社会问题多如牛毛的意思。那个时候，袁水拍已经用"望诸"等笔名翻译一些小文章往《星报》投稿了。但是到了后来，我们和袁水拍断了联系，就剩下"两剑客"了。

李鸣生：怎么回事？

冯亦代：那是“文革”结束不久，徐迟每次从武汉来北京，就只找我和袁水拍。因为“文革”的遗风还在，朋友们不敢往来，更不能敞开心扉，随便交谈。徐迟一向认为，在他的朋友中，第一是袁水拍，第二就是我冯亦代了。不过他最后还是同袁水拍断了交。

李鸣生：为什么？

冯亦代：因为他认为受了袁水拍的侮辱。

李鸣生：侮辱？朋友之间好像很少有侮辱的事情发生。他们之间到底发生了什么，您方便谈谈吗？

冯亦代：开始，袁水拍被胡乔木安排到《人民日报》文艺组工作，不久就担任了组长、副主任、主任等职，并兼任《人民文学》《诗刊》的编委，后来又当了大官——文化部副部长，成了赫赫有名的“红人”。徐迟这个人喜欢看戏，每次到北京来，想看戏了，就找袁水拍开个后门，拿张戏票看场戏。拿几张戏票对袁水拍来说当然是小意思。有一次，徐迟到北京来了，找袁水拍要戏票，袁水拍送了他一张后场倒数第三排的。徐迟患有中耳炎，是个聋子，这个位置当然太远了，他听不见。本来，位置远了就远了，这也没有什么，徐迟也没多想，可后来，戏剧性的一幕偏偏发生了：大概是快开演之前的几分钟，过道里进来了一群人，前呼后拥着一人，一下就全都坐到了前四排。徐迟仔细一看，这个人不是别人，正是袁水拍，而且全家老少一大帮，还有秘书、保姆、司机什么的。这一来，徐迟生气了，当场就离开剧场，拂袖而去，从此再没有找过袁水拍！

李鸣生：所以，“三剑客”变成了“两剑客”。

冯亦代：是呀，30 年代末我们在香港被友人们称为“三剑客”，后来只剩下两个了，这是我没想到的。其实，当时我也发现袁水拍戴上乌纱帽后，就有些不认人了，所以我从来不去找他。其实，徐迟对待朋友一向是豁达大度的，但这次，因为一张戏票——当然不是一张戏票的问题，却让徐迟伤透了心，他再也无法宽容袁水拍这样的人了。

李鸣生：看来，文人一旦当了官，就会变样，就变得不是真正的文人了。中国的文人，尤其如此。

冯亦代：这样的事例比较多。

李鸣生：冯老，人们常说，朋友是最大的财富。一个人在困苦迷茫的时候，有朋友来分担、鼓励、帮助、支持，是一生中最难忘的事情。您在与徐迟的交往中，有过这样的体会吗？

冯亦代：有。1957 年我被打成“右派”后，情绪非常低落。“文革”期间，我又被打成“美蒋特务”“反革命修正主义分子”等，被下放到湖北沙洋劳动改造，从事沉重的苦役，以致双脚变形，身体大受折磨。后来，我患了脑血栓症，幸亏抢救及时，才捡回一条老命。但抢救过来后，我的左上肢和下肢却落下伤残，行动极其困难。在 70 年代后半期，是徐迟一步一步地把我从痛苦中引了出来。他很关心我的写作，知道我一向不稀罕头上的乌纱帽，喜欢坐下来写作，就鼓励我多写点东西。1976 年，我退休后，有一次他来北京，到我家来，一进门就说，拿出来看看！我马上就知道到他要什么，便拉开书桌的抽屉，拿出刚写不久的三篇文章。他一面看一面点头，然后说，成！就这样写下去，别偷懒。然后我们就坐下来喝茶，他说，在重庆的时候，你一直支持我专业写作，而且让我没有什么可以分心的，现在你要搞写作了，我一定要帮助你圆了这个美梦。因此，我在他的鼓励下，学着海明威的样子，每天早晨起床就写，无论写得出写不出，写得好写得不好，总要写满一张三百字的稿纸，以后我又改为写日记。就这样，我开始了真正的写作。当然，当时鼓励我写作的还有袁鹰和姜德明，他们不断来约稿，坚定了我写散文的信心。

李鸣生：您认为徐迟是那种每当朋友有难时，就会义不容辞地站到身边的朋友吗？

冯亦代：当然是了。特别是每次我在精神最痛苦的时候，他都会及时地开导我，为我指点迷津。我至今还记得我戴上右派帽子后，他对我的一次谈话。他说，塞翁失马焉知非福，从此你可以不必再跑龙套了，你可以回到文学的殿堂来，坐下来安心写作或者翻译一些东西了。后来他要到武汉去，我在北京的西四路口遇到了他，他紧紧握住我的手说，不要对自己悲观，应该振作起来，冲向你的目标！

李鸣生：应该说，你们既是知己，又是益友。

冯亦代：是的，徐迟懂的东西太多了，人文科学与自然科学他都有涉猎。他对中国文学事业的贡献很大，特别是对报告文学的贡献，真是功不可没。夏衍老人在世的时候，就常常提到他，说中国文人，除了那几位原先学理工和医学转到文学的人外，徐迟可说是最先一个涉猎自然科学的人，我们应该像他那样扩大读书的范围，读些自然科学的书刊以扩大自己的眼界。后来我试着照着他的话去做，但只要同徐迟一谈，就觉得自己差得远了。我是"徐迟迷"，但我永远做不了一个像徐迟那样的人……

李鸣生：冯老，您太谦虚了。

二、 关于乔冠华

李鸣生：冯老，听说您与外交部部长乔冠华关系不错，接触比较多，你俩是不是也是在香港认识的？掐指算来，有近半个世纪了吧？

冯亦代：是的，我和乔冠华是在香港认识的，接触也比较多，但我们不是一个组织里的。他在《时事晚报》，我在孔祥熙的儿子孔令侃办的《星报》里，每天翻译英文电讯。那时，我只是一个入世不久的年轻人，除了有一腔火热的报国之心，别无他长；而乔冠华手中的笔杆子却成熟而犀利，常常剖析时局。我每天都读《时事晚报》他用

“乔木”这个笔名写的政论文章，每读一文，心明眼亮，大有收益。我对他的狂热倾倒，只不过是当时年轻人中的一员而已。我知道《星报》写社论的罗吟圃和乔冠华是好朋友，我就缠着罗吟圃给我介绍“乔木”先生，想认识认识。

李鸣生：您现在还记得第一次和乔冠华见面的情形吗？他给您留下的第一印象是什么？

冯亦代：我和乔冠华第一次见面是在香港告罗士打行的地下层“聪明人”咖啡店里。乔冠华个子很高，很瘦，戴着一副黑边眼镜，夹着一个黑皮包，走起路来有点弓背，很有学者风度。特别是他那双眼睛，一看就让人肃然起敬。尤其是他对时局鞭辟入里的分析和一针见血的见解，让我非常佩服。后来我和徐迟常常谈到乔冠华，我对徐迟说，听乔冠华谈话非常愉快，简直就是一种享受，他对我做人处世有着非常大的影响和帮助。

李鸣生：乔冠华当时好像主要是给报纸写文章？

冯亦代：对，乔冠华当时写的文章很厉害，他屋里、床上，到处都是报纸，世界各国的报纸都有。他的文章很有特点，看他的东西，等于看论文一样。

李鸣生：他这人说服力强，又很富有激情与理性，这对他后来做外交官，应该说很有关系吧？

冯亦代：对于外交，那时他还不懂，刚从德国回来，一个人也不认识。但那个时候，我们都看他的文章。我在上海的时候，还给他出过一本论文集。

李鸣生：您对乔冠华这个人怎么看？

冯亦代：就是一介书生，对人情世故不大懂。因为他个子高，和人说话又爱仰着头，所以别人说他骄傲。

李鸣生：凡有本事的人都会被人扣上一顶“骄傲”的帽子，没办法，这大概也算“中国特色”。

冯亦代：乔冠华对某些人骄傲，对朋友不骄傲。当时，他在香港《时事晚报》写社论，我认识他以后，他还给我讲，不要只管埋头写文章，也要认识人。刚开始，大家谈到乔冠华时，对他并不太了解，我说乔冠华这人可不得了！白天看书，晚上也看书，看到很久。他对报纸不懂，就自学博士，是一个只知道工作不知道休息的人。他住在闹市中一间狭小的楼房里，屋子有点西晒，白天黑夜，闷热得很，像个蒸笼，要到半夜甚至清晨才有点凉风。由于没钱，吃得也很差，因为写文章，饱一顿饿一顿是常有的事。我和他熟悉以后，实在不忍心看他过着这样的日子，多次让他每天社论发稿后，就到我家去吃饭休息，后来他好不容易同意了。可没过多久，我家的保姆就向我告状，说“酒仙”除了喝酒看外国报纸以外，从来不好好吃饭睡觉。我家保姆称乔冠华为“酒仙”，因为乔冠华特能喝酒。保姆还说，我把他的书报拿开，不一会儿又在他手头了；我给他盛了饭，他又想心事，饭菜都冷了也不吃；我明明看他睡下了，可我厨房还没收拾完，他又在看书了。有一天我就找到乔冠华，问他有无此事？他叹了口气说，国内国外的形势这么紧张，我又要写文章，又要收集资料，时间实在不够用。唉，要是当初定四十八小时为一天就好了！我说，现在只有二十四小时一天，你必须服从这个规定。他嘴上答应我了，可一转身，行动上照旧，一点办法也没有。

李鸣生：没想到这位外交官年轻时就这么勤奋！

冯亦代：他那时候住报馆，家里全是外国报纸，有《泰晤士报》什么的。我当时一张外国报纸也不知道，认识他之后才知道还有很多报纸的。

李鸣生：乔冠华若与徐迟相比，在性格上是不是要更开朗、洒脱、乐观一些？

冯亦代：是的。比如有一年乔冠华住院开刀，大家都为他的病担忧，他却像没事一样，乐呵呵的，每天听音乐，自娱自乐。他最喜欢的是贝多芬的乐曲，每次我们去病房看他，他从来不谈他的病情，不是分析时局，就是谈他对贝多芬的欣赏。我从来没见他愁眉苦脸过，平日总是春风满面，鼓舞着一些对时局悲观的人。

李鸣生：难怪后来他成了一位出色的外交官。

冯亦代：是啊，他在国内国际都有很大的影响。

三、 关于戴望舒

李鸣生：冯老，听宗英老师说，您和著名诗人、《雨巷》的作者戴望舒先生也是好朋友。我记得好像是1935年三四月份的时候，戴望舒因为参加了法国和西班牙的一些反法西斯游行，被学校开除了，后来只好被迫回国。您最早认识他，和徐迟一样，也是在香港吗?

冯亦代：是的，是在香港。不过，我认识戴望舒很偶然。

李鸣生：您认识他是什么时候?

冯亦代：大概是1938年的2月份左右。当时上海早已沦陷，日军的铁蹄一面溯江而上席卷江淮，一面沿路南下侵占杭嘉湖一带。上海成了孤岛，大批文化人就转道港九去了汉口；但也留下一批在香港开展抗日救亡工作的人。戴望舒就是留港中的一个。当时我也到了香港，在那里开始我的文艺学徒生活。有一次，我的同学陈宪锜要到《星岛日报》找张光宇，邀我同去。《星岛日报》是上海文化人经常聚会的地方，为了能够认识一些文化前辈，我就去了。就在那里，我第一次见到了戴望舒。不过有点出乎我的预料，因为在我想象中的诗人，一定都是风姿潇洒的，没想到戴望舒一点没有诗人的矜持，一副憨厚的样子，非常质朴。只是个头比我高，像个彪形大汉。但奇怪的是，当他握着我的手时，我感到他的手很柔软，像个少女的手似的。他说话的声音也很低，不时夹着几句杭州口音。我一下子就喜欢上他了，后来我们成了朋友，但我始终把他当作前辈看待。

李鸣生：你那个时候开始动笔写作了吗？

冯亦代：我当时在香港报纸上经常写点影评什么的，戴望舒知道。有一次，我们在"聪明人"咖啡店喝茶，戴望舒突然问我，你搞文学创作吗？我说我写了些散文，还学着写了一点诗，也搞搞翻译什么的，现在正在写一个中篇。他说你给我看看好吗？后来我就把一些习作的手稿交给他看。过了些日子，他约我去喝茶，他说你的稿子我都看过了，你的散文还可以，译文也可以，你该把海明威的那篇小说译完。不过，你写的诗不行，好多都是模仿别人的，没有自己的东西，更没有什么新意，不是从古典作品里来的，就是从外国来的，也有从我那里来的。我说句实在话，你不要再写诗了，我感觉你成不了诗人。但你的散文还不错，我选了一两篇准备发在《星座》上。听了他这番话，我受到很大鼓励。因为当时在香港，只有《大公报》和《星岛日报》有文艺副刊，《星座》是戴望舒编的。后来我的散文真的就在《星座》上发表了。这是我第一次在文艺刊物上发表作品，可以说是戴望舒给我打开了一扇进入文坛的门。直到今天，我还非常感谢这位文学前辈！如果当初没有他的提携，我可能就不会走上文学创作的道路了。

李鸣生：我记得戴望舒是因为气喘病注射过量的麻黄素而去世的。在我的印象中，戴望舒是一个意志很坚强的人，他在身体状况极差的情形下也一直坚持写作，很让人钦佩。我很想知道的是，您在与他的交往过程中，他给您有哪些与众不同的印象？

冯亦代：没错，他是因为注射了过多的麻黄素而去世的。他积极参加抗日宣传工作给我留下的印象很深。当时他常在《星座》上发表宣传抗日的诗文，凭着不做亡国奴的信念，每天拼命工作。他患有过敏性气喘病，香港天气潮湿，对他的身体有很大影响，我经常听见他喉间拉风箱似的呼噜声，可他始终坚持伏案工作，所以我非常崇拜他，敬重他。可惜那个时候我还年轻，很贪玩。他多次对我说过，不要浪费时间，浪费青春，要多读多写。但多年来我从来没有好好听从他的教导，总是冷一阵，热一阵，好多时间都被我白白地浪费了。现在已经到八宝山火葬场的途中了，已经走到五棵松了，想起他的话就惭愧！

李鸣生：他是不是一直在病中坚持工作，而且热情始终不减？

冯亦代：是的。他 1941 年底因宣传革命被捕入狱。1945 年抗战结束后，我回到了上海。记得是 1946 年的一天，徐迟告诉我说，望舒带着妻儿回来了，我们见见吧。我们就见面了，见面后我们都很高兴。戴望舒还是老样子，但两鬓已经有了白发，气管炎也比原来更厉害了，多走一段路就呼哧呼哧直喘气。我问他身体是怎么回事，他说日军的地牢里很潮湿，加重了他的气管炎。然后他又笑着说，现在好了，总算可以自由自在地工作了！但他高兴得太早了，不到一年，他因为从事民主运动，又被国民党统治当局通缉，不得不再次流亡香港。

李鸣生：那您和他在一起的日子其实并不多？

冯亦代：我一直深感遗憾的，就是和他聚少离多。好不容易聚在一起的时候，又忙于自己的事情。他第二次住院的时候，我曾经去看过他。他躺在病床上，脸色焦黄，严重的气管炎让他喘不过气来。我看了心里非常难受，很心酸。但他却笑着，用非常微弱的声音对我说，我快出院了，你何必来呢？放心，没事的。我坐在他跟前，却相对无言，不便说话。后来我起身告辞时，他又喘着气对我说，我的译书的校样送来后，也给你送一份来，这几天我躺在床上想了想，有些地方的翻译还得润饰一下。后来他出院后，到办公室来过一次，主要是看看有什么事要做。我跟他说，您刚出院，应该在家里好好休息。他叹了口气，说，哎，老待在家里也很烦，出来走走，散散心，也许对身体有好处。我清楚地记得，这是他最后对我说的话。我常想，要是当初他不是个写作狂，也就不会得气喘病了；即使得了气喘病，也不至于那么严重；没有那么严重，就不会注射大量的麻黄素，他也就不会那么早离开我们了。

李鸣生：戴望舒先生去世时好像才四十五岁？

冯亦代：是的，他是1950年在北京病逝的。

李鸣生：一代才俊，太可惜了！

冯亦代：他去世后，被安葬在北京香山万安公墓。墓碑上是茅盾的亲笔题词："诗人戴望舒之墓"。

李鸣生：茅盾先生用"诗人"为他的人生画了个句号，我觉得再合适不过了。说到诗，我想到戴望舒的诗。他的诗几十年来一直颇受非议，"文革"中还遭到批判，甚至时至今日，还有人说戴望舒是"资产阶级的诗人"。您怎么看待这个问题？

冯亦代：戴望舒是不是个"资产阶级的诗人"，我以为卞之琳先生给《戴望舒诗集》写的序里，说得是很公正的。从艺术上讲，望舒曾对他的诗作了刻意的追求，但他并不是始终甘心自囿于象牙塔的人。他为了纪念一位朋友写下了《断指》，这首诗说明他有逃避现实的一面。但在抗日战争全面爆发之后，中国的现实，迫使他不得不在"塔"里"塔"外作一抉择。而他凭着良知，选择了后者。这个转变，是很说明问题的。当时，戴望舒的几位亲友都堕落成了汉奸文人，而他却抵抗住了这一外来的引诱。

其实，戴望舒的一生，也是中国知识分子所走道路的象征。我常常想起胡乔木所写的那篇悼念望舒的文章，他高度评价了望舒投身革命、献身祖国的精神。令人遗憾的是，至今还有人称戴望舒为"资产阶级的诗人"。不过，标签打不倒死去的人，更吓不了活着的人。我想，只要仔细读过望舒的诗的人，是会真正了解戴望舒是怎样一个人的。

四、 关于丁聪

李鸣生：冯老，听说您和著名漫画家丁聪也很熟？

冯亦代：对。我们不叫他丁聪，都叫他小丁。

李鸣生：为什么呢？

冯亦代：他自己说过，他刚开始画漫画的时候，在画上签名时曾用过丁聪。但繁写的“聪”字笔画太多，如果“丁聪”签在一幅大的画上还好；但要是签在一幅小的画上，版面做出来就不太协调，不好看。后来张光宇建议他干脆就签个“小丁”算了。他认为有理，以后所有的画签名，他就用了“小丁”。还有一个原因，他说在中文里，“丁”就是人的意思，小丁就是小人物。他认为尽管他成名了，但还是个小人物，连个头都小。

李鸣生：所以，他一辈子在漫画上的题名都是“小丁”，一辈子都喜欢朋友们叫他“小丁”，一辈子都以“小丁”自居，以“小丁”为荣。

冯亦代：对，他是心甘情愿一辈子当个小人物的。

李鸣生：很多人都非常喜欢丁聪先生的漫画，却对这个署名“小丁”的人并不是很了解。您和他交往较多，请您谈谈您眼中的“小丁”是个什么样的人？怎么个“小”法？他本人是不是像他的漫画一样有意思啊？

冯亦代：他呀，是个非常有意思的人。小丁说话做事，从来都很率真。他有三句有名的口头禅，一句是“定规要这样做”，表示他的个性；一句是“呆板数这样做”，表示要尊重客观事实；还有一句是“一定勿来事”，表示他从不迁就人，决不人云亦云。我们常常说，眼睛是一个人心灵的窗户，其实嘴巴也是。小孩的眼睛清澈如水，说明他灵魂纯净；老人的眼睛看去有些混浊，是生理原因，不能说这位老人就不好。嘴巴是直接表达思想的工具。现在不少都用嘴巴来迎合世道，但小丁这人决不。风向东，他决不说西；风向西，他决不说东。小丁自己就经常说，阿拉是好囡，只晓得这样做。丁聪以小丁出名，大家叫他小丁还有一个原因，是因为他父亲也是一位著名的漫画家，这样好有所区别。

李鸣生：哦，丁聪的父亲也是一位漫画家？我孤陋寡闻，一点不知。

冯亦代：对，丁聪的父亲叫丁悚，是中国政治漫画家的前辈。小丁是丁聪开始作画时用的笔名。所以，即使现在丁聪已经是个小老头了，我们还是叫他小丁。

李鸣生：我看妙就妙在这个“小”之上。名为小，实为大嘛！

冯亦代：是的，一是叫了一辈子，叫惯了，叫起来顺口、舒服，要改口很难；二是如果我们现在叫他老丁，我觉得反而不好。因为小丁之为小丁，贵就贵在这“小”字上。这个“小”字体现了他的本性，说明他的纯真，说明他至今童心未泯。我活了一辈子，结交了不少朋友，但有的人就像蒲公英，风一吹来了，风一吹又去了。现在，四十多年的故交已屈指可数，其中小丁就是一个。四十多年来，我们相交淡如水，却又浓得化不开。说淡如水，因为我们若分处两地，连封信也不写的；说浓得化不开，就是说即使不见面，一天也得念几遍。他在北大荒时，我就时时想念他，有时甚至会有一种莫名其妙的恐惧。

李鸣生：恐惧？怎么讲？

冯亦代：这只有从那个年代过来的人才有真切的体会。当时我总是害怕他出什么问题，担心他有什么闪失。因为小丁这个人呀，心直口快，一贯说真话，想什么就说什么，从来没有任何掩饰，不知道哪一天因为一句话，很可能就会招致祸端。直到他回到北京，我看见了他的笑容，我悬着的心才放下来。

李鸣生：你们那一代人心灵留下的恐惧，可以称为“时代后遗症”了。

冯亦代：是啊，这种“时代恐惧症”，恐怕很难再从心底深处抹掉了。

李鸣生：你喜欢丁聪，很重要的一点，是不是因为他个性率真，无拘无束？

冯亦代：是的，小丁是个实心人，不管生活上如何颠簸，他认定朋友后，始终如一。我的前妻安娜曾经给他写了个鉴定，说小丁非常正直，可爱到不怕揭自己短处，不怕出洋相，该怎么办就怎么办。不走邪门歪道，对人对己，有什么说什么，话不带刺，气不过盛。只有想不通才争得面红耳赤，想通了一定认输，绝不文过饰非。根据我四十多年的观察，我完全赞同安娜的这个“鉴定”。

李鸣生：能举几个具体的例子吗？

冯亦代：小丁有时候的确会显出他的“小”来。碰到生人，特别是碰到姑娘们，他就变得木讷、腼腆，很不好意思，直到现在好像都是那样。我记得他在二十岁那年，为生活所迫，到上海一所十分洋气的女子中学去教美术课。可他一想到要去面对一群姑娘，就害怕。临到要去上课那天，他父亲看出了儿子的心思，就亲自“押”他上阵。他进了教室后，眼睛只看黑板，只看讲台，就是不敢抬头看一眼坐在台下听课的学生。因为坐在台下听课的学生都是些姑娘，有的年纪比他还大呢。我问过他当时是什么心情，他说尴尬死了，当时要是地下有个洞，他一定都钻进去啦！小丁后来到了三十岁的时候，也没对象。他这人那，长得既不算好看，又不能说不好看，他有他自己独特的相貌，性格又非常幽默，所以当时也有姑娘喜欢他这一点。可他也不是无动于衷，而是有自己的想法。他要找个自己理想中的人，一个和他一样实实在在的人。

李鸣生：你们一帮朋友有没有帮他找一个啊？

冯亦代：我当然会为他着急，可也没什么好办法。后来他到了四十岁，我们这些朋友更为他着急。但“皇帝不急，太监急”，他自己好像并不着急。那个时候，他和我在同一部门工作。他虽然有个工作、睡觉的地方，可是他没有家，所以中午他就在我家里吃雪里蕻肉丝汤面。每见到他，我就会想起他妈妈叮嘱我的话，要我帮小丁找个对象，为他成个家。后来，他的妹妹丁一薇给他介绍了个同学，是上海复旦俄语专业毕业的，名字叫沈峻。我曾经打探过几次小丁的口风，他很满意。我就天天催促他，四十了，不小了，赶快结婚吧，好好安个家！

李鸣生：结果怎样？

冯亦代：1957 年，小丁和沈峻结婚了。后来有了儿子，小丁当父亲了。但是小丁还是小丁，一点不像个“丈夫”的样子，更不像个“老子”的样子。作为丈夫，他在家里没有什么“地位”，他也不去争抢这个“地位”，大事小事几乎都是他妻子说了算；作为父亲，他也不像父亲，和儿子就像弟兄。在二十多年时间里，我好像从来没有见他要过一次丈夫的威风或者老子的脾气。他把所有的心思和精力都用在了埋头作画上。他的妻子沈峻常常在我面前埋怨小丁，说这个小丁呀，我真的把他没办法，家里的事他不但一样不管，他自己生活上的事我还得样样为他操心。我就开玩笑说，因为他“小”嘛！

李鸣生：听说丁聪自己也公开宣称自己怕老婆，还说把一切交给夫人包办。我想，像丁聪这种性格的男人，夫妻俩的感情应该处得不错吧？

冯亦代：当然好了。小丁选择的沈峻，是个好人。她几十年来所受的压力不小，但她自己默默地承担了所有的压力，很坚强，挺住了，成为小丁的终身伴侣。但很可惜，他们结婚第二年，也就是 1957 年，就遇到了反右“扩大化”，小丁忽然被打成了“右派”，被发配到北大荒“劳动改造”。“右派”这顶帽子他一戴就是二十二年，直到十一届三中全会以后，才被平反昭雪，才有权利拿起笔来画画。

李鸣生：我记得丁聪的老朋友黄永玉说过，丁聪命中注定什么都慢，他一生中有四慢，第一慢，四十岁才娶老婆；第二慢，二十多年才摘掉“右派”的帽子；第三慢，“文化大革命”结束很多年了才平反；第四慢，住了几十年的小屋子才分配去住楼房。

冯亦代：黄永玉说得对，小丁这人就这样。

李鸣生：我还听说，丁聪这人很幽默，甚至在“文革”那种恐怖气氛下，他也本性不改。有一次造反派逼着他揭发黄苗子的问题，他说我不知道黄苗子有什么问题。造反派就不让他过关。后来他被逼急了，就装着恍然大悟的样子说，哦，我知道了，我现在才认识到黄苗子这家伙非常坏，简直是坏透了！“造反派”信以为真，忙问他，黄苗子这家伙怎么坏？他说，黄苗子这家伙干了这么多“反革命勾当”，竟连一件也不告诉我这个老朋友，你们说这家伙坏不坏？结果，他被“造反派”暴打一顿。

冯亦代：对，小丁这人很幽默，也很坚强，他对于艺术有一颗挚爱的心。北大荒二十多年生活的煎熬，有几个人能承受得了？小丁回到北京后，我记得我们第一次见面时他跟我谈的，不是在北大荒劳动有多么苦，或是生活对他有什么折磨，而是告诉我他在那里如何偷偷作画。我看过几幅他的写生画，很生动，很感人。虽然事情已经过去二十多年了，但其中有一幅画让我特别感动。我记得是画面上有一角木棚，棚前是破败的木板墙，墙角有一棵小树。这幅图是用铅笔画的，给人一种恬静的感觉。其实，从这幅画上，我看到的是小丁宽阔的心胸，坦荡的心境，一个人只有在这种心境下才能画出这样的画来。小丁告诉我说，这幅画是他偷着画的，画完后也不敢给人看。可是他没有一丝哀怨，有的只是旷达，是宽恕。

李鸣生：看来时间和逆境，最能考验一个人的坚韧和胸襟了。

冯亦代：是啊，古人早就说过，路遥知马力，日久见人心嘛！

李鸣生：冯老，我看过茅盾先生写丁聪的一篇文章，里面写了他们第一次见面的情景，大意是说，“小丁”给茅盾的第一印象，是一位运动员。后来茅盾每次看到小丁的画，眼前就会跳出一个短小精悍、天真快乐的运动员形象来。

冯亦代：茅盾说得对，小丁年轻时喜欢运动，也爱穿运动服，是一个啥事都想得通、很乐观的老头儿，到死都是这样。

李鸣生：丁聪先生是啥时走的？

冯亦代：是去年（作者注：即 2009 年）5 月 26 日走的。

李鸣生：这么有趣的一位老人，怎么说走就走了？他去世的具体原因您知道吗？

冯亦代：我听宗英说，他先是不小心摔了一跤，后来在一次吃饭的时候，一不小心又把饭粒呛到气管里了。结果引起高烧，住进了医院。因为高烧不退，出现并发症，没抢救过来，就走了。

李鸣生：他走的时候高寿是……

冯亦代：九十三岁。他是 1916 年生人。属于中国第一代漫画家，堪与华君武、叶浅予、张乐平齐名。但他生前说过，他去世后，不设灵堂、不开追悼会、不留骨灰。

李鸣生：丁聪先生的漫画可以说是影响了一代又一代的中国人，我们这一代人都是看着他的漫画长大的。在中国，这样的漫画家百年难遇，寥若晨星，太可惜了！

冯亦代：是啊，他走了，给我们留下了无数宝贵的画稿，而自己却什么也没带着，衣兜里只揣着夫人沈峻写给他的一封信，就上路了……

李鸣生：对了，冯老，我来之前查到了丁夫人沈峻这封信的内容。我带来了一份复印件，我跟您念念，您听听丁夫人写给丁聪的最后那封信，是不是这样写的：

小丁老头：

我推了你一辈子，就像高莽画的那样，也算尽到我的职责了。现在我已不能再往前推你了，只能靠你自己了，希望你一路走好。

我给你带上两个孙子给你画的画和一支毛笔，几张纸，我想你会喜欢的。

另外，还给你准备了一袋花生、几块巧克力和咖啡，供你路上慢慢享用。巧克力和咖啡都是真糖的，现在你已不必顾虑什么糖尿病了，放开胆子吃吧！

这朵小花是我献给你的。有首流行歌曲叫《月亮代表我的心》，这朵小花则代表我的魂。

你不会寂寞的，那边已有很多好朋友在等着你呢；我也不会寂寞的，因为这里也有很多你的好朋友和热爱你的读者在陪伴着我。

再说，我们也会很快见面的。请一定等着我！

永远永远惦记着你的凶老伴

沈　峻

冯亦代：……（低着头，似乎想起了什么，不再说话）

五、关于鲁迅

李鸣生：冯老，前段时间我们聊了不少您的朋友的故事，今天我们聊聊您认识的一些文学前辈，好吗？

冯亦代：好呀。

李鸣生：您和鲁迅先生见过面吗？

冯亦代：没有。虽然当时我们都在上海，上海的文化人士也常搞一些地下活动，聚会什么的，但因为是抗战前期，局势、环境都不好，一次聚会最多三四个人，所以在聚会的时候，我没有见过鲁迅，后来也一直没有机会去看鲁迅。

李鸣生：这是个遗憾了。

冯亦代：不过，鲁迅去世后，我倒见过鲁迅。

李鸣生：去世后见过，怎么说？

冯亦代：鲁迅去世后，我去殡仪馆瞻仰过鲁迅先生的遗容，还参加了他的葬礼

李鸣生：您参加过鲁迅先生的葬礼？这个有意思，我可没想到，具体聊聊好吗？

冯亦代：应该是1936年的10月份，具体是哪一天，我记不清了。有一天，我在上海《大晚报》上突然读到了鲁迅先生去世的噩耗。这对我简直就是一个晴天霹雳！当时我站在汉口路的十字街头，被这一消息惊呆了，不知如何是好，甚至不辨东西南北了。

李鸣生：如果我没记错的话，鲁迅先生是得肺病去世的，对吧？去世时刚满五十五岁。去世的具体时间，应该是1936年的10月19号，大概是早晨5点多钟。他当时好像是住在上海大陆新村九号寓所。

冯亦代：对的，是得肺病去世的。去世的具体时间我不记得了。

其实，鲁迅先生生病的消息，我早就从一些进步朋友那儿听说了，但我从来没有想过，鲁迅先生会突然一去不返，说走就走，永远离我们而去。第二天一早，我就假装生病，向公司请假，说我头痛，不舒服，然后就赶到了上海胶州路万国殡仪馆。我赶到的时候，胶州路和殡仪馆附近已挤满了很多的人。殡仪馆的吊唁大厅里、走廊上，到处都挂满了挽联。在大厅外的空地上，也都拉起好多的绳子，绳子上挂满了雪白的挽幛。在这之前，我除了见过鲁迅先生的木刻与照片外，从未见过鲁迅先生本人，想不到等到他去世后，我才有机会见他一面，真是我一生中最大的遗憾。因此，当我在他的遗容前默默肃立的那一瞬间，我的心情非常难受，非常复杂，我只感到自己的头脑一片空白，身体好像也是空空的，眼泪情不自禁就流出来了。

李鸣生：我曾经看过一些史料，说这天去吊唁的有作家、有学者、有工人、有学生、有报童、有小商小贩，甚至还有拉三轮车的车夫。送挽联、挽辞的也不少。郭沫若生前虽然无缘与鲁迅谋面，但他却送了一副挽联："方悬四月，叠坠双星，东亚西欧同殒泪；钦诵二心，憾无一面，南天北地遍招魂。"全国学生救国联合会送的挽词是："鲁迅先生不死，中华民族永生。"有意思的是，上海烟厂工人也送了一副挽词，挽词只写了四个大字："精神不死。"最感人的是许广平的挽词，挽词的大意是："你曾对我说：'我好像一只牛，吃的是草，挤出来的是奶和血。'你不晓得，什么是休息，什么是娱乐。工作，工作，你死的前一天，还在执笔……"在三天还是四天的公开吊唁中，去瞻仰鲁迅遗容的人非常多，签名的个人大概是九千四百多人，团体一百五十多个，没有签名的不计其数，总共大概有一万多人！

冯亦代：具体有多少人我也说不清，反正人不少，我看见不少都是像我这样的年轻人。瞻仰完鲁迅的遗容后，我就挤在人群当中，等候启灵到墓地去。等了差不多有两个多钟头，都到下午了，但大家都很耐心。后来我看见有人扶着灵柩从大门出来了，然后灵柩被抬上了灵车。我知道抬灵柩的都是鲁迅先生生前的好友和学生，但我一个也不认识。后来才知道，那天出殡时，扶柩上灵车的，有宋庆龄、蔡元培、沈钧儒和巴金、萧军等几位作家。抬着鲁迅先生的巨幅遗像走在送葬队伍最前面的，是几位青年艺术家。鲁迅先生的这幅遗像，是油画家司徒乔画的。我跟着送葬的队伍往前走，一路上我看见又有不少人加入进来。灵车走过胶州路、极司菲尔路、兆丰路，送葬的人越来越多，送葬的队伍越来越长。街道上原来很热闹，见送葬的队伍过来后，都突然安静下来，连那些租界当局派出来的骑着马的印度巡捕也伫立在马路两侧，他们手上都端着枪。

李鸣生：端着枪干吗？

冯亦代：是啊，我当时就想，印度人不是英国的臣民吗？为什么跑到中国的土地上来了？中国的一个大作家出殡，难道还要让英国殖民地的臣民来维持秩序吗？后来，送葬的队伍一出租界，走到虹桥路的时候，骑着马的印度巡捕没有了，但一群中国警察却出现在了马路的两边。他们也端着长枪，一个个耀武扬威的样子，直视着我们。当时我就想，我们是一群年轻人，赤手空拳的，是去参加葬礼，又不是参加暴动，为什么端着枪盯住我们？

李鸣生：他们这是怕，怕鲁迅先生。鲁迅生前，他们怕；鲁迅死了，他们也怕；直到现在，还有人怕！

冯亦代：到了万国公墓，这才开始举行葬仪，致悼词。

李鸣生：我看史料说，为鲁迅先生主持葬仪的，是北大老校长蔡元培。宋庆龄、沈钧儒、邹韬奋、章乃器等人讲了话。还有鲁迅先生的日本挚友内山完造也讲了话。最后是胡愈之先生致的悼词。

冯亦代：对。这些大名人当时我一个都不认识，我也是后来才知道的。当时，在哀乐声中，现场一片肃穆、安静，大家都沉浸在一片悲痛、哀伤之中，不少人都流下了眼泪，还有人发出了低声的抽泣声。

李鸣生：史料上说，鲁迅先生的灵柩在墓穴中安放好了后，送葬的人们还唱起了《安息歌》。

冯亦代：对。后来我才知道，这首《安息歌》是吕骥、冼星海临时谱写的。歌词好像是：愿你安息，安息，安息在土地上什么的。后来，我看到鲁迅先生的灵柩上，覆盖着一面好大的旗帜，上面写着三个大字："民族魂"！当时我的心灵受到强烈的震撼！

李鸣生：鲁迅先生生前对您的影响就很大，对吧？

冯亦代：是的。我看鲁迅先生的作品，感触很深，他的作品，总能引起我的许多思考。特别是我参加完鲁迅先生的葬礼后，似乎觉得自己突然长大了，尤其是我的心智好像一下成熟多了。当天晚上，我就失眠了。我思前想后，下定决心，走鲁迅先生给我们选择的道路。鲁迅先生说过，路是人走出来的。现在他已经给我们走出了一个个的足印，我应当按着他的足印走下去，走向中国的解放，走向新生，走向光明。这一夜，是我一生中关键的一夜，因为我决定了我要走的路。过去，我有点浑浑噩噩，参加了鲁迅先生的葬礼后，我一下明确了我人生的目标。

李鸣生：冯老，关于鲁迅先生，几十年来已有很多的评价，我很想知道，您个人怎么评价鲁迅先生？

冯亦代：我觉得，鲁迅先生就是希腊神话中的普罗米修斯，一位生命之火的传布者。我从他的作品里悟到一个道理，就是谁都向往光明，但要想得到光明，就要有勇气承担一切苦难。

李鸣生：说得好。要想得到光明，就要有勇气承担一切苦难。

冯亦代：鲁迅先生就是苦难的承担者。

李鸣生：冯老，有个问题我想问问您。这么多年来，不少人总在说着一个话题，就是如果鲁迅先生能再活几十年，他的命运会是怎样？

冯亦代：（不语。半晌，才缓缓吐出一句话来）这个……就很难说了。

李鸣生：难说，我们就不说了。冯老，您休息吧。

六、关于茅盾

李鸣生：冯老，听说您和茅盾先生也有缘相识？

冯亦代：对啊。

李鸣生：您第一次与茅盾见面大概是在什么时候？

冯亦代：抗战时期。我在香港的时候，茅盾住在九龙，他非常忙，所以我们相互之间，只晓得对方的名字，他也只是偶尔碰到了我的文章，看看而已。那个时候茅盾的名气就很大，而我一点名气也没有。

李鸣生：你最初是在什么地方认识他的？

冯亦代：我真正认识茅盾先生，是在重庆，就是茅盾第二次去内地的时候。现在回想起来很滑稽。开始他住在江北，每天要过江。我们虽然在一起工作，但很少碰面，所以我认识他，他却不认识我。他是广东人，我们讲上海话，他听不懂。后来时间长了，机会多了，就认识了。

李鸣生：茅盾当时给您留下的是什么印象？

冯亦代：他很谦虚。其实，我和他熟悉的时候，不是在重庆，也不在香港，而是 1949 年后在北京。那个时候我经常去他家，但也不敢多去，怕影响他休息。他那时身体很不好，眼病更是糟糕。每次我去见他，他很高兴，总要谈一些当时文坛的往事。从他的谈话中，我每次总能得到一些启示。茅盾这人意志很坚强，他从来没有对生活失去信心。我情绪低落的时候曾经向他诉说过心中的苦闷，他就对我说，一个人精神不能颓废，你一定要振作起来，也不能随波逐流。只有这样，到头来事业才会有成。茅盾当时很信得过我，他有什么事，都让我去做。

李鸣生：您常常去他家，有什么印象很深的细节，现在还记得吗？

冯亦代：有。在茅盾面前，我是后生，是晚辈，但每次我从他家出来的时候，他一定要送我到门口，无论如何他都要送。临别时，还总是向我点点头，让我感到很亲切，很和蔼，也很可信。

李鸣生：看来茅盾先生是非常讲究中国传统礼节的一位作家。他除了写作外，还有什么业余爱好吗？

冯亦代：他没什么业余爱好，除了写东西，还是写东西。他后来身体不太好了，晚上老睡不着觉。记得有一次，我去看他，和他聊了起来，他告诉我说，他前几天晚上睡觉时，从床上掉下来了。因为儿子住在另一间屋子，所以不知道。后来不知过了多长时间，他自己醒来了，觉得冷，又爬到床上去睡了。

李鸣生：茅盾先生算是一个书呆子吗？

冯亦代：是个书呆子，太书呆子了！

李鸣生：您给我谈几个他书呆子的细节吧。

冯亦代：有很多事，现在已经忘掉了。还是刚才说过的，我是小辈儿，可他非要把我当大人物一样送到门口。所以在他面前，我虽然是小辈儿，却从来不觉得有什么生疏感，什么都可以和他谈。像他这样的人我也认识很多，但没有像和他那样谈得那么随便，很奇怪。

李鸣生：茅盾先生的病情后来怎样？

冯亦代：唉……（停顿了一会儿，接着才说）他生病后，身体一直不太好。后来，他夫人也去世了……

李鸣生：茅盾先生多大年纪时夫人去世的？

冯亦代：你不要问我时间，我已经很难记起了，只要是年月日，我都记不住的。

李鸣生：对不起，冯老。

冯亦代：没事的。唉，人老了，有些人和事记得特别清楚，有的人和事，尤其是具体数字，就怎么也记不起来了。真是很奇怪。

李鸣生：冯老，茅盾的夫人去世后，后来有再娶吗？

冯亦代：他应该再娶的，但后来他一直没有再找老伴儿。

李鸣生：这种情况在文人中似乎很少见。为什么呢？

冯亦代：唉，他嫌麻烦！

李鸣生：嫌麻烦？找个老伴来照顾他，怎么还会嫌麻烦？

冯亦代：你不知道，他以前的夫人姓孔，把他管得很紧，他觉得很不自由。

李鸣生：你的意思是说，茅盾先生在家里是个"妻管严"？

冯亦代：对，就是这个意思。如果再找一个的话，他就又不自由了。所以他宁肯自己一个人过，也不愿意再找一个。他自己说过，何必呢？自找麻烦。

李鸣生：国内有两大文学奖：鲁迅文学奖和茅盾文学奖。我想从您这儿求证一下，茅盾文学奖，最早是茅盾先生生前自己提出来的吗？

冯亦代：我记得大概是1981年的时候，茅盾生病住院了，他自己可能感觉情况不妙，属于他的生命不多了，就把他积攒下来的二十五万元稿费捐了出来，说设立一个文学奖，鼓励长篇小说的创作。这个奖，应该就是后来的茅盾文学奖吧。

七、 关于夏衍和周恩来

李鸣生：冯老，我知道您和夏衍先生很熟，想必他也是您十分敬重的一位师长吧？

冯亦代：夏衍先生的真名叫沈乃熙。他的第一篇小说叫《新月之下》，发表时署名"沈宰白"，是写一个在日本留学的中国学生对未婚妻的思念的。我在十多岁的时候，就认识夏衍先生了，也知道他是我的一个亲戚，我还和他一起踢过皮球呢！那个时候我都叫他沈伯伯。但 30 年代我在上海读书时，并不知道文坛上有名的夏衍就是我的“沈伯伯”。

等到 1938 年，我在香港见到他的时候，已经认不出他来了，简直没想到他就是小时候我认识的沈伯伯。后来我就跟着当时话剧圈的一帮朋友叫他“夏伯”。以后只要他来香港，我们就经常在皇后大道一家咖啡店见面。后来我经他介绍还认识了廖承志和潘汉年。那个时候我们经常在一起的还有乔冠华、徐迟、杨刚、郁风、黄苗子、袁水拍等。

李鸣生：*夏衍先生，您的夏伯，是不是一直像长辈一样关心照顾着您？*

冯亦代：是的，夏伯很关心我的生活，常常问我平时读些什么书，做些什么社会工作。我记得有一个夏天的晚上，他突然走进我的住处，看见我在翻译英国衣修伍德的《中国之旅》，妻子安娜在读《新哲学大纲》，他说，像你们这样读书用功的夫妇，现在已经不多，你们要好好利用香港这个远离战争的地方，好好读书学习。夏伯的话对我鼓励很大，我一直记在心里。

李鸣生：*您能当面听夏先生的教诲，真是幸运。你们经常见面吗？*

冯亦代：我们见面很多，书信联系也比较多。1941 年初我到重庆后，司徒慧敏让我写了一个电影剧本，叫《紫瑛》；我还翻译了海明威的剧本《第五纵队》。我患了急性肝炎，夏伯从我妻子安娜那里得知我生病后，便写信来安慰我，并托人给我带来一本英国艺人诺埃尔·考沃德的自传，让我打发生病的日子。夏伯还在这本自传上专门为我写了庄子的一句话：“涸辙之鲋，相濡以沫。”这句话成了我做人的座右铭，令我终身不忘。

我在病中读了考沃德的这本自传后，考沃德的奋斗精神让我很受鼓舞。这本书我一直保留到现在，即使在“文化大革命”期间，我也想方设法把它保存了下来。但就在那年的冬天，日本占领了香港，夏伯就和司徒慧敏、蔡楚生、金仲华、金山等人离开了香港，临行前夏伯还让郁风找到安娜，把安娜也带走了。夏伯带着他们一到广西，就发电报给我，要我报告周恩来副主席，说他已脱离险境，安全地回到了国内。

李鸣生：怎么，您与周恩来也认识？您是怎么认识周恩来的？

冯亦代：我是在重庆认识周恩来总理的。不过，我认识他早，他认识我晚。因为他是对外的，他主动认识的人多。我第一次见他是在孙师毅家。

李鸣生：是词作家孙师毅吗？

冯亦代：对。孙师毅是郭沫若文化委员会的委员。抗战时期，孙师毅在重庆的住家，就等于是周恩来的会客厅。所以，孙师毅和周恩来交往多。

李鸣生：如果我们把周恩来当一个普通人来讨论，你对他都有些什么看法？

冯亦代：细腻。对人，不管是大人物，还是小人物，他一视同仁。但他对敌人没有好脸色。

李鸣生：他和李宗仁等国民党军官关系也不错，您怎么看？

冯亦代：他的外交能力很强……（右手敲着扶手，不语）

李鸣生：他待人很细致，是吧？

冯亦代：细致，考虑人家多，考虑自己少。比如在重庆，我们去《新华日报》时，他常会问：“进来时，你有没有看见别的人？”如果说没看见，他就放心了；如果说看见有人，他就会问，你看见的是个什么样的人？……

周恩来当年住的那个房子现在还可以去看，房东姓什么，我记不起来了，是个女的。我到重庆不久，安娜也到了重庆，周恩来和邓颖超大姐还在孙师毅家里接见过我们，安娜也向邓大姐讲过和夏伯他们逃离香港的一路险情。不久，夏伯也来到了重庆。

李鸣生：您曾经说过，您的作品夏衍先生总是耐心阅读。那么他除了鼓励您好好写作外，对您的作品有没有提出过批评？

冯亦代：有，不少呢。1942 年 10 月，美国副总统威尔基到重庆访问，送了几本文学书籍给郭沫若，其中有一本是美国女剧作家丽琳·海尔曼的剧本《守望莱茵河》。夏伯看了这个剧本非常喜欢，认为译成中文出版后，对中国人民理解中国对日抗战是世界反法西斯战争的一个组成部分很有帮助，便叫我翻译。我翻译出来后，他又亲自为我润饰译文。在重庆的几年，每到夏天我必翻译一个美国剧本，夏伯总是挤出时间为我修改译文。

李鸣生：后来夏衍先生身遭罹难，您也受到牵连。当时的情况是怎么回事？

冯亦代：上海解放后，夏伯是第一批进入上海的接管人员。他们临时住在交通大学里，他打电话要我送去一批办公用的纸张笔墨。后来他为了要维持过去小报文人的生活和学习，便要唐大郎和龚之方办了《亦报》，要陈蝶衣和我办了《大报》。这两张小型报纸出版的时间虽然不长，但所起的作用不可忽视。不过夏伯后来还是为此受到张春桥一伙人的多次批评。1964 年的秋天，文化部在康生的指挥下批判夏伯时，有一次我也参加了在北京体育馆的批判大会。会上，“打倒夏衍”的口号声此起彼伏，震耳欲聋，让我深受震动，为夏伯遭受的不公正待遇流下了眼泪。

李鸣生：我听说“文化大革命”开始后，夏衍先生也被整得很惨。

冯亦代：对，夏伯大概是 1966 年底被抓走的。大冬天的，很冷，抓进去一关就是八九年。他在里边的日子要比外面游街、批斗还难过，经常审讯，一审讯就拳打脚踢。他的锁骨被打断了，腿骨被踢断了，眼睛也几近失明，胃肠又大出血，后来全身的皮都脱了一层。大概到1975年才放出来。他放出来的时候，已经七十五岁了。但已经七十五岁的他，虽然被“释放”回家了，还是没有自由，因为他头上的“帽子”还没摘掉，所以还是一个戴罪之身。

李鸣生：“文化大革命”中，您的情况怎样？

冯亦代：“文化大革命”中，我也曾被当作“二流堂”黑干将，受到批斗，失去了行动的自由。那时候的我，一直满腔怨气。但是，当我看到出狱后一条腿已经被打断的夏伯的时候，他一句话也没有提到八九年来他在监狱里遭受的种种非人的折磨与苦难，让我非常地震动，对他更充满了敬重。再想想自己那点委屈，也就觉得不算什么了。

李鸣生：您现在回想起来，夏衍先生给您的最大教益是什么？

冯亦代：我和夏伯的交往长达半个多世纪，他让我一个浑浑噩噩的年轻人，渐渐懂得了很多做人做事的道理，慢慢成长、成熟起来。他给我的最大的教益，就是让我懂得了为人一世，应该有所为，有所不为。虽然夏伯已经离开了我们，但我常常很想念他，也忘不了他！

李鸣生：我读过夏衍先生的报告文学《包身工》。还读过他的散文《野草》，印象中，有这样的句子：为着向往阳光，不管上面的石块如何重，它必定要曲曲折折地但是顽强不屈地透到地面上来。它的根往土壤里钻，它的芽往地面挺，这是一种不可抗的力。阻止它的石块，结果也被它掀翻……

冯亦代：是的，夏伯的《野草》寓意深刻。他一生对人谦恭，堪称谦谦君子。即便在临逝世前，还留下了一个很有意思的小插曲。

李鸣生：什么小插曲？

冯亦代：有一天，秘书见他身体不行了，忙说，我去叫医生来。夏伯马上把秘书叫了回来。秘书问他什么事？夏伯说，不是叫医生，是请医生！据说，这是夏伯在病床前说的最后一句话。

八、 关于胡愈之和埃德加

李鸣生：冯老，在您的文学道路上，有茅盾先生、夏衍先生的指引和戴望舒、徐迟等朋友的支持和鼓励；而在您的人生道路上，记得您曾说过，有一位前辈是您重要的引路人。这位引路人是谁？他对您都有哪些影响？

冯亦代：这个人就是有愈之先生。那是 1930 年前后，当时我在杭州一所中学念书，我们有几个知心的同学，常常悄悄聚在一起，讨论中国的前途问题。当时我们最爱谈的话题，就是苏联，苏联这个新社会。但我们信息闭塞，有关苏联的东西知道得非常有限，除了知道苏联是个什么布尔什维克社会主义国家之外，其他东西都不清楚。所以苏联这个国家对我们来说，就成了一个谜。而越是谜，我们对这个谜就越有兴趣。

李鸣生：这个谜后来解开了吗？

冯亦代：有一天，我和几个同学看到了一本书，名字叫《莫斯科印象记》。这本书的作者就是胡愈之先生。

李鸣生：胡愈之？是那位被称为中国新闻出版界的开拓人、新闻出版界“全才”的胡愈之先生吗？他好像还做过《光明日报》的总编？

冯亦代：对，就是他。胡先生写的《莫斯科印象记》可能是中国介绍苏联情况的第一本书。胡先生是个世界语学者，因为他会说世界语，所以就到了苏联。他写的这本《莫斯科印象记》，并不算什么巨著，大概只有二百来页，也就是一本薄薄的小书。但这本书我读了后，为我打开了另外一扇窗，让我知道天外有天，看到了一个从未见过的世界，心里好像一下就开窍了。我简直没想到在这个世界上，还有像苏联这样的一个新社会。于是我们几个十五六岁的小青年就对苏联有了浓厚的兴趣，嘴上常常挂着“苏联”两个字，心里很憧憬这样的新社会制度，希望有一天中国也能和苏联一样，变成一个没有阶级没有剥削的社会。

李鸣生：那时您是不是特别希望有一天能见到胡愈之先生？

冯亦代：那当然是了。那个时候年纪也小，对这样的作者心中充满了崇拜，就像今天的年轻人“追星”一样。记得是1932年的秋天，我到了上海上大学，常到一位表亲家度周末。当时淞沪大战刚停战不久，全国的抗日救国运动搞得轰轰烈烈，如火如荼。当时对我们这些学生影响最大的，就是韬奋先生办的《生活周刊》；而《生活周刊》上一个叫“伏生”的作者写的时评，对我的爱国思想产生了非常大的影响，让我加深了对日本帝国主义的认识。“伏生”这位作者，就成了我心中的爱国青年导师，对我的人生起到了重要的引导作用。后来我偶然从一个朋友那里得知，原来这位叫“伏生”的作者，就是胡愈之先生的笔名。所以我对胡先生就更是敬仰有加了！

李鸣生：后来您见到胡愈之先生了吗？

冯亦代：见到了。上海“八一三”事变后，我有个大学同学叫胡咏祺，他组织了一个读书座谈会，每次都请胡愈之先生来给我们讲国际形势和抗战形势。我就是在读书座谈会上见到胡先生的。第一次见到他的时候，我的心情非常激动，也非常振奋。胡先生讲话时，声音不大，但听起来非常清晰。他对当时国际国内形势的分析，还有对抗日民族统一战线的救国主张，讲得非常好，很有见解，我们听得如痴如醉，既很感动，又很受教育。听他讲座的人，除了大概有二三个青年外，大多是趋向进步、积极抗日的民族资本家。

李鸣生：后来呢？您和胡老先生有进一步的联系吗？

冯亦代：后来胡先生离开上海到武汉去了。但临走前，他留给我们两部书：一部是《鲁迅全集》，一部是美国记者埃德加·斯诺的《西行漫记》。这两部书对我们那一代年轻人产生了很大的影响，也让我们对中国的未来坚定了信心。而我在年轻的时候能遇上胡愈之先生，是我的幸运，所以我对胡先生一直念念不忘。

李鸣生：冯老，谈到斯诺的《西行漫记》，我就想起您翻译的作品。您一直以翻译见长，而且是最早将海明威介绍到中国的翻译家之一。比如像海明威的《老人与海》《第五纵队》等，都是我年轻时读到的作品；后来您又翻译了毛姆、辛格、福斯特等人的作品，也是我非常喜欢的作家。您一生中翻译的作品可谓著作等身，没有您的翻译，我们这一代人就不可能及时读到这些外国作品。所以我觉得翻译工作意义非常重大，也非常辛苦，可惜在中国好像一直得不到应有的重视。我想知道的是，您的英语功底怎么那么好呢？

冯亦代：因为我的英语启蒙老师很棒。她是一位美国人，对我学习英语影响很大。

李鸣生：我记得您是在杭州还是上海上的中学，英语启蒙老师怎么会是美国人呢？

冯亦代：我的初中是在杭州安定中学完成的，这个学校也以英语教学出名。但它只有初中班，没有高中班。所以 1929 年我初中毕业后，就去投考了杭州当时非常有名的蕙兰中学，没想到一考就考上了。

李鸣生：蕙兰中学？就是那所美国传教士办的学校吗？

冯亦代：对。蕙兰中学是 1899 年，由美国北浸礼会传教士甘惠德（Winfield Scott Sweet）牧师创办的。它的前身是杭州第二中学。1899 年，甘惠德从绍兴到杭州，一心想建一所学堂，后来在杭州淳祐桥东购得几亩地，终于建起了一所学校。但最初几年，学校条件简陋、资金缺乏，师资力量严重不足，全凭甘惠德夫妇勉力支撑。后来学校越办越好，名气也就越来越大。蕙兰中学有两个特点，一个是学风非常好；还有一个特点，就是它请的是美国老师直接教我们学英语。

李鸣生：哦，我明白了，难怪您的英语如此了得！

冯亦代：我在蕙兰中学，开始读的是英文书，读本是英国作家查理·兰姆的《莎士比亚故事集》和商务印书馆的《泰西五十轶事》；接着读的就是一本厚厚的《现代世界》；最后读的是一本世界地理书，读了三个学期。我对《莎士比亚故事集》最感兴趣，常常是老师还没讲完，我自己就已经念完了。每次老师测验，我总是名列前茅，所以就引起了英语老师的注意。

李鸣生：这位教您英语的美国老师叫什么名字？现在还记得吗？

冯亦代：名字现在已记不清了，但她的姓我还记得，姓埃德加。她大概有三十多四十岁了，身材不高，体形较胖，性格非常和善。但她教书很严格，一旦有人没有准备好功课，或是测验的成绩不好，她就会涨红着脸，教育一通。教育完了，还会说上一句：祷告上帝，饶恕这批孩子吧！由于美国教会派她来教书的同时，还兼带着传教的任务，所以每逢礼拜日下午，她便组成一个唱经班（Bible class），选出一批英语较好的学生参加。她不会讲中国话，所以班里平常都要用英语对话。

李鸣生：一位美国老师，居然远渡重洋来到中国，教育中国的孩子，真是煞费苦心。老师的一言一行对于孩子，常常有着非常微妙而重要的影响，甚至有时候一句话就能影响孩子的一生。这位美国老师对您是不是也产生过这样的影响？

冯亦代：我高中二三年级的时候，正值中国的“九一八”和“一·二八”，学生们大都投入到爱国救亡运动中。我因为担任了杭州学生联合会的宣传工作，所以那个时期非常忙碌。虽然我对英语的学习依然没有放松，但唱经班却没有时间参加了。有一次课后，我的这位英语老师要回宿舍，我就陪她走了一程。路上她对我说，我知道你很忙，但我希望你不要把英语荒废掉。对于第二国语言，你不多练、多用，就很容易忘掉。当然，你参加学生救亡运动，也是应该的。我只有为你祈祷上帝降福于你。其实，她一直希望我做个基督徒，但因为那时我已经接受了一些新思想，就认为没有必要。她得知我的态度后，长叹一声，对我表示失望。

李鸣生：高中毕业后，您和这位美国老师还有联系吗？

冯亦代：她1932年就回国了。她回国那天我到码头为她送行，我们彼此都依依不舍。临别时，她含着眼泪对我说：我将天天为你祈祷，愿上帝降福于你。她回到美国后，我们仍然保持通信联系，一直通信到1936年。后来抗日战争爆发，我奔波各地，与她便断了联系。

1980年我去美国，曾向浸礼会探询她的消息，他们给我查找了，最后告诉我说，这位老师已于1946年去世了。

李鸣生：这太遗憾了。

冯亦代：是啊，这位美国老师是我的第一位英语老师，我后来能走上翻译的道路，与她大有关系。所以我很感谢她，也永远怀念她。尽管我现在老了，这把年纪了，但我在心里总觉得欠了她一样东西。

李鸣生：欠了她什么呢？

冯亦代：就是我没有同意她的信仰。

九、关于母亲、父亲和黄宗英

李鸣生：冯老，我今天想和您聊聊您的家庭。

冯亦代：好啊。

李鸣生：一说到家庭，大家往往最先想到的就是自己的母亲。可是，每个人随着年龄的增长，对母亲的依赖越来越少，而感情却越来越深。我听宗英老师说，您幼年丧母，不知母亲在您心中是什么样的印象？

冯亦代：是的，我从小就失去了母亲。我来到这个世上才一个月，我母亲便因病而离开了我。但我从来没有忘掉我的母亲。即使如今我已进入耄耋之年，我还是渴望自己身边有个母亲。我最早认识母亲，是在四五岁的时候，从我老家后轩壁上挂的大照片上。母亲穿着月白色的衣衫，梳着当时流行的日本式发髻，圆圆的脸，白白净净，左颊上还有个酒窝，一双大眼睛，显得很深邃的样子。但照片上是个半身，后来我才听大人说，母亲身材也是很苗条的。等我长大成人后，每当我在煤油灯下看书学习时，我总感觉我的身边坐着我的母亲，她偏着头看着我，一脸慈祥的样子。虽然我也知道这是一种幻觉，但我又非常留恋这种幻觉，希望这样的幻觉在我的眼前停留得久一些。尤其是我受了委屈，或者遇到挫折和不开心的事的时候。

李鸣生：冯老，我感觉您的个性很恬淡，处世也很温和。您这种性格和处世态度，是因为童年受过太多的苦而变得隐忍宽厚呢，还是因为虽然痛失了母亲，但还有疼爱您的其他家人呵护着您幼小的心灵，使您并没有因为丧母而变得乖戾孤僻，甚至像有的孩子一样，走向另一个极端？

冯亦代：自幼失母，对我肯定是有影响的。我有四个姑母，因此表兄弟姐妹一大堆，都住在我家，而且都和我一般年龄。他们都有母亲疼爱，而唯独我没有，当然很可怜了。大概七八岁时，祖母去世了，父亲刚刚在外地续了弦，就带着新婚的继母回家奔丧来了。我有了新妈妈，很高兴，逢人便说我有个妈妈了。祖母丧事过后，父亲又出远门谋生去了，继母却留在了家里。继母好玩牌，每晚都邀约左邻右舍的人来家玩牌，而我则在另一张八仙桌上温习功课。她原来也是个小学教师，可惜从来不过问我的功课。所以我小学一二年级的时候，成绩并不好，经常是班里的最后几名。不过我也很感谢我的继母，是她养成了我从小读书写字的习惯。但后来因为父亲觉得继母对我不好，还是与继母分开了，于是我又成了一个没有母亲的孩子。其实，我的幼年和童年，主要还是靠奶妈的抚养。

李鸣生：您从小就失去了亲生母亲，继母又是这个样子。那么是不是可以说，您所获得的真正的母爱，其实是来自您的奶妈？

冯亦代：是的，可以这么说。因为现在保留在我脑子里的母亲的形象，就是从小给我吃奶的奶妈。俗话说，有奶便是娘嘛，所以我叫她姆妈。姆妈到我家的时候，才二十一二岁。她丈夫刚死不久，留下一个新生的女儿，不久也病死了。这一来，乡里人就都不理她了，说是她克死了丈夫和孩子。她在乡下就再也没法活下去，只好到杭州来当奶妈。她一到杭州，凑巧我家要雇人，就被人给介绍来了。

我小时候，吃喝拉撒，都是靠姆妈照管的。姆妈人好，嘴巴也甜，最重要的是她懂得一个没有母亲的孩子的可怜，所以姆妈什么事情都护着我。我饿了、冷了，或者被别的孩子欺侮了，就跑去找她。后来我上学了，她每天都亲自接送我。姆妈不识字，却懂读书重要的道理，所以她天天都在煤油灯下督促我读书。由于家里和我年纪相仿的表兄弟姐妹多，大家在一起，便很贪玩，不好好读书。姆妈劝说无效，只好站在边上，一边看着我玩，一边抹眼泪。不知什么原因，我一见她掉眼泪，心里就难受，甚至还有点害怕，于是就跑过去，拽着她，不让她哭，然后自己就乖乖坐下来做功课。所以，我从小就是一个懂礼貌，文文静静的孩子。这和我姆妈的培养教育大有关系。

李鸣生：朱自清先生在《背影》一文中，曾描写过疼爱他的父亲的情景。而您的父亲为了您，续娶又离异。您那个时候或者现在想起来，您对父亲是一种什么感受？是否觉得父亲对您的爱太沉重了点，也太苦涩了点？

冯亦代：我父亲曾留学日本，他是学铁道工程的。母亲生我那一年，父亲三十岁。母亲过世后，父亲很伤心，不愿再在杭州老家生活下去，便到北京京张铁路工作，后来又去江西修南浔铁路。在我的记忆里，父亲很少回家，我记得大概是1926年的时候，他在浙江道局工作，才在老家住了一年多。后来他经常咯血，差点死去。病好后，就到津浦铁路改行当审计人员了。所以父亲在我的印象中，是个很陌生的形象。

李鸣生：您和父亲见面这么少，那么您是不是根本就没有感觉到父亲对您的关爱呢？

冯亦代：不是的。我和父亲虽然见面不多，但他对我还是非常疼爱的，而且还不是一般的疼爱。他与继母离婚，最根本的原因，其实就是认为继母对我不好。因为继母用我的名义不停地向他要钱；而要回的钱，实际上又没有花在我的身上，所以两人才闹了矛盾。也就是说，父亲是因为爱我，才和继母离的婚。

李鸣生：您那个时候小，您父亲显然不可能和您谈起为什么离婚。不过，常言道，“多年父子成兄弟”，一般来说，儿子长大后总有一天会和父亲像朋友一样比肩谈心。您和您的父亲有过比肩谈心的时候吗？你们后来是否也是“多年父子成兄弟”呢？

冯亦代：有的。父亲开始没有向我提起过他离婚的事。父亲和继母离婚后，照顾了我几天，然后把我托付给我母亲的姐姐家，就离家出走了。直到30年代初，有次我到南京去过寒假，父亲才和我提起他当初为什么和继母离婚的事。那天晚上，他带我到夫子庙去吃了顿晚饭，我们喝了些酒。回到公寓里，父亲在灯下默默抽着雪茄，我发现他的神情有些不对，便说，爸，您的烟抽得太凶了，以后要少抽一点。您有事要讲，就讲吧，我听着呢。此前，我和三舅四舅商量过，希望父亲能再找一个伴儿，就让三舅四舅给父亲说了。于是父亲抬头看了我一眼，这才慢吞吞说，三舅和四舅都劝我再结婚，说我老了，需要有个老伴，一起生活有个照应。可我想来想去，总觉得还是现在这样一个人生活的好，过惯了也就无所谓了。而且再和一个人结合，会生出多少事来！当年是因为你还小，需要有人抚养，我才结了你后妈。但我人没选好，让你受委屈了，我对不起你的母亲。现在情况不同了，你已经成年了，再过两年大学毕业，你就有自己的家了，我也了了一桩心事，又何必再找一个自寻烦恼呢？我说，我不知道大学毕业后会是什么样的生活，你这样一个人过日子，我心里觉得很难受。父亲接下来就跟我讲了许多他不再结婚的理由，我也讲了许多他必须再结婚的理由。可我们谈了一个晚上，最后也没谈出个结果来，父亲的婚事就这样搁下了。

李鸣生：我读你的文章，感觉里面似乎一直流露着“子欲养而亲不在”的痛。不知道我的这个感觉对不对？

冯亦代：是的，想起父亲，我总有一种负疚感。我自己一个人常常在心里想，要是我能让我辛苦了一辈子的父亲，晚年过得稍稍顺畅一些，早点有个落脚的窝，他肯定不会那么早就离我而去。我的母亲没有看到我的今天，我的父亲也没有看到我的今天，这是我一生最大的遗憾！……

（聊到这里，我见冯老渐渐陷入往事，脸上显出凝重的表情，我忙把话题转回现实）

李鸣生：冯老，我们不聊过去那些事了，您跟我聊聊您和黄宗英老师的故事吧。

冯亦代：我俩都老成这样了，还有什么好聊的。

李鸣生：那我就随便“考”您几个小问题吧。

冯亦代：（笑了）又要考试啦？

李鸣生：你俩是哪一年结婚的？

冯亦代：93 年吧。

李鸣生：我听说著名作家袁鹰老师还为你俩写过一首打油诗表示

祝贺？

冯亦代：对。袁鹰的打油诗是这样写的："白发映红颜，小妹成二嫂。静静港湾里，归隐书林好。"

李鸣生：你俩结婚后，我听说就宣布"归隐书林"了。在这喧嚣的尘世里，真是堪称一种大境界啊！

冯亦代：我俩都喜欢书，以书为伴，比什么都好嘛。

李鸣生：我听说您对宗英老师一直以"小妹"相称？不知是否是真？

冯亦代：对，有这回事。我叫她小妹，他叫我二哥。

李鸣生：那跟我讲几段你们有趣的小故事吧！

冯亦代：好，那我就跟你讲讲我们结婚那天的事吧。我们结婚那天，她从上海来北京。那天，我要了辆小面包，和女儿一起到机场去接她。一路上，我心里都很高兴。因为我们已经四年多没有见面了，以前随随便便，现在两人的关系忽然改变了，要恩恩爱爱了，所以我竟不知道和她见面后第一句话该说什么。

我们到了机场后，好不容易等到上海的班机降落了，旅客们渐渐出来了，我就开始在人群中寻找宗英的影子。后来，我突然在人群中看到了她那顶我熟悉的白绒帽，心就怦怦直跳。宗英急匆匆向我们走来，女儿忙走过去，给她送上一束红色的月季花。可我俩见面后，近在咫尺，我望着她，她看着我，呆呆地站在那里，却不知说什么是好了。

（每次与冯老聊天，黄宗英都在场，她也必须在场。因为冯老七次脑梗死后，一方面由于说话口齿不清，她要为我充当翻译；一方面冯老随时需要有人照顾。所以冯老刚讲到这里，黄宗英就插话了）

黄宗英：你猜他第一句话说的是什么？

李鸣生："我好想您呀！"对不对？

黄宗英：不对。

李鸣生：那他说什么？

黄宗英：他说："小妹，我今天早上还写了一篇文章呢！"

李鸣生：这叫三句话不离本行。看来冯老真是个书呆子。

冯亦代：她比我还书呆子呢！

李鸣生：是吗？讲来听听。

冯亦代：有一次，我们在马路上散步，宗英突然看到一处大学在招生，招什么英语补习班学员，她就去报了名。

李鸣生：宗英老师七十多岁了，还报英语班学英语？

冯亦代：学，而且学得可起劲了！

李鸣生：为什么呢？

冯亦代：她学英语的目的，可能是要和我缩短距离，更亲密无间，帮助我搞翻译吧。

李鸣生：我早就知道宗英老师学英语的事，还以为她是为了要读外国原著呢。

冯亦代：宗英学英语也有故事。

李鸣生：什么故事？讲来听听。

冯亦代：有一天，她从英语学习班放学回来，笑个不停，我问她笑什么？她才跟我讲了事情的经过。原来，她从英语学习班放学回来的路上，见路边有一个书店，便走了进去。她一进书店，便对服务员说："我要买《冯国璋英语》，我要买《冯国璋英语》。"服务员听不懂，问她到底买什么？她还是说："我要买《冯国璋英语》！"服务员只好告诉她说："对不起，我们这儿没有《冯国璋英语》，只有《许国璋英语》。"她这才恍然大悟，忙改口说："对对对，我要《许国璋英语》！"其实，她还认识许国璋呢，硬是把朋友的姓给改了。

李鸣生：还有什么？

冯亦代：还有一次，我的东西怎么也找不着了，就问她，小妹，你记不记得我把一个什么东西放到一个什么地方了？她说，记得记得，我是记得你是把一个什么东西放到一个什么地方了，但你到底把这个东西放在什么地方了，我却实在是记不得了。结果呢，这个东西最后还是谁都不知道放在什么地方了。

李鸣生：（三人都一起笑了）你俩真有意思。

冯亦代：想起来了，还有一次。我这人啊，八十多岁了，老眼昏花，要写字看书，总是离不开老花眼镜。有一次，我的眼镜怎么也找不着了，我在桌上找了半天，也不见踪影。我就问："小妹，我的眼镜儿呢？你知道去哪儿了吗？"她从书稿里抬起头来，说："二哥，你的眼镜，又不是我的眼镜，我怎么知道你的眼镜儿去哪儿了！"等我抬头再仔细一看，您猜怎么着？原来我的眼镜儿跑到她的鼻梁上去了……

黄宗英：鸣生，我给你讲个他的故事吧。

李鸣生：好啊，听您的。

黄宗英：我告诉你啊，我的这位二哥七次脑梗死后，躺在病床上，常常把我叫成他的前妻"安娜"。于是朋友们常问我："宗英，你怎么想？"我回答说："他要叫，我也没有想法。只要他生病时知道自己身边还有一个亲人，总是好事嘛！"

李鸣生：……（感动。无语。）

十、关于人生、苦难和命运

李鸣生：冯老，我今天想听您谈谈您对人生的一些理解和认识。

冯亦代：这个问题很复杂。不过，我的想法是，你既然是一个人，你就对所有在这个世界上活着的人都有一种责任。你觉得什么事情好，什么是一个青年人该做的，你就去做，并且要做好。我这样年纪的老人，对人生就是这样的看法。也许你到了我这样的年纪，也会有同样的看法。

李鸣生：您的意思是，青年人一定要有责任心、责任感？

冯亦代：对，一个人一定要对其他的人有帮助。或许你力气很小，但你也可以帮助别人走走路，尽一臂之力；如果你有自己的看法和见解，你也可以和别人谈谈，交交心，相互沟通沟通。总之，一个人活在世界上不能只为自己，而对他人、对人类要有所贡献。当然，贡献有大有小，但只要心里这样想就好。最怕的是，一个人浑浑噩噩，对自己没有个认识，对他人也没有帮助。对于年轻人，我最看不起的就是自己觉得“我没有用了！”只要一个人有份责任心，不论大小，都会有益于人。如果十个人都觉得自己没有什么用了，那么谁来作为呢？如果每一个人都去做一件好事，那就有十件好事；但如果你不去做，谁也不去做，这个世界就永远不会有好事！

黄宗英：鸣生，告诉你吧，冯亦代这人啊，爱帮助别人已经成为他本性了，所以大家都叫他“冯二哥”。抗战时期，他在重庆的时候，就资助过一大批文化界人士。没钱的找他要，没吃的找他给，没住的找他解决，没工作的找他帮忙。后来也是这样，有些人要成家没有钱了，有些人遇到什么难处了，都来找他；甚至有些人有丧事了，也来找他。就是赵丹，以前每次来北京，也都要去看他，有事也要找他。

李鸣生：难怪朋友们都喜欢他这位“二哥”。

黄宗英：可不是吗。二哥家的饭桌很大，乔冠华等好多人都去他家吃饭，所以他还有个外号叫“百有份”，夏衍还叫他“洋场良少”。邓散木的夫人，现在都九十多岁了，每年端午节都一定要送粽子来，因为“二哥”当年帮助过邓先生，为邓先生说过不少好话。

李鸣生：冯老，我记得好像萨特说过一句话：“人生即痛苦”。不知您老是否同意这个观点？

冯亦代：我不同意。我认为，人生是快乐的，无论是施物予人，还是给人快活，或者因为你关心我做成了一些事，我对你都是很感谢的，这也是一种快乐。

黄宗英：我们家“二哥”很乐观，比我乐观，而且也很有毅力。

(黄宗英说着，顺手拿出一个大本。在大本的第一页上，写有几行歪歪扭扭的钢笔字。)

李鸣生：这是什么？

黄宗英：这是他第六次脑梗死之后练的字，他先学着写自己的名字，然后又写了这四个字——难我不倒！

李鸣生：冯老，对于苦难这个字眼，恐怕任何人都是无法逃避的，只是轻重不同而已，关键看持一种什么样的态度。我的观点是，如果你视苦难为不苦难，即便苦难也不苦难；但如果你总把苦难视为苦难，且深陷其中不能自拔，甚至连一点小事也视为苦难，那所有的苦难只有更苦难，甚至原本并不苦难的事也会变得苦难。我想知道的是，您是怎么对待苦难这事的？

冯亦代：人生在世，人人都会遭遇一些苦难，而且不可避免。只是因人而异，各自情况不同。我当然也不可避免。

黄宗英：有的人一遇到事，首先自己就把自己看扁了。但他不是这样的人，遇到倒霉的事后，他一直在自己找事做，还教年轻人学英文，包括“四人帮”时期。无论在什么环境、什么条件下，不管面对什么样的苦难，他都总是踏踏实实地做着事情。

李鸣生：冯老，您在1957年的反右斗争中也被打成了“右派”，当时是个什么情况？

冯亦代：我当时在外文出版社《中国文学》编辑部当副主任，又是民盟北京市委的副秘书长和北京市的人大代表。1957年7月30日，《人民日报》刊出了一个长篇材料，题目就是《冯亦代阴谋篡夺外文出版社》。后来我就被宣布划为“右派”分子了。

李鸣生：冯老，您怎么看待这场全民族的政治灾难？

冯亦代：反右是毛泽东的一个手腕。在他的思想里，人一定要分成三种：左、中、右。有左，就有右。所以，有人就得必须是右派……

李鸣生：毛泽东搞的反右斗争，根据您的分析和推测，初衷究竟是什么？

冯亦代：（沉默）……反正我认为一个人思想有问题，可以帮助，但是没必要给他戴顶帽子，要他改造好。毛作为一个大政治家，不该这样。当时被打成右派分子的人，后来说是五十万，其实不止。因为他们的家人、朋友也受了牵连。如果全部加起来，受到伤害的，那就多了去了！

黄宗英：我记得好像有一个30号文件，对右派能照顾的，就照顾。

冯亦代：人家说毛讲辩证法，我说他是主观主义、教条主义。他有没有想过他们的儿孙、他们的朋友、他们的亲戚？一方面，把右派当作人民内部矛盾处理，讲人是可以教育好的；一方面，又不把这些人当人。再说了，即使一个人是右派，他的子孙也不一定是右派。一个人一旦打成右派，就全都牵扯到家人、亲戚甚至子孙了……

李鸣生：是的，有些右派的后代曾找我诉苦，说自从父亲当年被打成右派后，几十年来全家遭难，甚至孙子孙女们，也因此而磨难重重，甚至受到各种屈辱。冯老，您是什么时候平反的？

冯亦代：第一批平反的，1962年以前摘的帽。

黄宗英：当时要找一个愿意改造的典型。

冯亦代：我当时被划为右派的罪名是反党，可事实上是党做错了。

黄宗英：反右运动，打击了知识分子的积极性。这一点，他也是逐渐认识的。他在《知悔录》里提到了。

李鸣生：冯老，右派这件事对您的触动想必是很深的。您个人有没有因为遭受了这场劫难而痛苦至极、无法自拔的时候？

冯亦代：唉……有些事，实在不好说；即便你知道，也不好说，不能说。

黄宗英：他当时在民盟，和冯友兰、费孝通在一个学习班。但即便如此，他还跟他们学了很多东西，满脑子想着以后怎么能再为国家多做些事情。唉，挨了整，还在想着要多为国家做些事情，这就是中国的知识分子！他们有点知识，就考虑人生的意义，并在各种环境下去追求，去做一些有意义的事。

李鸣生：后来"文化大革命"期间，冯老也受到了伤害对吧？

黄宗英：不仅受到了伤害，伤害还很厉害！"文革"一来，他就被打成"美蒋特务""反革命修正主义分子"，还有什么"重庆二流堂黑干将""死不改悔的右派"！他前后被隔离审查了四年，后来下放到湖北"五七干校"劳动改造，天天干苦力，后来双脚都变形了。再后来又患了脑血栓塞症，经抢救，把命捡回来了，但左上肢和下肢都落下了残疾。加上前几次脑梗死，现在就只有天天坐在轮椅上了。

冯亦代：唉，还有比这苦的呢，说不完，不说了。

李鸣生：冯老，您对中国知识分子这个群体持什么看法？您认为1949年后，中国的知识分子在人格上是否健全？

冯亦代：（又是一阵沉默）……这个问题，得具体问题，具体分析，不能一概而论。

黄宗英：尤其是基层的右派，很可怜，被打下去，这辈子就完了。

李鸣生：中国知识分子的悲剧命运，其原因到底是什么？这个问题确实很复杂。自身的、社会的原因，好像都有。而这种命运，至今似乎依然无法摆脱。

冯亦代：这个，没想过。你说知识分子的悲剧命运，这个不光中国有，外国也有。

李鸣生：为什么知识分子的悲剧总是重复上演，而且持续不断？

冯亦代：这里面有妒忌心理。作为人，大家都一样，但知识分子总是走在前面。

李鸣生：过去很多时候，知识分子总是被当作政治工具来使用。

冯亦代：这就是过去某些领导人的想法。

李鸣生：生活中我们常常能见到一种怪象，这就是：奴才大行其道，人才却无用武之地。在许多部门和单位，一些真正有才能的人，总是很不得志，很难得志。过去如此，现在同样如此。要说中国的"国情"，这恐怕也该算一种。

冯亦代：其实，他们也不是不要知识分子，而是要听话的知识分子。这正是知识分子不肯做的。因为知识分子知道很多别人不知道的东西，想很多别人不想的问题。

黄宗英：可不是吗？当年冯亦代被折腾之后，还不知道国家怎么了，但他还是在想：这个时候我还能为社会做点什么有意义的事呢？因此，他成了翻译家，并总是找有积极意义的、对青年人有用的著作来翻译。他一生都没有唉声叹气过，都是很积极的。可惜，现在老啦，整天坐在轮椅上，什么也不能做了，但他还是自得其乐。

李鸣生：生老病死虽然是自然规律，但是面对死亡，很少有人不恐惧的。冯老，您已近九十高龄，我看您还在文章中说："我将笑着迎接黑的美"，如果您老不忌讳的话，我很想听听您面对死亡的那份坦然与达观。

冯亦代："我将笑着迎接黑的美"这句话，是我读了闻一多的诗《色彩》之后想到的。闻一多的《色彩》那首诗，我记得是这样写的：

生命是张没价值的白纸，

自从绿给了我发展，

红给了我热情，

黄教我以忠义，

蓝教我以高洁，

粉红赐我以悲哀，

再完成这帧彩图，

黑还要加我以死。

从此以后，

我便溺爱于我的生命，

因为我爱他的色彩。

我觉得闻一多先生的这首诗写得很好。他把每个人都要经历却害怕面对的死亡诗化了，非常美。每个人都会死去，总有一天要死的。可是，为什么所有的人看待死都怕得不得了？为什么要怕？我觉得像诗人那样，把死亡看得那样美是对的，我对死就是这样的看法。

（这时，黄宗英指着窗台上的小黑板，对我说："鸣生，你看，这是我们家记的：2000 年 9 月 6 日下午，亦代重新开始写文章。"黄宗英说这话时，欣喜之情溢于言表。）

李鸣生：冯老，您这么大年纪了，而且身体还不好，竟如此刻苦，让我很感动，也很惭愧啊！

冯亦代：这有什么呀，很自然的事情嘛。

李鸣生：冯老，有人认为，生命最好的准备，就是学会与人合作；也有人认为，应该学会独立与竞争。从您的性格来看，您是不是更适合与人合作，或者说更善于与人合作？

冯亦代：可能是吧。

黄宗英：其实，冯亦代这人呀，是有很强的组织能力和亲和力的，他可以团结很多人做很多的事情。

李鸣生：对，冯老结交的人太多、太广了，而且个个都是赫赫有名的大人物！文学界的、艺术界的、新闻界的、出版界的，还有政界的。据我有限的了解，这在中国的文化人当中，恐怕是很少有的。

冯亦代：我也不是刻意为之，只是自然而然地就结交了一些朋友而已。

李鸣生：您现在这种淡泊的人生态度，是生性如此呢，还是因为一些苦难的经历，比如右派之类的经历？是不是因了这些经历，才使您的精神得到了升华？

冯亦代：我现在的这种态度，都是从我自己吃的苦当中得出的教训。比如你谈到的右派问题，对我就有好处。以前我看问题凭感情，犯了很多错误。后来我发现要慢慢下结论，理智一点会做得更好。至于已经是右派了，也要考虑“为什么人家看你是右派?”

黄宗英：鸣生，最近文学界有什么新信息吗？

李鸣生：没有什么，老样子，死水一潭。前两天，我刚参加了一个会，叫“二十一世纪传记文学走向研讨会”。在这个会上，我谈了两点意见：一是我主张要从“党史文学”转向真正的传记文学。此前不少传记文学过于偏重党史，或者说就是“党史文学”；现在我们应该从党内走出来，从红墙内走出来，从中南海走出来，走到民众当众，走到生活底层。传主的地位不一定很高，不一定都著名，也不一定都是政治家、改革家、土老财什么的，普通人也行。只要有个性，有文学性，有传奇性，在人性上有真正的研究价值，在文学上有独特的审美价值，即使是一个小孩子，我认为也可以写，写了又何妨？这样可以让传记文学的概念少一点，路子宽一点，生活化一些，普通化一些，人性化一些。

黄宗英：我最近看了《张闻天》，就觉得不错，很感动。

李鸣生：另外一点，是关于真实性的问题。现在中国的传记文学包括纪实文学，我认为虚假的东西太多。一方面是因为我们不正常的审稿制度，另一方面是作者受认知、采访以及第一手资料的局限，根本不可能做到真正的真实，至多只能做到基本的真实。所以我认为中国的传记文学包括纪实文学，只有基本真实和不基本真实的区别，而无真实和不真实可言。能做到基本真实，就谢天谢地很不错了。说到底，作家毕竟不是历史学家；但即使是历史学家，又能怎样？何况历史的隐蔽性实在太强了！胡适先生好像说过，历史是一个任人打扮的少女。而我甚至认为，历史就是一个不可驾驭、无法把玩的魔女！据我多年的采访调查经验来看，面对历史，作家有时简直就是无可奈何。因为历史太复杂、太浩大了，太深奥、太微妙了，也太喜欢开玩笑、捉弄人了！越是真实的历史，隐蔽性往往越强，或者说欺骗性越强，因此后人把控、表现历史的难度也就越大！

黄宗英：所以我还是认为，鸣生你应该多写现实性的报告文学，至少这是你看到的东西。

李鸣生：对。所以有时候我就想，与其我们老是讨论作品是否真实，不如强调作家内心是否真实。作家内心的真实决定着作品的品质和品格。如果失去了作家自身内心的真实，失去了身为作家的起码的良知，不仅真的东西会写成假的，假的东西也会写成真的，甚至比真的还要假，比假的还要真。这是最可怕的。

黄宗英：要看作家是否带有功利性。作家若总是带着功利去写作，原本真的东西，就完全有被扭曲的可能。

冯亦代：作家如果对某一问题看不清或看错了，那是作家的问题；但你不能因此就责怪他。事实上有很多时候，作家的学问还没到那个程度，那你就没办法了。从另一方面来讲，虽然不是每一个人对任何问题都清楚，但作为一个作家，他要努力的方向是不仅要把事情的表面现象讲出来，而且别人没看到的地方也要讲出来。我觉得应该这样。就是当你每次看问题的时候，不是真正的你在看，而是你作为某类作家或某类人的代表在看。而且我们总希望有人看得更仔细。我看人、看事就是这样。所以，我总是在警告自己，对一件事，看第一眼往往是错的，一定要多看看；再退一步，把自己放在研究者的位置，就会看得更清楚。而不要一看到什么，马上就下结论。

黄宗英：我们有些作家写东西，太急功近利，跟得太快，有些东西就很难看得清楚，也很难留得住。

李鸣生：二位说得对。

十一、 关于金钱和印钞厂

李鸣生：冯老，在现实生活中，有些人认为，人还是要活得现实一点好，因此不愿安于清贫，很少安于清贫，把金钱看得很重；但也有些人认为，人还是要淡泊名利为好。您自己偏重哪一种生活态度？

冯亦代：我认为一个人从出生起就是赤裸裸的，不是带着钱来的。但为什么有的人那么爱财，那么爱钱，而有的人不爱呢？我觉得这个要看个人的价值观和个人的修养了。当我周围的人都在捞钱的时候，我并没有捞钱。比如，当年在重庆，我做印钞厂副厂长的时候……

李鸣生：什么？您还当过印钞厂的副厂长?!

冯亦代：是啊。当时如果我要捞钱的话，是很容易的。可是我并没有捞钱。当时我就告诉自己，这个钱我不能拿来用，我不应该有用这个钱的念头。

李鸣生：冯老，您当年当印钞厂的副厂长是怎么回事，能具体讲讲吗？我觉得这个很有意思。

冯亦代：当时国内没有印钞的地方，一元以上的钞票都是在缅甸印的。但后来，中国人不相信外国人了，所以在外国印钞票的路就都断了，就开始自己印了。当时我们都在香港，上面打电报到香港，说你们商务印书馆、中华书局应该在内地搞一个印钞厂。这件事就交给我去做了。

李鸣生：具体是什么时间？

冯亦代：1942年的2月份吧。

李鸣生：这个印钞厂叫什么名字？

冯亦代：就是国民党中央信托局重庆印钞厂，也叫印刷厂。我从香港到重庆后，就和我的妻子安娜分开了。她在香港，我在重庆，天各一方。

李鸣生：为什么当时偏偏选择了您？有什么特殊的背景吗？

冯亦代：因为没人懂，我懂。

李鸣生：您怎么会懂印钞这事呢？

冯亦代：和我住在一起的有个人姓倪，是商务印书馆的厂长。他懂，是内行，是他教我的。你要晓得，我是懂工商管理的。我学的不是纯文科，是商科，还考过银行。当时中央信托局专门有印制钞票的，所以有人请我去。

李鸣生：请您去的这人叫什么名字，还记得吗？

冯亦代：叫凌宪扬，是国民党的。中央印制厂总管理处是由中信局印制处改组而成的，经理就是凌宪扬。他曾经在美国留过学，进福特汽车公司当过工人，所以他对办厂有一番抱负，要我去兼任重庆印钞厂的副厂长。他不懂印钞的事，所以厂子由我主管。我到了重庆厂后，就忙着办了几件不大不小的事。一件是购买京华印书馆的机器设备。这原是一家由南京迁来的印刷厂，印刷印花税及铅印书刊等。原先购买的机器只限于胶版印刷部分，预备承印财政部的印花税票和邮局的邮票。但在商谈过程中，我发觉京华承印书刊的铅印设备十分齐全，我便想到香港撤退的文化人大批回来了，可能要印刷书籍刊物，于是就说服凌宪扬把京华的铅印设备也买了下来。后来，这批设备发挥了不小的作用。有了铅印设备，我便建议凌宪扬办了个古今出版社，印刷世界大战中的报告文学。由当时任中央信托局主任秘书的罗吟圃任总编辑，请叶君健给我们拉稿子，我是个跑腿的。出版社成立后也出版了几本反法西斯的好书，有叶君健译的德国反法西斯文学作品史蒂芬·海姆的《人质》，有安娜译的《法兰达斯之战》，等等。还有好多，书名和译者名我现在记不起来了。可惜后来因为重庆遭到日本的大轰炸，市场萧条，最后因为发行不善，出版工作就停止了。

李鸣生：那您是怎么认识凌宪扬的呢？

冯亦代：凌宪扬是我沪江大学的学友，他比我高几届。那时候我们常常见面，每次见面，都是先约好时间，说六点钟见面，就六点钟准时见面……

黄宗英：亦代这人很有意思，他跟别人约好了时间，比如说是六点见面，他如果提前五分钟到了，他一定要在门前走来走去，等走到了六点整，他才会去揿人家的门铃。早一分钟，或者晚一分钟，他都不会揿。

李鸣生：很有点像军人作风。

黄宗英：所以呀，他现在对他的秘书，也就是我，要求很严，我很难做到。

冯亦代：在旧社会，要找个职业，这个事情是很重要的。

黄宗英：所以他的第一个老板，也就是凌宪扬，对他的印象很好；再有一点，就是尽管他是印钞厂的副厂长，但他对金钱并不看重，更不会去乱捞钱什么的。

冯亦代：我在没当副厂长之前，对钱也是很不在意的。

黄宗英：这与他的家庭有关。他的祖父是太平军的小文书，收了饷就走着回家，回到家就花光了。后来家境全败了，也没觉得钱怎么样。所以他的家庭教育里没有看重钱这一点。他奶奶当时也是，不把钱当钱，没事就逛西湖，看戏什么的。

冯亦代：我奶奶是个戏迷，所以我现在也是个戏迷，因为我还在奶奶怀里就开始看戏了。

黄宗英：不像我小时候，吃完糖葫芦就睡着了。

冯亦代：我的许多历史知识都是从戏台上看来的。

黄宗英：所以他这人，对于钱的态度就是，从前不够吃也没关系，现在够吃就行了。

李鸣生：但现在一个钱字，把中国人都搞乱了。中国人过去不知道钱重要性，现在知道了，是一种进步；而且还懂得了只有发展经济才是一个硬道理，这又是一种更大的进步。但改革开放后，搞市场经济了，中国人又从一个极端走到了另一个极端，从过去不知道钱的重要，到现在把钱看得比什么都重要，甚至比命还重要，两个眼珠都掉到钱眼里去了！不少人为了钱，绞尽脑汁，不顾一切；尤其是一些当权者，为了捞到更多的钱，贪得无厌，不择手段，甚至滥用公权，无法无天！也就是说，现在的中国人，摇身一变，把一切向前看，变成了一切向钱看，甚至一些人已完全变成了钱的奴隶！

黄宗英：这样下去很成问题的。但冯亦代不是这样。比如他得了二百四十元的稿费，他就想到要给别人。谁有困难，他就把钱给谁，谁就把钱拿去；或者干脆请人吃饭，大家一起享受。

冯亦代：乔冠华当年就不会理财，没钱就来找我要。

李鸣生：徐迟也常常找您要，是吧？

冯亦代：徐迟不一样，他是一交稿，就要预支稿费，有了稿费，马上就还。

李鸣生：乔冠华当时是外交部部长，钱的问题，应该不成问题吧？

冯亦代：乔冠华当了部长也没多少钱，因为他子女多。

黄宗英：在香港的时候，乔冠华的睡衣和拖鞋，穿的还是冯亦代的呢！

李鸣生：是吗？这是新闻。

黄宗英：其实，冯亦代这个人是个很讲究的人。他的睡衣像老爷穿的那种，现在他的睡衣也很讲究。不过，他也有没钱吃饭的时候，也向别人借钱。遇到这种情况，他的做法是：先贷一笔款，出书或办一个演出。等有了钱，再还贷款。

冯亦代：所以呀，我只能靠老婆（偷笑），你现在看我的衬衫……

李鸣生：是不是像周恩来的一样，补了不少补丁？

黄宗英：哪有啊，只有一件睡衣有补丁，其余都被我改革了。我觉得人老了以后，不帅一点不好看。

李鸣生：冯老，我还是想听您再说说印钞厂的事。你在重庆管的那个印钞厂，是中国的第一家印钞厂吗？

冯亦代：不是。原来有一个厂，也不是一开始就印钞票，而是印邮票什么的。印邮票不赚钱，印钞票是可以赚钱的。所以很多商家都来找我们，天天请我们吃饭。但要是你不爱钱，他们也没办法。

李鸣生：您当印钞厂副厂长的时候，一边是国民党，一边是共产党，而且是在内外都不安定的一种环境下，当时您的内心是一种什么样的状态？您的处境又是怎样一种情况？方便谈谈吗？

冯亦代：告诉你吧，我就像处在一个阴阳界一样，干得并不舒心。在1943年湘桂大撤退的时候，我就想摆脱这种处境了。因为事实上，我在重庆印钞厂的所作所为，已被国民党中统特务所注意；而且凌宪扬也警告过我，说我与进步人士的往来太多。所以我就想，唯一的办法是脱离中央印制厂及其下属的重庆印刷厂。我记得当时正有一批人要到延安去，于是我就有个很天真的想法，以为我轻而易举就可以到延安去，然后在那里搞外事工作。所以，有一天我就跟夏伯谈了我的打算和想法（作者注：夏伯即夏衍）。夏伯说，这事没你想的那么简单，我还得请示周副主席。就请示了周副主席。

李鸣生：周副主席，就是周恩来对吧？

冯亦代：对，就是周恩来，当时在重庆我们都叫他周副主席。几天之后，周恩来回话了，说胜利马上就要到来，需要企业管理人才，不同意我去延安。

李鸣生：后来呢？

冯亦代：其实，那时我对革命事业只懂得一点皮毛，都是书本知识，根本没有要去参加革命的高度自觉性，我要去延安不过是想用一种浪漫的白日梦摆脱困境罢了。但是无论如何我在重庆印刷厂是不能再待下去了。既然不能去延安，我就要求凌宪扬调我回中央印制厂总管理处，做我原来业务科的工作。所以 1944 年底，我就离开了印钞厂。当时有人说我太痴呆，太傻了，我自己却觉得离开了印钞厂很好，踏实了。

李鸣生：再后来呢？

冯亦代：1945 年四五月的时候，李公朴先生到了重庆。李公朴先生是救国会七君子之一。当年我对救国会是非常钦佩的。我大学毕业后考入中国保险公司，就参加过救国运动的一些活动。当时救国会七君子为了抗战不惜入狱的凌然大气，深深震撼了我。所以从“八一三”上海之战起，我就参加了由上海保险业前辈胡咏祺组织的上海保险界救国会。当时他们每周举行一次座谈会，起初由七君子之一的章乃器主持，讨论当时的国际形势和国内的抗战大业。后来章乃器离开上海，就由胡愈之老先生主持。愈老是我国国际政治研究的开路人，他对国内外形势的分析非常精辟。后来我南下香港，参加了他和范长江创办的国际新闻社和青年记者协会。1945 年秋，沈钧儒沈老组织人民救国会，我便正式参加了，并当选为候补理事。

李鸣生：您在到重庆之前就认识李公朴先生了吗？

冯亦代：李公朴是我沪江大学的学友，比我早几届。他到重庆是为了改组中国民主政权同盟的事情。他一到重庆便经常出席每周一次的沪大同学聚餐会，后来他便经常到我宿舍聊天。我从他那里对中国的局势看得更清了，非常希望国共谈判成功。1945 年 8 月 15 日，日本帝国主义投降后，毛主席到重庆和蒋介石共商国是，更让我充满了希望。

李鸣生：冯老，您的信息灵通。日本投降那天，事先您知道一点信息吗？

冯亦代：不知道，一点也不知道。我记得日本投降那天晚上，费慰梅请梁思成、林徽因夫妇晚餐，由我们夫妇作陪。

李鸣生：费慰梅？就是那位著名的汉学家、美国汉学大师费正清的夫人吗？

冯亦代：对。费慰梅是美国驻华大使馆的文化参赞，是梁思成和林徽因的好友。她对中国艺术和建筑很有研究。那天晚上我们吃饭刚吃到一半，忽然听见山下鞭炮齐鸣，人声鼎沸，忙打开收音机一听，广播的正是日本投降的消息。于是我们几位高兴不已，为抗战的胜利举杯同庆！等我回到临江路宿舍，我的同事们也在庆贺痛饮，于是我又和同事们痛痛快快地喝了一个晚上，个个喝得酩酊大醉，直到第二天早上才醒来。

十二、关于“听风楼”与“七重天”

李鸣生：冯老，俗话说，“读万卷书，行万里路”。还有一种说法，如果人活六十岁，要二十年读书，二十年旅行，二十年写作。对一个年轻人的成长来说，您认为读书重要，还是阅历重要？

冯亦代：都重要。因人而异。

黄宗英：这也不能刻意为之。因为谁也不知道自己哪一天会逃难。现在旅游方便了，但旅游毕竟是旅游，你旅游了很多地方，有时候还不及逃难的路上走的那么一小段。

李鸣生：悟性高的人，从薄薄的一本书里面，就能悟出很多东西。

黄宗英：你的“航天四部曲”我之所以能一口气看下去，并能吸引住我，除了作品本身的原因，还因为我去过一些国防基地；如果我没去过那些地方，感觉就会不一样。所以作家多走走，多看看，总是有益的，尤其是在年轻的时候。

冯亦代：虽然母亲早早就离开了我，但我从小并没有吃过苦。

黄宗英：他现在就爱吃鱼头鱼尾。因为当时婶婶疼爱自己的孩子，把好的都给孩子吃，他就习惯只吃鱼头鱼尾了。而且他现在不吃绿豆芽。我常跟他说，绿豆芽比绿豆有营养，但他不肯。因为小时候，绿豆芽总是放在他面前。他虽然没了母亲，祖母却很疼他，每天都给他烧一碗火腿，还总抱着他去看戏。

李鸣生：哈哈，看来冯老是在火腿和绿豆芽间长大的。

冯亦代：（只笑不语）

黄宗英：不过他不会撒娇，不会要这、要那。

李鸣生：冯老，中国文化中自古便有“故园哀思”之说。读您的文章，感觉您对故乡和亲人都很怀念，那么在精神上，您有没有一种乡愁？有没有一种对“精神家园”的怀恋？

冯亦代：（很决绝地说）很多人有家乡，但我没有家乡。这一点连我自己都很奇怪。

李鸣生：您没家乡?!

黄宗英：二哥对上海还是比较怀恋的，是吧？（转头问冯老）

冯亦代：不怀恋。

黄宗英：他胡说，他的同学的友谊可不得了，逢年过节我都要帮他寄贺卡，什么大学同学、中学同学，还有小学同学，好多好多呢！

李鸣生：不知是什么原因，我好像也没有什么家乡概念，也没有什么家乡情结，老乡的感觉也不强烈。不像有些人，老乡观念特强，甚至有的喜欢以老乡之名拉帮结派。我虽然是四川人，但受家乡地域文化的影响很少。我的作品里，也没人一眼能看出作者就是四川人。我对川剧也不是很喜欢，反而越剧听起来还觉得韵味十足。当然，川剧中的"帮腔"，我觉得是很有意境的一种独创，具有强烈的艺术冲击力，能给我以深刻的震撼。不过我觉得一个作家的思想，应该突破狭隘的地域文化，让作品自然而然地形成一种更广阔、更深厚的文化背景。

冯亦代：对，作家的眼界要宽，要远，不要被某一种东西所束缚。

黄宗英：冯亦代走的地方多。他在国外的时候，比如到波士顿，他常常问人家，街角的那个咖啡厅哪去了？或者问什么地方哪个标牌哪去了？常常引得人家奇怪地问他："先生，你是第几次来啊？"其实他是第一次去。不过人家都不相信他从来没去过（冯老在一旁笑，笑中有一种孩子般的狡黠）

李鸣生：秀才不出门，全知天下事嘛。

黄宗英：对，他都是从书上看来的，然后形象化后，记住了。可惜，他走遍天下，最后还是只有回到这间简陋的小屋，回到这间连一张书桌都放不下的小屋。

李鸣生：冯老，您的居住条件这么差，您怎么想？

冯亦代：家乡有句老话："金窝，银窝，不如住惯的草窝。"我就是持这种观点的人。我之前住的那个旧居，就很小，比现在这间还小。

黄宗英：他原来那间小屋在北京的三不老胡同，当年是郑和的府邸，就是那个赫赫有名的下西洋的郑和。他的房间在二楼的边角上，仅有十五平方米，他把它称作“听风楼”。

李鸣生：听风楼？

黄宗英：他那间小屋有东窗和北窗，不论冬天还是夏天，四面八方都会吹来大大小小的风。也就是说，他一年四季都能听到风声。尤其是冬天，西北风白天夜晚，呼呼地刮个不停，像鬼哭狼嚎一般。所以他把他那间小屋戏称为“听风楼”。

李鸣生：听风楼，这名取得好。有人听话，有人听令，有人听涛，冯老则听风——听天地风云变幻，听人世风吹草动。有意思。

冯亦代：对。我是自得其乐。但当初很多人都看不惯，说到您这儿来的人很多，你那间既是书房又是藏书室还兼卧室的小屋，摆了很多的书，来的客人都找不到地方坐了。还说，你至少应该有个书房，一间卧室。因为你有许多能书善画的朋友，请他们画一幅画，或写个条幅挂在墙壁上，总比你现在这个光秃秃的白壁好；再说你的这四堵墙壁，早就是千疮百孔，该重新粉刷粉刷了。还有的指责我，说我的房间是水泥地，早该修理修理了！北京这地方，不是铺红地毯的，就是铺木地板的，至少也是铺瓷砖的，哪有像你这个房子，还是冷冰冰的水泥地的，太寒碜了！

李鸣生：是啊，大家也是一番好意。

冯亦代：俗话说，“人往高处走”，谁不想有个舒适漂亮的家呢？但我还是始终维持老样子。我想，即使我满壁都挂上字画，挂得像书画展览会一样，对我又有什么用处呢？家里挂满字画，也不能说明我就是学富五车了，别人的字画也不能抬高我的身价。所以，我觉得还是简单一点好，蓬门荜户一点好。

李鸣生：您每天被风声包围、打扰，难道不影响您写作吗？

冯亦代：有是有一些的。不过我住的这间“听风楼”，虽然面积很小，而且地处二楼的角落里，但用处却很大，可以说是包罗万象。为什么这么说呢？因为它既是我的工作室，又是我的卧室；既是我家的会客室，又是我家的餐厅。四壁是收藏的图书杂志，一共有两个书柜和四个书架。书架之处，就是堆在床头床脚的书刊，满满当当一屋子。再说了，我的“听风楼”南房有一扇东窗和一扇北窗，因此四面八方风都汇聚到我的屋里。特别是冬天刮西北风的时候，北窗首当其冲，每日每夜，我都好像是躺在波涛汹涌的海上一样，不知什么时候会被狂风吹到什么地方。我常常在这个时候，从梦中被惊醒过来。于是窗外的风呼呼刮个不停，床上的我也思潮起伏。我的许多小文章，都是在这些被风吹醒的夜晚构思出来的。所以，我不但不讨厌那些有时像打雷一样轰鸣的风声，久而久之，反而对那些半夜三更把我从梦中突然吹醒的风声有所依恋。

李鸣生：您搬到小西天这里后，房子比原来好像要大一点了？

黄宗英：是大一点了。他给这间小屋也取了一个名字。

李鸣生：什么名字？不叫“听风楼”了？

黄宗英：叫“七重天”。

李鸣生：七重天？什么意思？

冯亦代：也没什么意思。我这间小屋是在这栋楼的七层上。我原来长期住在二楼，很压抑，现在一下高升了，升到了七楼，海阔天空，目击万里，所以我把它叫作“七重天”。

李鸣生：哦，我想起了，您在您的《归隐书林》的后记里，曾经写过这样的话：“我们曾经历尽人世的坎坷与欢欣，老来惟愿远离名利、归隐书林。自此息隐‘七重天’上，以读书写文自娱；伴山伴水伴书窗，正是我们之梦寐所系。”原来里面说到的“七重天”，就是这间小房啊！

冯亦代：对，说的就是这里。

李鸣生：怎么样，“七重天”与“听风楼”相比，如何？

冯亦代：这儿离我女儿家比较近。搬来“七重天”后，女儿将屋子收拾了一遍，很满意了。这是我这辈子觉得最舒心的住房了。因为“听风楼”狭小，就显出了“七重天”的宽敞；因为“听风楼”的灰暗，就显出了“七重天”的明亮。住在“听风楼”的时候，虽然屋里有两个窗，但北窗是永远不敢打开的；如果一打开，除了狂风，便是尘土。至于东窗，冬天虽然有点太阳晒进来，但到了夏天，太阳又太厉害，连个坐的地方都没有，要到9点左右才能坐下来读书写字。

李鸣生：冯老，尽管您现在的“七重天”比从前的“听风楼”好一点，但住在这么狭小拥挤的空间里，我还是感到有点被压迫得让人喘不过气来。现在的中国人尤其是年轻人都很实际，在追求上，物质远大于理想。而您，是一位大翻译家、大文人、大作家，学富五车，诗书满腹，德高望重，但年年岁岁都被束缚在狭小的空间，春夏秋冬都被悬在半空，内心有没有一点失落感呢？

冯亦代：没有什么失落不失落了。荣华富贵，名利权位，都是过眼云烟。我现在能居住在“七重天”，已经很好了。这儿的南窗外面有个阳台，比过去没阳台好多了。尤其是到了三四月，站在阳台上，有阳光照耀，有春风拂面，还可以抬起头来，遥望西山，仰望蓝天。每当这个时候，我就会感到心胸开阔，精神焕发，好像拥抱了整个宇宙一样，真的很惬意的。比起“听风楼”来，好多啰！

李鸣生：冯老，您一生从事文化事业，可谓鞠躬尽瘁，而今年近九旬，到头来居然没有一间属于自己的书房，哪怕是一小间！这让我感到很悲哀。这悲哀当然不是您个人的悲哀。但您的心态却是如此的平和、安静，又让我感到很欣慰。相比之下，我非常惭愧！

（这时，门口传来敲门声。黄宗英起身开门。来访者是《百花潮》的两位老编辑。望着眼前已患过七次脑梗塞、一脸疲惫却依然微笑着

的冯老，我不忍心再聊下去了，趁机起身与冯老道别）

李鸣生：冯老，辛苦您了，以后有机会我们再聊。您老一定多保重！

冯亦代：好的，谢谢！

（临走时，冯老将一套五卷本的《冯亦代文集》赠送于我，并签上他的大名。捧着冯老这套厚重的文集，我感觉到的不光是一位前辈作家的分量，同时还有一位前辈作家的期望。）

2000 年 9 月 28 日于北京平安里

（补记：2005 年 2 月 23 日下午 2 点 30 分，冯亦代在北京逝世，享年九十二岁。）

冯亦代小传

冯亦代原名贻德，曾用笔名楼风、冯之安、冽湮、马谷、公孙仲子等。浙江省杭州市人，生于1913年11月13日。1931年"九一八事变"发生时，在杭州蕙兰中学读高中，参加杭州的爱国学生运动。1932年入上海沪江大学工商管理系读书，1936年大学毕业后考入上海中国保险公司工作，并参加救亡运动。1938年到香港，先在各进步报纸上撰写电影评论、小说、散文等；后参加《星报》，翻译外文电讯，并为该报编辑《第八艺术》副刊。1939年参加国际新闻社及全国文艺界抗敌协会香港分会，出版《中国作家》（英文版）向海外宣传抗战。后参加香港业余联谊社。该社为东江游击队筹款，业余剧团上演阿英编剧的《葛嫩娘》（即《明末遗恨》），任导演。1940年发起出版《耕耘》杂志。同年与沈镛出版《电影与戏剧》（不定期刊），任主编。被选为中国青年记者协会香港分会候补理事。在香港文协参加文艺通讯部工作。此外在港期间还参加宋庆龄主持的保卫中国大同盟历次为抗日战争的义演筹款工作。

1941年去重庆，翻译美国作家海明威有关西班牙内战的戏剧《第五纵队》（重庆文风书店），和斯坦贝克的戏剧《人鼠之间》（重庆天下图书公司），合办古今出版社。1942年与沈镛等合办美学出版社、主编《海滨小集》丛书。在叶以群主编的《文哨》、郭沫若主编的《中原》及《新华日报》等报刊发表文章及翻译作品。1943年，在夏衍指导下与唐纳组织中国业余剧社，任副社长。1944 年任中外文化联络社经理，该社由茅盾任社长，叶以群任总编，向国统区及海外报刊发表敌后根据地进步文人的作品。1945 年参加沈钧儒等组织的人民救国会，任理事；抗战胜利后回上海，创办《世界晨报》，任经理、代总编，并在该报写《泪眼集》专栏。1946 年任《联合晚报》副刊《夕拾》编辑，写《灯下随笔》专栏。这张报纸是周恩来同志亲自领导的。同年任上海文艺界协会美国文学丛书编辑委员会委员，翻译美国A. 卡静的《现代美国文艺思潮》，此丛书于 1948 年由上海晨光出版公司出版。1947 年与凤子等出版《人世间》杂志，任编委，为该刊撰《书人书事》专栏。

1949 年出版《书人书事》文学批评集（上海潮锋出版社）。1949 年 5 月上海解放后，在军管会领导下出版《大报》，任社长。9 月在北平参加国际新闻局筹备工作。新中国成立后，任国际新闻局秘书长兼出版发行处处长。1952 年任外文出版社办公室代主任，出版部主任，英文《中国文学》编辑部副主任。1954 年后两次被选为北京市人民代表大会代表。曾任《读书》副主编，《外国戏剧》《译林》《群言》《散文世界》编委。美国文学研究会常务理事，中国作家协会第四届理事会理事，中外文学交流委员会委员，国际笔会中国中心理事。中国翻译工作者协会常务理事，北京译协副会长。国际文化交流中心理事，国际文化出版公司副董事长。中国民主同盟第五届中央委员会常委，中国人民政治协商会议全国委员会第六及第七届委员。

大智无形

——与著名科学家王大珩先生聊天

王大珩，中国著名科学家，人称“中国光学之父”。

祖籍江苏吴县。1915 年 2 月生于日本。四个月后，被母亲抱着回国。

1936 年毕业于清华大学物理系。1938 年，赴英国伦敦帝国学院留学，专攻应用光子学。1940 年获硕士学位。时年二十五岁。

1941 年，在英国谢菲尔德大学玻璃制造技术系攻读博士学位。1942 年，被英国伯明翰昌斯公司聘为助理研究员。

1948 年回国。

中国第一埚光学玻璃、第一台电子显微镜、第一台激光器研制的领导主持者。

中国科学院院士、中国工程院院士、国际宇航科学院院士，中国“863 计划”的主要倡导者。

1995 年荣获首届“何梁何利基金奖”。1999 年荣获“两弹一星功勋奖章”。

生前没有小车，没有秘书。

访谈时间：1997 年 3 月；1999 年 1 月至 6 月

访谈地点：王大珩家

王大珩先生印象

李鸣生

如果你给王大珩老先生打电话，说："王老，我打算采访您一下，想跟您约个时间，能不能安排一下？"

王老在电话里回答的第一句话一定是："请等一下，我先查查看。"

查什么？

查表。

什么表？

工作日程表。

王老的家里，有一张他自己设计制作的工作日程表。他每天的所有工作流程，包括各种会议和社会活动，全都被他计划、安排在了这张表上。有的提前一周安排，有的提前十天安排，有的甚至提前一个月安排。因此，你若要与他约见，他必须先查一查他的这张工作日程表。如果他可以把你"插"进去，他就会把你安排在他的这张表上；若是他不能把你"插"进去，他就会很客气地对你说："对不起，安排满了，等等再说好吧。"

一生都生活在时间表里。

这就是科学家。

这就是王大珩。

王老的确太忙。年轻时忙，中年时忙，现在老了，依然很忙，甚至比过去还忙!

可以说，王老一年四季，从来没有一天空闲的时候；一天到晚，他几乎是按时甚至按分在工作，在生活。只要他在家，电话总是不断，来家找他的人，也有不少。而且常常是，前面的人刚刚离开，后面的人便接着进门。甚至有的时候，前面的人还没谈完，后面一拨人已经等在门口了。我与王老聊天期间，便亲眼见到过这种情况。

尽管如此，王老依然潇洒，依然从容，依然活得有滋有味。

王老能讲，善讲。王老讲话时，不像滔滔不绝的大海，而像源源不断的小溪，一旦讲开了，一口气能讲上好几个小时。而且，他自己不会感到累，听的人也不会感到乱。别看他已是八十四岁的老人了，思维却十分清晰，十分敏捷。他的大脑就像一个信息库，一生的经验与智慧，仿佛全都储存在了这座“信息库”里。

王老在生活上要求很低，吃穿从来不讲究。他没有专车，也没有专职秘书。一生节衣缩食，日子过得十分清贫。除了科学，似乎什么都不在乎，也从不上心。用老百姓的话说，就是“没心没肺”。但若说王老“没心没肺”，不少很高端、很高深的问题，又都是他老人家琢磨出来的，比如中国的高科技计划“863 计划”，他就是主要倡导者。

1995 年，王老和钱学森、黄汲清、王淦昌三位科学家一起，荣获首届“何梁何利基金”优秀奖，奖金一百万港币！然而，得到了一百万港币的王老却为这一百万港币而发愁。他告诉我说，一连好几天，他的心里都忐忑不安；甚至有时急得一个人在屋里转圈，总觉着自己拿了这一百万有愧，甚至竟不知道该如何处置是好。

怎么办呢?

最后，王老拿出五十万交给中国科学家协会，在中国科学家协会设立一个“迎光基金”奖，奖励那些在光学领域做出突出成就的青年科学家。他说，这事落实后，我的心里一下就踏实了，当晚才睡了个好觉。

王老一生都在探索，不断创新，在光学等诸多领域创下了二十多个“第一”，并解决了科学技术中一个又一个的大难题。但科学技术上的大难题没有难倒王老，生活中有一个小问题却难倒了他——

1997 年 3 月，王老和七位科学家自费到漠河去观看日全食。那几天里，王老最高兴的一件事，就是为好多的青少年朋友在日食纪念封上签名。有一天，当他高高兴兴地为一个十一岁的小女孩在日食纪念封上签了名后，便听何泽慧院士问了那个小女孩一句：

“小朋友，你为什么要让我们签名呀?”

小女孩笑眯眯地回答说：

“有你们这些大科学家的签名，我这个纪念封以后就值钱了呀!”

这位小女孩的回答，让王老感到非常震惊！他做梦也没想到，他们那一代科学家一生的追求，竟被一个年仅十一岁的小学生只用一个“钱”字，便轻而易举地给简化了，也轻而易举地给击碎了！

结果为什么会是这样呢？为什么会是这样的结果呢？一路上，王老愁肠百结，百思不得其解。

王老告诉我说，这件事过去很久了，但这道“难题”，至今还装在他的脑子里，总是挥之不去。

在王老有生之年，不知他能否解开这道“难题”?

1999 年 6 月 28 日记于北京平安里

一、关于邓小平与“863”

李鸣生：王老，现在全国有不少人都知道了中国有个高科技计划，叫“863 计划”；同时还知道，您就是“863”计划的主要倡导者。现在大家很想进一步知道的是，当初你们四位老科学家为什么会想到这事要给邓小平写信？基于一种什么样的考虑？当时是一个什么样的背景？

王大珩：事情是这样的。里根总统于 1983 年 3 月提出“星球大战计划”，引起了全世界的注意。我们最早也怀疑这个计划的现实性。因为当中有许多问题不光在当时，甚至就是在现在，技术途径都不一定清楚。但是，里根总统讲了之后，世界上都很警惕这个东西。我们那个时候的理解，这个计划表面上是对付苏联，为两霸争雄而显示威慑力量，实质上是一种加强美国高科技发展的措施。当时欧洲和日本在高技术方面大有进步，有点后来居上的趋势，如果美国不采取一些措施，将来可能要落后。由于美国的体制决定了政府不可能支持民间的事业，政府花钱受到纳税人的限制，纳税人的钱只能用在社会的公益事业上，政府不可能去支持一家私营公司做什么。当时美国政府唯一的办法就是以投资军事项目力借口，发展高科技，来达到加大发展高科技方面投入的目的。所以，就提出了“星球大战计划”，也叫“战略防御计划”。

美国的这个“星球大战计划”既是军备发展计划，又是高科技发展计划；名义上是对付苏联的，实际上借此机会把美国的新技术方面推动一下。“星球大战计划”在现实性上比较渺茫，但是从威慑目的出发，提出了战略方向，从而对一系列前沿科学技术展开了论证及可行性研究。这种形势各个发达国家看得很清楚，欧洲、日本和苏联都动起来了，纷纷提出相应的计划。欧共体提出“尤里卡计划”，日本提出“今后十年振兴科学技术政策大纲”，苏联在原有计划的基础上也及时作了调整和部署，悄悄制定了“加速发展战略”，加速科技成果应用于军事领域。

李鸣生：其他国家都在搞，所以你们也就着急了？

王大珩：对。别人都搞了，我们怎么办？我们国家曾经搞出了“两弹一星”，在国际上争得了一点地位，同时也建立起我国高技术的初步基础，积累了一定的经验。要是不努力赶上去，就会又落后，前功尽弃。针对世界形势的变化，有关部门当时已经开始考虑对策问题了，并组织有关专家进行了座谈，提出过要采取对策的设想。但在具体行动上，并未真正落实下来，对高新科技的发展还未予以足够的重视，一些前瞻性和长远的设想更显得不够。这就让我们这些科技工作者十分焦急。所以，我和王淦昌、陈芳允、杨嘉墀四个人一合计，就形成了一个给中央领导的报告。希望以此为契机，为国家的长远发展做点事。

李鸣生：但在中国做事是很难的呀，什么事没有领导的支持，就别想干成。你们怎么去说通领导？另外，要搞的话，离不了一个钱字，钱从哪里来？

王大珩：是啊，要干的话，多多少少都得花钱。没有钱，哪行啊？在没有钱的情况下，我们当时的想法就是，先谈一个“有”字。先求“有”，不求量。这个“有”跟“量”，花钱差别就大了。当时我们开会时，有人就说了，国家花这点钱，就算花十个亿，算算看，每个公民不就只出一块钱吗？再少一点，一个人拿一个鸡蛋出来，这点钱总应当花吧？

李鸣生：每个人拿一个鸡蛋出来搞科研，有意思。

王大珩：陈芳允先生当时在国防科工委工作，他了解国际国内的有关情况多一些。他着急了，所以来找我。他说我们是否给中央提个建议？我说行呀。他说那你来写吧，我说好，就我来写吧。我当时有个助手，他是搞空间科学的，对前沿这方面东西稍微知道一些。我说你先写。他把前段的背景写了后，找我说，后面的写不下去了，所以后半段主要是我写的。我们那时着重考虑的是国防，当时我的概念里面，高新技术首先是用在国防，对我来说经济概念上差一些，小平同志那时已经强调了经济的重要性了。报告写完后，陈芳允同志看了，建议内容不仅要写有关国防科技，还要把如何带动民用高科技写进去。我起草了初稿，然后进行多次修改整理，最后终于形成了一份《关于跟踪研究外国战略性高技术发展的建议》的文稿，前后用了一个月时间。

李鸣生：在这封建议信中，你们主要写了哪几个问题？

王大珩：主要写了六个重点问题：一、高科技问题事关国际上的国力竞争，中国对此不能置之不理。二、在关系到国力的高技术方面，首先要争取一个“有”字，有与没有，大不一样。真正的高技术是花钱买不来的。三、鉴于我国的经济情况，从事高技术的规划与范围，无法与工业发达的国家相比。因此，必须“突出重点，有限目标”，强调储备与带动性。四、积极跟踪国际先进水平，要能在进入所涉及领域的国际俱乐部里，占有一席之地。五、发挥现有高技术骨干的作用，通过实践，培养人才，为下一个世纪的发展做好准备。六、时不我待，要有紧迫感，发展高技术是需要时间的，抓晚了就等于甘居落后，难于再起。

李鸣生：对这六个问题，你们四位科学家的意见都一致吗？有没有什么争论意见？

王大珩：没有什么争论，王淦昌和杨嘉墀两位科学家看了后，当即表示完全同意。当然，我们四个人又对建议信进行了逐字逐句的推敲。最后定稿后，才签上了自己的姓名。随后，我又给邓小平等领导同志写了一封亲笔信。

李鸣生：你们几位老人过去给小平同志写过信吗？

王大珩：没有。我们这是第一次给小平同志写信。

李鸣生：你们的信是写给小平同志个人的，还是写给中央的？

王大珩：我们是写给三个中央领导人的。

李鸣生：三个？哪三个？

王大珩：有小平同志、赵紫阳、胡耀邦。但信是送到小平同志那里的。

李鸣生：为什么会想到直接给邓小平、赵紫阳、胡耀邦写信呢？你们当时是怎么考虑的？

王大珩：如果通过正式渠道，按部就班地一级一级往上走，这报告到小平同志手上，至少也得几个月。可是时间不等人啊！怎么办？干脆直接送邓小平。

李鸣生：您是通过什么渠道将这份报告送到小平同志手上的？

王大珩：最好的办法就是"走后门"。

李鸣生：您这"后门"具体是怎么"走"的，方便说说吗？

王大珩：这个过程很有意思。我有一个助手叫张宏，他也在中国科学院技术科学部。他十分关心国家高科技发展的问题，所以非常理解我们几个老科学家的心情。他与我同在一个办公室，与小平同志有某种特殊的关系。

李鸣生：什么特殊关系？王老，能透露一下吗？

王大珩：张宏是邓小平同志的女婿。

李鸣生：哦，明白了。

王大珩：我就请他帮忙，他马上就答应了，而且当天就想法把我们写的信和那份报告亲自送了上去。尽管我也知道，这不合规矩。但我想这是为了国家大事，又不是为了我个人，行不行，可以试试嘛。后来事实证明，能走捷径就得走捷径。从某种意义上说，这也是从中国国情出发的一种考虑。

李鸣生：信送上去后，您有没有过一些担心和顾虑？比如，担心信到不了邓小平手里；即使到了邓小平手里，也不一定就会引起重视；甚至石沉大海，有去无回什么的。

王大珩：想法和顾虑倒是有一些的。因为中国的事情很难说。也许小平同志看了信后，会批；也许就给搁下来了。不过当时我们也顾不上考虑那么多了。

李鸣生：后来结果如何？

王大珩：没想到邓小平同志看完信后，第三天就作了批示。

李鸣生：第三天？这么快啊？

王大珩：对。这个时间我记得很清楚。我们的信是 1986 年 3 月 3 号送上去的，邓小平是 1986 年 3 月 5 号批示的。

李鸣生：邓小平是怎么批示的？

王大珩：邓小平批示的大意是：这个建议十分重要，找些专家和有关负责同志讨论，提出意见，以凭决策。此事宜速作出决断，不可拖延。

李鸣生：邓小平这么快就作了批示，你们恐怕谁也没想到吧？

王大珩：对。我们谁也没想到会批得那么快，远远出乎我们的意料。这件事对我来说简直是喜出望外。因为一开始我们并没抱太大的希望，没想到小平同志对高科技的发展这样重视，更没有料到他批得那么快。

李鸣生：邓小平批示以后呢？又是什么情况？

王大珩：小平同志的批示，引起了整个中央领导层的重视。小平同志还派张劲夫同志接待了我们，就《建议信》中所提到的关于中国高科技发展问题，专门作了一次交流与座谈。张劲夫我们过去是很熟悉的，他50年代在科学院任党组书记，是我们多年的知交，有什么话大家可以推心置腹地谈。

其实当时我们也不知道这个计划能做到什么程度，中央组织了很多科学家讨论有关课题和研究方向，酝酿工作差不多一年。当时我们提的意见，着重点是在国防科技上。后来小平同志提出的意见是全局性的。后来拟定的“863计划”，是中央政治局通过的。像这么高的领导层通过这样一个计划，过去是从来没有过的。

所以呀，我认为小平同志对这件事是胸有成竹的。因为当时有一个背景，有人认为当年的氢弹和原子弹没有必要搞。不是有那么一个说法吗，说“这两弹你也不能当饭吃呀”。我是不同意这种说法的。像我们这些人，因为在国外待过，情况是比较清楚的，感受也是很深的。你自己的技术拿不起来，在国外走路都得低着头走啊，你说是不是？而且在那个时候，刚巧也是搞规划的时候，科技委还请了许多所谓美籍华人和华裔科学家来作顾问。有些人说，你们还搞什么两弹，首先要紧的是国民生活，这话也对。我那时跟科学院的朱喜安一起去参加那个会。我们说，我们并不是把钱主要花在这方面，我们在这方面所用的钱只是国外的一点零头，靠这点钱来争取我们在国际上的形象还不应该吗？他们听了觉得这个话有点道理。

事实上，赵紫阳当时谈新技术革命的时候，全世界已经搞得很热闹了。国务院组织了百十人在编高新技术这个东西。但是这个东西始终拿不出来，主要是因为有一些不同的意见甚至反对的意见在里面。但小平同志对这个情况是知道的，所以他批我们那个东西，也是从认识上排除了这些干扰。

李鸣生：这么说来，当初你们给小平同志写报告，其实也是顶着一定压力的？

王大珩：压力当然是有了。不过，我无私，也就无畏。我们写建议报告，就是希望能够对国家的发展有些影响就是了，仅此而已。没想到后来能对国家的发展起到这样的作用，这也是我一生值得欣慰的事情。我个人是无所谓的，要紧的是对国家的繁荣起到一点作用。"我为人人"应该大大多于"人人为我"，不然社会就没有进步了嘛！你要知道，小平同志在未作批示之前，当时的科技界对我国科技的发展方向，可以说是众说纷纭，莫衷一是。甚至有人怀疑，我们过去搞"两弹"是否必要；认为重要的是要解决提高人民生活水平的问题。一些从国外来访的科学家也说，你们现在最重要的是把你们的人民生活搞好，搞什么"两弹"？当时我听了非常气愤。若没有"两弹"，我们的国际地位会如何？我们怎么能安稳地搞我们的建设？我们花一点钱去增加我们的国力、提高我们的国际竞争力，难道不对吗？多亏小平同志在那种环境下果断作了批示。这个批示促进了我们的高科技发展。小平同志批了之后，反对的话就再也不见了。

李鸣生：是不是可以这么说，如果没有小平同志当初的大胆支持，就不可能有后来中国的"863 计划"？

王大珩：可以这么说。在"863 计划"这个问题上，小平同志是很有远见的，很有战略眼光的。他对我们的去信很快作了批示，这表明了他的一种基本的立场和坚决的态度。

李鸣生：王老，根据您自己的亲身经历和感受，您如何评价邓小平？

王大珩：我觉得小平同志是一位关心科技和科技人员的伟人。理由是什么呢？一个是粉碎"四人帮"后，小平同志在 1977 年 5 月 24 日，针对十年动乱时期鼓吹的"知识越多越反动"、污蔑知识分子是"臭老九"等谬论，提出"一定要在党内造成一种空气：尊重知识，尊重人才，要反对不尊重知识分子的错误思想"。后来为知识分子平反了冤假错案，从政治上推翻了强加给知识分子的不实之词，使知识分子放下了沉重的思想包袱。二是我曾有幸参加了1978年的科学大会，也有幸参加了小平同志组织召开的科学和教育工作座谈会。在会上，多次聆听了小平同志关于“科学技术是生产力”“尊重知识，尊重人才”等一系列精辟的论述。三是1979年小平同志出访美国，同卡特总统签署了一份中美科技合作谅解备忘录，其中有一项填补了我国航天遥感技术的空白。第四就是1980年在北京、上海召开改革开放后第一次激光国际学术讨论会的时候，小平同志不仅接见了我们中国的科学家，也接见了国外的科学家。还有一点就是1986年3月5日小平同志的重要批示，促成了国家的“863计划”的诞生。从以上这五件事情来看，我确实感到小平同志是个关心科技、关心科技人员的伟人。尤其是他对高科技大胆、果断的支持，后来事实证明，“863计划”的路子走对了。

李鸣生：邓小平批示后，你们四位科学家后来又做了哪些工作呢？

王大珩：后来真正做这个工作时，我们参加得就并不多了。只有一次，紫阳同志召集动员会，我们去了一下。后来是钱学森的一位帮手，叫王什么名字，我记不得了，他出车祸去世了。“863”计划他在里面起了很大作用，因为中央的文字初稿是他写的。

李鸣生：对了，王老，还有一个很关键的问题，经费问题，当时是怎么给的？

王大珩：经费问题当然很关键，很重要。但是当初我们不敢提花多少钱，因为国家当时很困难。但万万没想到，小平批示后，中央最后竟给批了一百个亿！

李鸣生：那你们当初心里打的小算盘，是希望中央能给多少钱呢？或者说你们的心理预期，是给多少钱？

王大珩：实话跟你说吧，我们当初考虑的是，能先给投上几个亿，比如说两三个亿什么的，就不错了，就谢天谢地了！所以最初征求我们的意见的时候，我们就提着胆子说了个几个亿。没想到……

李鸣生：没想到一下就给了一百个亿！

王大珩：对对对。但这一百个亿，可不是我们提出来的哟，我们哪敢说这么多啊！

李鸣生：中国的科学家们穷了几十年，都穷惯了。

王大珩：是啊，我第一次得到这个消息的时候，简直都不知道怎么办了。后来有一次开会时，赵紫阳同志还对我们说，你们当初提出投几个亿，现在我们决定给你们投一百个亿！怎么样？赵紫阳这个话的意思是说，够意思了吧？

李鸣生：您觉得够意思吗，王老？

王大珩：当然够意思了！你要知道，那个时候的一百个亿，可不是现在的一百个亿。那个时候的一百个亿，差不多相当于现在的八百个亿到九百个亿，可了不得了！

李鸣生：王老，经过十多年的努力，“863 计划”在几个领域取得了可喜可贺的成就。您如何看待它的意义？

王大珩：“863 计划”在总体上成就是很大的。首先起了一个好的带头作用，就是说这个方面的工作，国家必须搞，没有它不行。你批评也好，跟踪也好，创新也好，这件事情是做对了。在纪念“863 计划”十周年的时候，我们四个人又写过一个报告，认为应当把“863 计划”看作是一个中长期计划，是国家整个发展科学事业计划的一个组成部分，是介乎基础研究和产业化之间的一个过渡、桥梁。它是带有中长期性质的，不是几年之内就能解决问题的。也不是基础性质的，基础性质是给你一种启示，就是在前沿的东西上先做些个实践，然后测定它将来能不能产业化，相当于国外叫 Advanced Research Project，中国有时翻译叫作高级研究计划，实际上外文意思不是叫高级的意思，是前瞻的意思。advanced 意思是比人先走一步的意思，应当是先行的。研究计划属于那个性质，美国有这么个组织。

当初我们提出建议时，有人认为“863 计划”是一个战役部署，是一个战役措施，但我们特别强调，这是战略部署，这是战略措施。而且这是一个长期计划，今后必须要继续下去。因为高技术人家是天天在前进，不是说停滞在那里等着你去赶的。你假如不动的话，和人家的差距只会越来越大。现在是要缩小差距，你怎么能停下来呢？所以先认清这是一个战略的措施，而不是一个战役。不是打一仗就完了，就达到目的了。你要这么认为，你永远也达不到目的。因为人家在前进，你停下来，你能达到目的吗？追还追不上呢！这是很重要的一个概念。那么从这个概念讲，现在总算是有一个“S－863”计划了。那时宋健就提出，还得有一个“863 计划”，那时候叫“超 863 计划”。那时我也提了，这是个长期计划，不是你有了“863”，现在没干完，我再来一次，这不行，永远也得干下去。我把它叫作第二期“863 计划”。

我感觉到“863 计划”是个很好的开头。最要紧的是，在体制上有一个很好的革新，即是说不是行政领导来决策的，而是由专家来决策的，这是一个很大的特点，是一个尝试。正因为这样，才可以说在整个“863 计划”里面，虽然弯路有，但没有大的挫折；漏项也是有的，但没有大的失误，可以这么说。第二个最重要的是培养了一批年轻人，这个我们在“863 计划”报告时也说了一部分，最重要的是要利用已经有的从事高技术的人，不要让他们散掉，要好好地利用这些种子，培养年轻人，为下一代高技术发展准备好必要的条件。这点可以说是做得还可以。从整个“863 计划”体系里面，这方面成才的科技人员大概有两万人！这个数字不可低估。因为他们都是年轻的一代，比较有闯劲的一代。

李鸣生：中央高层还有什么考虑吗？

王大珩：现在中央正考虑，决定2000年以后还有第二个“863计划”，以后还有可能有第三个。因为它的主导目的是缩短与国际上的差距。但是，不要以为我们经过这样一个战役，就可以从各方面解决问题了，哪有这么快的事？不可能的。因为人家也在进步，你赶上了一段，人家又前进了一段了。随着市场经济的发展，越来越多的高技术研究和开发要由企业部门来承担，只是那些企业承担的这部分，需要吃“皇粮”解决。这应该是“863计划”的主流。因为它在科技方面可以起到带头牵引的作用，起到示范的作用，让国民生产各部门在高技术上自觉地跟上去。现在人们对有些东西长远的作用和深远的作用，还没有足够的认识。但人家在进步，你得跟上去呀，不然的话，到时候就不是缩短差距的问题，恐怕差距会更大！

李鸣生：有那么严重吗？

王大珩：这是我们必须承认的事实啊！客观地说，“863计划”在有些重要方面与国际的差距并没有缩小多少，甚至于拉长了。因为人家走得太快。比如微电子技术，人家进展得那么快，我们简直是望尘莫及。当然，我们今后如果部署得好，加紧努力，距离还是可以缩短的。比如，我们可以号召一批在国外科技前沿的人回国来做事，这是一个好的机遇和挑战。最要紧的是能够抓住机遇，不要失去。十年动乱最可惜，我们丧失了一个最关键的时期。现在我们不但是要补课，还要走得比别人更快。当然有难处，但不走不行，走好了也是有希望的。

二、 关于高科技与产业化

李鸣生：王老，现在到处都在谈论高科技产业化，您觉得我们应该怎么认识高科技产业化这个问题？

王大珩：在“863计划”实施五周年的时候，邓小平有一个题词，叫“发展高科技，实现产业化”。邓小平一题词，产业化的问题就在全国叫得很响了。我觉得这个问题小平同志提得很英明，也非常及时。因为，在我们国家，长期以来有一个很突出的问题，是科研成果与经济脱节。也就是说，我们的高科技只能做到开发阶段，而不能实现产业化；不能实现产业化，就导致科技成果转化为生产力的矛盾更为加剧。本来，科研队伍与产业队伍应该是密切结合的，可我们过去做得不够。所以现在要鼓励科技人员，走产业化的道路。

但是，要搞产业化，我们必须充分认识到，发展高科技，实现产业化，是一项复杂的系统工程，不仅仅是技术问题，还有思想观念、规划布局、管理体制、资金投入、人才培养等诸多方面的问题。它是长远的战略性部署。特别是有关国防方面的问题，不抓就会影响到其他方面。

李鸣生：我们在搞产业化的过程中，您认为应该注意一些什么问题呢？

王大珩：要注意的一个问题就是，过去一谈产业化，就认为是生产新产品，形成新工业，这当然很重要。但是，从整个国力和经济发展来说，产业化绝不只是指新产品、新工业。

李鸣生：我们应该怎么理解高科技产业化呢？

王大珩：对高科技产业化的问题，不能只单纯地认为是一个市场经济。科技成果必须经过产业化，才能转化为现实生产。高科技产业化，我的理解实际上大致应该包括四个方面。

李鸣生：哪四个方面？

王大珩：第一，用高科技成果，开发出新产品，建立新的工业，形成一种新的产品市场。第二，用高科技改造我们传统的生产技术，提高生产率，改进质量，降低成本，实现工农业现代化。你要搞现代化，你不把高新技术用在传统工业上，你就不可能现代化。第三，在贯彻国策方面，除了实施科教兴国之外，还要注意可持续发展问题。可持续发展是代表一个国家的实力与文明。我国要成为社会主义强国，还必须注意环境和各方面文明的格局，在这些方面也要用高新技术来改造和实施。

李鸣生：这个问题具体包括哪些内容？

王大珩：比如，对环境问题，必须用高科技来加以改造、治理和管理。还有解决企业生产产品不遗留废弃物的“零排放”问题。实际上基础问题，也是高技术问题，也是产业化问题。又比如，防震、防灾的问题，这个问题今后在我们国家是件大事情，你说是不是？那你在这方面要不要用高新技术？肯定要用。还有规划国土，也必须用遥感等高新技术来实施。这是属于国家公益方面的事情，你要不要高新技术？一样得要吧。所以可持续发展的产业化与高技术发展关系十分密切。

第四，就是国防方面。高技术在国防现代化方面所起的作用，就更为明显了，航天、航空、核武器发展，都离不开高技术。而我们在国防上现在有些东西还是处在“跟”的状态，谈不上是创新，好多很落后。我们空间技术上好一点，航空却很落后，这大家都知道。这种命脉性的东西你自己要不要点自主权？难道完全靠买？因此说，产业化是四个方面的问题，我们不希望喧宾夺主，但也不希望急功近利。

李鸣生：您认为我们过去在这方面，有没有急功近利的东西？

王大珩：有的。我觉得我们过去的搞法上有点急功近利。即便现在，我认为在认识上也没有完全去掉。另外，我们要分清楚，“863 计划”这种形式是国家行为，但是产业化是经济行为。一个是国家投资，一个是自己集资。这是二者的差别。产业化是要靠集资的。你银行贷款也好，你是企业里面自己筹款也好，将来收得回来的，你可以从产品等方面收回来，是个经济行为。这是两种不同性质的东西。这个我们一定要搞清楚。国家不可能全包下来，不能完全由政府投资来搞产业化。

所以，产业化问题是个经济问题，高科技是个国家行为，这是我们一定要分清的。从国家长远利益来看，贯彻科学技术是第一生产力的思想，核心的问题，就是要重视知识产权在关键技术上必须掌握自主权，有真正自己进行技术开发的基础。企业投入可以靠引进外资，生产经营管理可以学外国，但无形的技术自主开发能力，必须牢牢掌握在我们自己的手里。

我们搞“863 计划”的主要目的，就是要在关键的先进技术上建立自己的自主权，以我为主，开拓创新，打下实现技术发展跨越的基础。我国的高科技产业，绝不应让技术掌握在外人手里，否则随时可能出现被别人卡脖子的局面。我们不能被技术上的泡沫和表面上的市场繁荣遮住了双眼，迷糊了视线。因为一个国家的国力，不能只靠经济手段来表现。

李鸣生：王老，这个问题您说得对，也非常重要。过去几十年，我们是闭关锁国，自以为是；改革开放后，又出现另一种倾向，就是什么都依靠“洋技术”，什么都进口“洋设备”。据我了解，现在很多领域的核心技术，都不在我们的掌控之中，几乎完全丧失了自己的自主权。这对我们这么大个国家而言，我感到是一个很大的隐患，甚至说是一个非常危险的隐患！就这个问题，您具体谈谈好吗？

王大珩：最突出的，就是微电子技术。现在我们看到的最新发展的计算机也好，信息高速公路也好，以至于处处都要用的芯片，全都是进口的。过去还想自己搞，现在是不可能了。因为这些东西从国外买，价钱便宜，质量又好。而自己搞还会有许多毛病，质量也不可靠，尤其是有些最关键的技术，成本要比国外高出几十倍！

李鸣生：成本高出几十倍?!

王大珩：是啊。由于这些经济上的原因，有很多高技术产品就放弃了，这对国家的自主，对国力的影响都是很大的。一旦别人卡你，你就一点办法也没有；甚至在某些问题上，还只有乖乖地束手就擒。

李鸣生：您能举个例子吗?

王大珩：例子有的是。比如，有一个国防单位，它搞的武器基本上是国产化。但里面好几个最关键的电子部件，都不是国产的，自己没有，只能用外国的。一旦有情况，这就很被动了。所以呀，这个问题，国家要统筹考虑。要花点钱，投入到一些薄弱的技术上，要作为军费来投资。因为我们必须认识到，对一个国家来说，经济的基本原理应该是需求与供应的关系，而不是市场与供应的关系。所以搞高技术，不能把市场经济作为唯一的推动手段。明白这一点很重要。

李鸣生：看来科技自主权的问题，对一个国家而言非常重要。

王大珩：可不是。最近我到珠海去看了一次，在高新技术开发区已经有几个高技术企业。因为我是搞光学的，所以看了一个光学厂和照相机厂，是日本佳能（Canon）公司在珠海办的独资企业。这个企业没有中国投资，职工两千七百人，产品是几种照相机，不在中国销售，返回日本，然后再通过市场出售到各地。产值每年三十个亿，可售价则高达一百个亿，多了七十个亿！我们肯定是吃亏的，可吃亏也要干，因为可解决两千多人的吃饭问题，同时还有我们的技术人员参加，可以培养一些人。

李鸣生：改革开放后，我们引进了许多外国企业。有的自己什么也不是，只是一味地引进。这个问题你怎么看?

王大珩：引进总是有好处的，但是，一味地引进，也令人有很大的担忧。就像北京的上地高技术开发区那样，外国公司（如微软、IBM 等）进入这个高技术摇篮，比我们自己的企业还要积极得多。为什么呢，他们有钱，而我们只想不出钱就进入摇篮。结果呢？本来是中国高技术开发的摇篮，却变成外国培养势力的温床。这样下去，说难听的话，我们的科技再好，也还是殖民地化的科技！所以，作为要立于世界之林的强国，要有经济科技实力，要有文化艺术在内的强大的国力，其中最主要的是要有科技实力，要有科技上的自立权。否则名义上是中华人民共和国的，实际上是被别人占据掌握了的。这是需要我们特别注意警惕的！

三、关于“半杆子”与“一杆子”

李鸣生：王老，现在高技术这个词很流行，如果概括起来说，什么是高技术？

王大珩：高技术概括起来说，就是国际上最活跃的、最前沿的应用科学技术。它直接影响到国民经济与国力的发展，所以很重要。

李鸣生：高技术的主要特点是什么呢？

王大珩：我认为高技术有两个特点。第一个，高技术一定是活跃在前沿的。假如说这个技术已经成熟了，那它就是一般的工程技术了，就不能算高技术了。第二个，从经济和国力上的战略意义来讲，它还有一个很突出的特点，就是根据现代技术发展来看，一个真正的技术用到现代工程技术，必然是多方面的技术的综合，而不是单纯的某一方面的技术。由于高技术是国家长远的战略上的部署，而不是一个战役或一时的措施。所以，小平同志从来都是提“高科技”，而不是“高技术”。

李鸣生：为什么这么说呢？

王大珩：因为高科技不仅包括高技术，还有一个高科学的问题。小平同志还讲过，不要看有些发明成果现在没有用处，归根到底迟早会有用的。意思是不要忽视现在没看到应用结果的东西，不要忽略基础科学。

李鸣生：您认为高科技与基础科学，应该是一种什么关系？

王大珩：除了应用基础的研究以外，科学基础的研究也不应当忽视。现代探索自然的研究中，许多重要的发现都是偶然的，不一定是在有明确目的的情况下发现的。许多获得诺贝尔奖的不一定是在计划之中的，是在偶然情况下发现的。开始只是要认识自然，但后来却发现了许多别的用途，这种情况是多而又多的。

比如，上世纪末发现电磁波，当时就有人问，电磁波有什么用处？发明者回答说，他想不出来，只是一种自然现象。但现在无线电等有许多用途。居里夫人发现放射性物质，她当时也没有想到后来会牵扯原子结构，后来又形成了原子能。光学方面在本世纪的重大发现，同样也并不是在计划之中的，也是开始想都没想到的。所以说，许多成果都是在不断地探索之中，因为机遇而偶然成功的。

李鸣生：王老，您被很多人称为“中国的光学之父”，我想请您以光学为例，谈谈光学对人类生活的意义，以及它的主要用途和好处。

王大珩：别称我“光学之父”了。我是搞光学出身的不假，但我不是什么父不父，我只是一个时代的幸运儿。我所有经历的事件和变迁，都是在国际形势的大环境中，在经济建设需求的促进和推动下形成的，并不是我个人的功劳。如果你们把我称作中国光学事业的“开拓者”或“奠基人”之一，我可以接受。但如果说我是“中国光学之父”，那我的老师严济慈、叶企孙，你们怎么称呼？所以请不要再叫我什么“中国光学之父”了。

不错，我大半辈子搞的，几乎都是光学。可惜啊，现在光学不太引人注目了，这实在不应该。我最近在光学方面作了一个报告，叫《光学与创新体系》。这个报告是我灵机一动想出来的，当时全国都在谈创新体系这个问题。创新体系在光学领域中的作用，主要有以下两个方面：一是光学作为基础科学在现代的作用，二是应用光学在现代的作用。过去总认为光学是一个物理的学科，现在早变为一种工程。我去年的工作之一，就是在强调学科分类中应有光学工程。光学现在在许多方面都应用了。在 20 世纪，关于核辐射被认为是一个难题，后来普朗克提出量子论，爱因斯坦的相对论也是从光学干涉的实验中出来的。

李鸣生：这么说来，本世纪物理学的两大贡献，一个普朗克的量子力学，一个是爱因斯坦的相对论，都源自于光学？

王大珩：对，它们都是从光学实验中出来的。“光电效应”是光学的重大突破。激光是最大的突破。原子结构也搞清楚了，它是利用量子力学再加上光谱学的数据；它的系统化，光学理论起了极大的作用。有了半导体理论后，再加上光电效应，就有了“光纤通信”。所以说，光学在 20 世纪起了很大的作用。现在“信息时代”“网络时代”，都是由于“光纤通信”的作用而发展成的。这只是近三十年来的事情。下个世纪，光学还会不会有新的发现，还不能下结论，也许还会有。现在已经有点苗头的是，大家在搞的量子信息，这是对通信、计算机领域都有很大作用的。

李鸣生：除了光学理论，还有应用光学。怎么理解应用光学？

王大珩：所谓应用光学，从学科上说是应用基础。我 1936 年从清华大学物理系毕业，1938 年出国学应用光学，从那时起，坚持了一辈子。第一次世界大战时，国防上要求必须搞应用光学的研究。第二次世界大战之后，还把应用光学，主要是光学仪器，作为战术上的技术手段。我那时主要学光学仪器的理论与实践，现在看就是光学工程，从基础的理论已经发展到工业化了。第二次世界大战之后有十几个学科就都发展起来了。

李鸣生：搞基础研究，相对应用研究来说，是不是花钱要少得多？

王大珩：搞基础研究，除了几个大工程，有许多并不需要花大钱，比应用研究花钱要少得多。过去有人提意见说，科学家研究跟现在的经济有什么作用？这是个认识问题。有应用是一个方面，没有应用也代表我们的知识水平，不是物质文明才能说明一切的。

李鸣生：应该怎么看待基础科学和应用科学的关系？

王大珩：基础科学是应用科学的基础，代表一个民族的灵魂。邮件分选，光纤通信，都是光学的贡献。没有光纤通信就没有现在的网络化。有了激光以后，用在汽车的汽缸上，可延长寿命，而国内的汽车没有使用这一技术。激光的最主要用途是研究物质的结构。有一个问题重视得不够，我们现在使用的灯，发光效率比理论上的效率差了很多。如果现有效率能有百分之五十，世界上就可以少建好几个发电厂。今后的光学也不会像过去那么神秘，它和人们的生活紧密相关。

李鸣生：也就是说，我们应当重视基础科学的研究，而不能一味地追求高科技？

王大珩：是的。要知道，高技术也是有时间性的。你必须要有新技术的应用，才能有进步。开始汽车很贵，后来福特厂开创了大规模生产的形式，再加上经营管理，一下就便宜了很多。所以说，只有大规模的生产，才具有竞争力。

李鸣生：我国的光学研究和国外相比的话，您觉得还存在哪些差距？

王大珩：有些一般的东西，人家会做，我们也会做。但高级的东西，我们做起来就有困难了。这是什么原因呢？实际上有许多是基础问题。

李鸣生：比如说？

王大珩：比如说我们在光电器件上，特别像半导体激光器，都是进口的。这个本来我们也应当能够做出来，技术上也不是什么大问题，但我们起步太晚了，人家把市场都给占了。所以呀，搞科技，眼光一定要及时。另外一个就是投资问题，我们还远远不够。再一个就是产业化问题，这方面比人家还差得远着呢！

李鸣生：王老，人们习惯都说“科学技术”，采访中我不时又听到专家们在谈论“技术科学”。我听说您也在到处呼吁技术科学。什么是技术科学，应该怎么理解？它的作用是什么？

王大珩：技术科学简单地说，就是直接用到生产中的技术的一门科学，是研究指导生产的基本理论学科。它以基础学科为指导，把科学转化为技术，又把技术知识提高到理论成为科学。

技术科学的作用有两方面：一方面是有关自然科学上新的规律的发现及应用前景的探索；另一方面，从工程技术的需求再反馈到基础理论方面。最典型的例子，像光纤通信，要得到一个长距离的光纤通信，就要找一种光纤，它的光的群波色散要等于零，这种光纤就需要有1.3—1.5微米的波长反馈到光纤材料上面。如果要使光纤通信再提高一步，使频带做得更宽，就还要反馈到基础研究进行解决。这样才可以进一步发展新的技术，使它再前进一步。

技术科学还有一个作用，就是它要作为基础研究的一个技术支柱。现代的基础研究是需要庞大的设备来武装的，这些设备的武装也要很复杂的技术上的综合。如果没有技术科学力量的支持，要想搞现代化、高效的基础研究恐怕就很困难。例如，高能加速器——对撞机，在物理研究中它是用来研究物理高能粒子的对撞现象的，但是要研究这种现象就必须有一个庞大的加速器。原则上说，这个加速器是设备，不是科学本身，是它的一个技术支柱。而这个技术支柱是要用各种高技术来支持的，决定着它能走多远。所以，科学技术不仅要能为人家服务，还必须建好自己的基础。特别是在基础科学和技术科学方面。

李鸣生：王老，您搞了大半辈子的光学，您感到最大的问题，或者说比较棘手的问题，是什么？

王大珩：我搞了大半辈子光学，面临的一个最大的问题，就是如何办好应用科学和高技术研究机构的模式。根据我当年在国外实践的体会，新技术科研面向实际，必须有工厂制造技术体系密切配合，就像我国医学科学的传统那样，搞医学科研与教学，必须有临床医院。长春光机所从开始建立，就是实行科研与生产密切结合的模式。后来在中国科学院内建了几个光学研究机构，还有其他高新技术研究所，都采取了这种模式。因为只有这样，才能更好地以实物验证成果的实效，并以少量产品满足国家的特殊需求。

李鸣生：您倡导和践行的这种建所模式，在实际中顺利吗？

王大珩：我提倡的这种建所模式在承担大型光学装备任务的时候.也曾经引起过争议。就是研究所究竟应当搞“半杆子”，还是搞“一杆子”的问题。

李鸣生：什么叫“半杆子”“一杆子”？

王大珩：“半杆子”就是研究所只研究科技问题，而整机工程，不论工艺难易，产量多少，都让工业部门去承担；“一杆子”就是考虑到有些整机工程，就是产品，或者说机器设备，它的科技问题错综复杂、工艺难度大、数量要求又少，就全部由研究所自己来搞。

李鸣生：那么您是哪一派呢？

王大珩：我是“一杆子”派。我一直都主张“一杆子”搞到底。实践证明，这样做，能使科研与实际很好地结合，既争取了时间，又保证了质量，可以取得又好又快的效果，还锻炼了一支科研与工程技术结合的人才队伍。

李鸣生：我听说，您还是光学学会的发起人？

王大珩：是的，1979 年，我国成立了中国光学学会，我是主要发起人之一。

李鸣生：您那个时候就在北京吗？是什么时候从长春到的北京？

王大珩：那个时候不在。我是 1983 年才从长春到北京的。来北京后，担任中国科学院技术科学部副主任、主任。这期间步李熏主任的后尘，倡议学部向国家进行主动咨询。

李鸣生：我还听说，创建中国工程院，您也是发起人之一？

王大珩：是的，那是 1992 年的事情。当时我与张光斗等六位院士，向国家建议成立中国工程院。

李鸣生：中国工程院的成立，我觉得意义非常大，解决了一大批不能当科学院院士的科学家的问题。

王大珩：是的，不少在工程方面为国家作出了突出贡献的科学家，因为没有学术著作，或者学术著作少，而被挡在了中科院院士的大门之外。有了中国工程院，就为他们打开了另一扇门。

四、关于“高速公路”与信息资源

李鸣生：王老，近几年来，“信息高速公路”好像成了全人类都在谈论的热点。我想请您谈谈信息高速公路这个问题，比如它的基本概念，都有哪些社会意义，等等。

王大珩：关于“信息高速公路”的问题，首先我们要搞清什么是信息。所谓信息，就是对一种现象的发生，通过一种起传递功能的手段，传递到一个敏感机制上，使你感觉到这种现象的存在。这种手段，我们就将它称为信息。就是让你知道外物存在的一种手段。

一般来说，信息有两种功能，一种是主观的，一种是客观的。主观信息是指把意识传送给别人，例如说话、文字等。客观信息是指通过某种信息来了解物质运动的规律。例如，“天要下雨了，出门要带伞”。“天要下雨”是一种事实信息，人根据种种经验，分析推理判断，最后决定出门“要带伞”。这种属于逻辑信息。

李鸣生：怎么理解“信息高速公路”呢？

王大珩：“信息高速公路”是通信，但不限于通信。信息高速公路，其实就是国家信息基础结构（NII）。说 NII，比信息高速公路更正确。“信息高速公路”适合传媒机构作宣传用。信息高速公路对美国尤其适合。因为目前美国信息堆积如山，不利用实似废物，这就要靠通信，把大量信息传输给社会大众。其实美国提出信息高速公路计划，是有它的背景的。

李鸣生：什么背景？

王大珩：全世界都一样，每个总统上台，都要提个新名词。因为前面里根上台，搞了个“星球大战计划”，所以克林顿上台，就要来个“信息高速公路”。当然，从实际情况来说，美国搞“信息高速公路”，是为了解决大企业之间的矛盾。美国过去电话公司与广播公司有很大的矛盾，电话不能传图像、电视，电视不能传电话。现在电话可传电视，电视可传电话，NII 就把两者的矛盾解决了。应该说，“信息高速公路”比“星球大战计划”更实际更现实。但目前真正的信息高速公路还未达到。

李鸣生：中国怎么看待“信息高速公路”这个问题？

王大珩：一些人很支持。但也有些人认为，搞“信息高速公路”，就是要建一个通信系统。其实不对。我们必须以一种信息时代的观点和高度来看待这个问题。因为“信息高速公路”将通向另一个时代，这时代，就是信息时代！信息时代以计算机为标志，电子计算机是关键。

为什么可以称为“一个时代”呢？钱学森用第五次产业革命来描述这个时代。从分工来说，第一次工业革命用物质手段代替人的机械功能，而现在则用物质手段来代替人的神经系统功能。它可以标志着一个新时代的到来。电子计算机还在继续发展之中，直到新的拟真或灵境（Virtual Reality）技术出现。它能自动设计出房子，设计出模型，并进一步精化操作；设计飞机机翼，可以事先发现问题，然后优选模型，再进行实际制造；设计发动机可从各侧面进行考察，从结构上作分析；建筑上设计房屋，可以在计算机上选择坐落位置，采光方向，各类门窗位置以及室内装饰等。空间探索中人们可以用无线电测出人眼所看不见的东西，再加分析，得到金星表面的真实图像。

为什么说它标志着一个时代呢？因为出现了前所未有的新事物、新情况。无论政治、经济、文化，还是社会生活的各个方面都离不开现代信息技术。特别是我们要与国外接轨，没有信息技术的发展，就将会成一句空话。我们要是跟不上这个时代，我们只能是二流、三流国家；这是大势所趋，是时代提出的挑战。因此，我们在思考建设“信息高速公路”问题时，需要从时代的高度上去看，提高我们的时代意识。

因为信息就是生产力。当用机器代替了体力劳动时，就出现工业革命。由于电脑等等的进步，对生产力的发展起了主导作用。为了促进生产力的发展，过去是发现资源，利用资源，以后就不是发现资源的问题了，而是节约资源，更有效地用好资源。而所谓的信息技术，就是生产力要靠控制、靠管理。

李鸣生：这个怎么讲？能举个例吗？

王大珩：比如，我国目前偷税、漏税情况非常严重，国家每年损失达上百亿。怎么办呢？我们通过建立“全税”工程，利用计算机建立稽核网络，对专用发票进行交叉稽核审计，强化税收征管，就可避免很多偷税、漏税的问题，国家就能增加一大笔收入。

李鸣生：看来计算机的作用非同小可。

王大珩：当然是了。"信息高速公路"上行驶的是计算机，货就是信息。要建立各种管理信息的系统，如经济管理系统，地理信息系统。这里不光是传输，还有信息发生、收集和处理。今后是信息爆炸，必须加强信息管理，综合处理。所以政府要制订政策，基本的信息技术我们自己非掌握不可，不掌握我们就没有主动权。目前我们国家用的芯片都是从国外买的，都是"万国牌"。我们不能完全依靠进口。

李鸣生：进入信息时代后，随之而来就是知识经济。这个问题怎么看？

王大珩：是的，现在提倡的是知识经济，这是一个世界范围内的潮流。但要达到真正的知识经济，还有几十年的路程。现在的网络系统，使我们整个工作面貌、生活方式都起了极大的变化。去年（1998 年）召开了一个办公自动化学术讨论会，主会场在中国北京，有一个分会场在美国的硅谷。在美国那里，华裔科学家和科技工作者很多。另外有一个分会场在广东。三处的论文通过网络进行交流。过去开这样的会，时间、路费花很多，效果也不见得好。以后这种网络会议的形式，会使我们的研究工作发生很多的改变，距离已经不是障碍了。

李鸣生：王老，人类步入信息时代之后，国家的信息资源问题，我认为是一个非常重要的问题，也是一个很严峻的问题，同时也是一个很容易被我们忽视的问题。您如何看待国家信息资源这个问题？

王大珩：1979 年，邓小平率领中国政府代表团首次访美，与卡特总统签署了中美科技合作谅解备忘录。其中一项就是在中国北京建设陆地卫星地面站，接收处理美国陆地卫星数据。政府把这个任务交给了中国科学院。当时我受中国科学院之命，率团到美国考察洽购设备。后来地面站的同志又经过一番艰苦的工作，终于在 1986 年 12 月建立起了一家民用资源卫星地面站，也是我国目前唯一的一家卫星地面站。这就填补了我国航天遥感技术的空白。这个地面站已经不间断地运行了十年，积累了一批宝贵的航天遥感信息资料。这个非常重要。因为信息时代最根本的东西，就是信息本身及信息的来源。地面站的工作就是接收用卫星遥感所获取的地面信息，并进行处理和存档。这是对地球表面客观的、实时的记录。其中包含了丰富的国土信息、资源信息、动态变化信息，还有那些一瞬即逝的突发性灾害信息等等。正是由于这些信息对国民经济建设和社会发展有至关重要的意义，世界各国都不惜工本，使用人造卫星及其他高技术手段，用高投资来支持卫星遥感工作。

李鸣生：我们国家遥感技术的应用情况是什么样的？

王大珩：十年前，我国地面站没有运行之前，遥感技术应用大多处于学术研究，以及小区域的实验阶段。近年来，遥感技术的发展和应用就非常广泛了。现在，涉及国家二十六个部委和二十九个省、自治区、直辖市的数万名遥感应用科技工作者，都在使用地面站这个信息源。但地面站的发展还有很多工作要做。我国疆土广阔，现有地面站获取的卫星信息还没有覆盖我国全部领土，还应该考虑建设西部和南部两个分站。

李鸣生：遥感技术在处理重大灾害方面，是不是也能发挥很好的作用？国家在这方面的经济投入怎么样？

王大珩：是的，遥感技术不仅在处理重大灾害方面作用突出，而且在资源调查、环境监测、国土整治和规划以及土地利用和普查、农作物估产、地质勘探等方面，也作用巨大，并已经作出了很大的贡献。据统计，我国每年灾害损失以百亿人民币作计。因此我想，如果每年能拿出相当于灾害损失中的五十分之一的费用放在遥感上，解决十分之一的实际问题，都是很必要的，也是很值得的。首先是地面站这个信息源要搞好，国家要加大经济投入。因为一项高技术的应用，搞好了会推动一个国家的生产力的进步，它的价值和意义是很难用数字来表达的，或者说是无法用数字来表达的。

五、 关于国力与差距

李鸣生：王老，您作为一个科学家，如何看待以美国为首的北约轰炸中国驻南斯拉夫大使馆这件事？这件事给您最强烈的感受是什么？

王大珩：以美国为首的北约轰炸中国驻南联盟大使馆，我认为是个侵略行为！

李鸣生：怎么讲？

王大珩：第一，从政治上说，这是强权政治的体现，它说明嚣张的帝国主义又回来了。第二，从技术上说，说这是误炸，是不可能的。这是个别好战分子的行为。轰炸就是欺负人。这是打着人道主义的幌子给我们造成的灾难。大使馆驻在那里，国际上就承认是该国领土。轰炸让三位记者遇害，这是犯罪。而且，这不是一般犯罪，是涉及一个国家主权的犯罪，不仅仅是几个人的问题。我们的国家和人民不可辱，我们必须有所表示。这个事件是一个悲剧，不仅对事件本身而言，对整个世界也是个大悲剧。好像当年“八国联军”的事情在重演，还有本世纪的两次世界大战。所以，这件事给我们一个很重大的启示。在这种形势下，我们除了主张争取世界和平这个崇高愿望以外，为了在世界民族之林占有我们应有的地位，我们在国力上，更要注意和加强！

李鸣生：对，中国要想在世界上有自己的地位，让人看得起，不受人欺负，最根本一条，我认为就是要提高我们的国力。没有真正的国力，其他，什么都谈不上，只能扯淡！那么作为一个科学家，您认为怎么才能提高我们的国力？应该从哪几方面去提高国力？

王大珩：我国是一个十二亿人口的大国。狭义的国力，就是指在保护安全方面；而综合国力，则包括许多方面。一个是经济力量，一个是军事力量。但还有一个不可忽视的内容，就是我们的精神文明，也就是文化。新中国成立初期比现在穷得多，但那个时候全世界人民非常看得起我们，为什么？因为中国有五千年的文化，有革命的精神，有创造新世界、适应新世界形势的气概。现在，在新的形势下，没有国力不行。所以我们必须要在经济、军事、文化这三个方面，大大地加强，大大提升，不然就只有挨揍。你看南联盟，它的民族纠纷问题我们撇开不谈，在综合国力上，南联盟并不强，但这样一个面积不算很大，国力也不强的国家，却能对抗以美国为首的北约。它靠的究竟是什么？这值得我们深思。

李鸣生：王老，我们现在和国外的主要差距，您认为是什么？如何才能尽快缩小这种差距？

王大珩：从物质方面来说，我们在科学技术方面，还是比较落后的，有些东西我们还不具备，这是毋庸置疑的。世界上科技进展得很快，北约导弹能打到人家床上，我们差距很大，这对我们是一个教训。我们应该知道，在现代战争形势之下，应该注重什么。我们在航空上差距很大，导弹也有差距。虽然我们的导弹卫星已经上天了，这只表明我们有这个实力，有这个智慧。但有许多事情，我们的时间还短，队伍的基础较差，特别是基础设施较差。

李鸣生：这方面您能举些例子吗？

王大珩：比如说，巡航导弹，它不仅只靠导弹技术本身，还有空间技术的现代化。巡航导弹靠的是导弹卫星系统，用它进行定位。这个技术在民用方面是公开的，精准度为直径一百米，军事上可精确到十米，甚至还小。我们也在用导航系统，汽车上装上这个系统，便可得知它在路上的什么位置。有这个水平，可以准确地打中一座房子。美国用导弹打中国驻南斯拉夫大使馆，说这是误炸，没人相信。因为许多参考点已经确定了。美国可以将导弹打到米洛舍维奇总统的床上。美国利用导弹卫星系统可以使导弹按照它预定的轨迹飞行，什么时候飞到什么地方，都十分清楚。海湾战争时，美国的导弹可从烟囱里打进去，这好像是把一个人关起来再用刀子捅一样。

李鸣生：王老，像类似这种导弹，我们有没有办法应对？如何应对呢？

王大珩：我们要对付这种技术，主要是靠信息技术，只有利用现代技术，才能达到这个程度。从前的炮弹和现在的不好比，过去只是一个利用火药的发射系统。美国有这个 GPS 系统，它有二十多颗卫星，随时可利用数据获得全球定位信息。我坐过麦道飞机，它上面就有这种定位系统，隔几分钟就获得一个图，得知飞机在世界的什么地方，一个区的什么地方，离城市多远，离机场有多远。但这个系统我们没有，我们要做定位，也是用人家的系统。GPS 系统用在导航上，可为世界做好事，但它的主要用途在军用。由于我们用的是人家的系统，所以它也可以关掉；一旦关掉，这就把我们卡死了！

李鸣生：看来我们光讲高科技还不行，还得重视基础设施。基础设施不行，高科技也就无从谈起。

王大珩：对，GPS 系统就是基础设施。没有这个系统，即便有巡航导弹，也无法使用。所以基础设施不是简单的事。我国的基础设施建设，几十年来是比较薄弱的。

李鸣生：基础设施建设薄弱的原因是什么呢？

王大珩：钱呀。要搞基础设施建设，是需要花钱的。但我们在经济实力上不够，投资力度不够；还有一个情况是，我们在这方面的认识也不够。如果我们在这方面真的要做，如果认识够了，经费也到位了，很多事情我们还是能够做成的。当年搞“两弹一星”的时候，发展得很快，其中很重要一条，就是国家非常重视，要什么给什么，要什么有什么。这个问题很重要。

李鸣生：王老，从中国当下的情况来看，在搞市场经济的同时，我认为还应该加强、提高我们的国防实力，而不能为了所谓的“搞活市场经济”，就顾此失彼，甚至对立起来，什么都不要了，什么也不顾了。当然，这二者之间会出现矛盾。您认为应该如何看待、处理这个问题？

王大珩：这二者本身是相辅相成的，不应该有对立，更不应该偏废任何一方。我们强调的，应该是一种综合国力。而综合国力既包括经济实力，也包括国防实力，还有文化实力和精神文明。而这中间，国防实力是很重要的。没有强大的国防实力，一旦战争爆发，就要挨打！

李鸣生：王老，我顺便问一句，您认为第三次世界大战近期有没有爆发的可能？

王大珩：不可能。局部战争会有一些。

李鸣生：理由呢？

王大珩：有“一战”和“二战”的惨痛教训。战争要耗费许多财力，玩不起呀，大家都玩不起呀！大家都不想打仗，但小的冲突是不可避免的。“一战”导火线就是现在的塞尔维亚。

李鸣生：到了21世纪，您认为和平与发展是否还是世界的主流？

王大珩：从整个形势上说，应该还是主流，也是人心所向。但肯定还有一些局部利益的矛盾冲突存在。美国只考虑美国一国的利益，而不考虑对别国的影响。美国有在下世纪继续称霸世界的野心，包括军事上、科技上，这也是非线性效应的结果。有时这种威胁力比和平因素增长得更快。

李鸣生：什么叫非线性效应？

王大珩：投入多少，就能产出多少，投入越多产出越多，这是线性增长。但投入一份，可产出四倍，往好里去是“蒸蒸日上”，往坏里去就是“一败涂地”，这就是非线性效应。比如说，一个环节没有落实，出了一个问题时，以为没有什么关系，但两个环节没有注意到，就不只是出两个问题，可能是四倍的问题甚至还要多。作战时，失败的一方是一下子就垮台的，而不是慢慢发生的，这是物质本性，整个宇宙都是非线性形成的。如果只有线性规律，就没有宇宙，物质是多种条件不断变化的。还有像蝗灾、癌症什么的，也是非线性效应的结果。平常看不出来，有一天感到有点不对劲时，就会突然发作起来。

李鸣生：这个世界要想安定下来，看来是很难了。

王大珩：安定是一种理想。我们当然是希望和平安宁的，但存在不稳定因素，局部的一些冲突也许就发展起来了。就像癌症一样，有好的医生就顶住了，没有好医生就发作了。我希望世界上有几个好"医生"，不让冲突最后发作成战争。

李鸣生：那您对21世纪中国的科技有什么展望？

王大珩：最紧要的，是要发挥我们的聪明智慧。我们有一个独特的优点，可以团结一致，组织起来，过去许多事实证明了这一点。"团结就是力量"也是非线性效应。两个人，不只是两个人的力量；四个人就可能是十六个人的力量，不是人数的相加。1+1不等于2，必然大于2。非线性效应也是物质的一个必然趋势。我们要利用非线性，好是它，坏也是它，利用不好的话，1+1会变成1，甚至是0。什么事情都应该符合发展的规律。

21世纪世界会更加繁荣。二战后，世界繁荣情况每年大约增长百分之二，体现了人类生活的质量在增加。中国应增长得更快，因为中国生产力增长快。下一世纪，我们的生活水平会大大提高。

六、关于人才与创新

李鸣生：王老，您如何看待科技进步与人才的关系？

王大珩：科技的进步，历来是靠人才推进的。搞“两弹一星”的时候，科学家在这中间起了很大的作用。这些科学家都是真正的人才。他们历来都是搞基础学科研究的，即便让他们改行也不在乎，也能发挥能力做出成绩。这就是人才的魅力。

李鸣生：但也有一些科技人才，却没有用武之地。他们的才干得不到很好的发挥，甚至受到打压，无法发挥。

王大珩：是呀，这个现象是存在的。为什么我们国家的许多人到美国，都成了佼佼者？这是值得我们反思的。现在美国差不多没有一个科研机构没有中国人。我们培养的许多人才，都为外国服务了，这是一个大损失。人才是首位的。经济实力要靠有才干的人。美国向来是靠吸收其他国家人才起家的。二战之前，科学中心在欧洲；二战后，美国搜罗了许多国外的科学家，包括德国的“火箭之父”布劳恩，致使现代科学中心渐渐移向美国。美国连敌对国家的科学家都要搜罗过来，这不得了啊！美国就是靠这个办法发家的。

李鸣生：王老，人才外流问题，近几十年来非常严重。我在航天部采访发现，无论是火箭研究院，还是卫星研究院，人才断层情况很厉害，都是青黄不接。当初你们那一代人留学国外，几乎都是想方设法回国；而今天的中国人留学国外，却几乎都是绞尽脑汁不回国。我这儿查到一份从1978年到2008年三十年间，中国出国留学人员和回国留学人员的数字统计。我给您念一下其中主要的几个数字吧：

1978年出国人数是860人，回国人数是248人；

1980年出国人数是2124人，回国人数是162人；

1985年出国人数是4888人，回国人数是1424人；

1993年出国人数是10 742人，回国人数是5128人；

1994年出国人数是19 071人，回国人数是4230人；

1997 年出国人数是 22410 人，回国人数是 7130 人；

2000 年出国人数是 38 989 人，回国人数是 9127 人；

2002 年出国人数是 125 179 人，回国人数是 17 945 人；

2005 年出国人数是 118 515 人，回国人数是 34 987 人；

2008 年出国人数是 179 800 人，回国人数是 69 300 人。

从这些数据来看，近三十年来，虽然中国的出国留学人员与回国留学人员都在不断增长；但是，未回国的人数也始终在不断增长，而且增长的趋势非常明显！

王大珩：是的，人才外流的形势很严重，这个问题让人非常担忧。现在好多人，包括有潜力的人才，都往外跑了，没办法，留不住呀！不是有个讽刺的说法么，说现在的清华大学，都快要第二次变成留美预备学校了。当然，我们不能把责任全推给在海外的青年人，他们也有很多困难。在国外生儿育女，他们就要考虑孩子教育的问题。他们想回来，可孩子英文没念好，中文又不会，让他们怎么办？在难下决断时，他们考虑孩子比考虑自己还多。

不过，要改变他们的想法，还要相当长的一个时间。关键是我们要创造一些条件吸引他们回国，因为这些走的人中，不少都是重要人才。英国人说，中国人才外流，是把牛奶上的奶油给撇走了。而且中国人经久耐用，价廉物美。

李鸣生：现在国家提出要科教兴国，对人才的促进，也许是一个很好的机会。

王大珩：是这样的。但科教兴国，主要是落实，不要停留在嘴上，最大的问题是有多少投入。我想，我们能不能在香港和深圳等经济发达和收入高的地区，把留学人员吸引回来，作为吸引留学人员回国的突破口。这个问题我认为是可以考虑的。

李鸣生：对，中国的科技要想上得去，不能光在嘴上说“重视人才”，还要在具体办法和措施上，想法留住人才。

王大珩：没错。发展科技第一是人才，第二还要有财力的支持。中国有句古话，“工欲善其事，必先利其器”，干一件事，没有工具是不行的。“巧妇难为无米之炊”嘛，“米”就是财力。

李鸣生：听说您对干部年轻化的问题，也有自己的看法，您能谈谈吗？

王大珩：干部年轻化的政策是对的，这是一个系统工程，是从整体上来说的，干部队伍应当是宝塔型的。但是具体情况应当具体对待，也并不是越年轻越好，不能层层加码，行政干部和科技干部也不同。在评选院士时有个规定，就是六十岁以下的要不少于三分之一的比例。一般评下来，这个比例差不多，不是有意识地偏向年轻人，主要是看他的学术水平，占三分之一差不多，意思是六十岁以下的人在现代科技方面的水平还是中青年，也就是说真正有水平的是在六十岁以上这一边，而不是在六十岁以下这一边。

再以“863”专家组为例，现在一刀切到五十五岁，结果只能上三十多岁的娃娃。无论如何他们的知识还是有限的，经验也是有限的，有的顾问委员会里连院士也没有，规定六十三岁以下的院士，就不能参加了。这样搞，搞得青年科学家和老年科学家的关系也比较紧张了。实际上真正有水平的，多数还是在六十岁的这一边。

李鸣生：王老，科教兴国，是不是还有一个创新问题？因为当今时代，竞争激烈，能否创新，事关重大。您怎么看待创新这个问题？

王大珩：是的，创新问题很重要，特别是在高新技术方面，创新问题尤其重要。因为只要你落后一步，市场就会被人家占领。你只跟在人家屁股后面走，就没有自己的市场，所以创新还需要眼光。就是说，看到某项技术有用处，马上就得要抢先一步。晚了，就不行了。

创新还包括经营的创新，就是要看得见，能抢先，否则创新就只是纸上谈兵。形成专利，人家还可以买去，不让你生产。但他把专利买回去后，也不生产，否则他现在的东西就卖不出去了。另外，如果创新不放在实用上，创新也是空的。不实践，有些东西是不会知道的。最新的技术是买不来的。例如过去要拜师学武，首先要看你是不是这块材料。光磕头是不成的，必须有一定的水平，要能和人家进行交流，不交流，想前进是很难的。我们不能以“老大”自居，闭关自守。

李鸣生：看来科技的创新问题，也是我们的一个瓶颈？

王大珩：是的，现在科技进步，主要靠人才和创新。创新问题，不仅光靠科学技术，还有经营管理。我们现在最缺乏的就是管理人才。现在许多企业家所以能成功，正是因为有创新的头脑。所以创新是科学技术的根本，是前进的最根本的动力。什么叫前进，现在比过去好叫前进；过去没有的，现在有了，叫前进。而这一切都要靠创新。创新是进步的具体表现，有创新的精神和行动，才能有社会的进步。社会进步历来是创新形成的。过去人们经常是按部就班，因循故我，故步自封，这就谈不到进步。创新精神是一个民族的灵魂，它体现了一个民族有没有改造社会的意志。它在本质上是一种民族的精神文明。具体来说，它在促进生产力的发展上，是打头阵的，也是生产力的一个组成部分，好比部队的核心力量。

当然，创新也要形成体系。知识创新之中包括科学创新和技术创新，技术创新是一大片，科学创新是精髓。没有这个精髓，出了问题不能解决，只好再向国外去买，而不知道去找科学家。其实，好多问题把科学家请来是可以解决的。这和过去的教育有关，苏联的教育是工程师只知道生产那方面的知识，出了问题不知怎么办。一个好工程师不仅是要能解决问题，而且知道出了问题，还应该懂得找谁去解决。创新人才，不是说专业必须对口，当年搞“两弹一星”的科学家，刚开始时没一个人是对口的。

李鸣生：怎么理解创新与生产力的关系？

王大珩：俗话说“知识就是力量”。知识的增长要靠创新，生产力前进要靠知识的增长。创新是生产力的重要组成，它也有三个要素：第一是有创新头脑的人才；第二是有一定的设备投资。设备就是工具，工具是人制造的。先进的工具也是创造。第三还要有现代的工具，如图书馆、数据库、信息网络等。

李鸣生：王老，1949年后，中国科技在创新方面，您感觉做得怎样？

王大珩：1949年后，科研方面所谓的创新工作，主要是发表论文。好多东西是只满足于人家有，我们也有；他有一个，我们也有一个。这个观念现在不行了。老是跟在人家屁股后面走，会吃大亏的，在市场上也没竞争力。竞争在今天社会发展当中，就是必须要有创新意识，而这一点，恰巧是我国这些年来受封建意识影响而表现最差的方面。

七、 关于经费与意识

李鸣生：王老，现在回过头去看，当年你们搞了“两弹一星”，使中国的国际地位得到了很大的提高。您如何看待“两弹一星”的意义？您认为现在的中国在国防问题上，应该如何加强自己的实力？像“两弹一星”之类的东西，我们现在是不是还应该再搞一些？在人力和物力上，是不是还应该再加强投入？

王大珩：“两弹一星”是一种象征，是一种标志。你能搞“两弹一星”，就说明你有什么都能搞的潜在力量，既是基础，又是表现，但并不是说所有的基础都能从“两弹一星”上得到；也并不是说别的基础都不要，光有“两弹一星”就可以了。比如：别人有上万颗导弹，我们只有几百颗，这就只能说明我们有制造导弹的能力，但并不能反映我们的实力，而只能说明你有潜在的实力，即“威慑力”。威慑力量也很重要，正如经济领域中的品牌一样。这是必需的。“两弹一星”在二三十年前可以作为标志，但现在就不一样了，不能说你搞了“两弹一星”，别的方面就都有了，现在印度也可以搞了。我们还得有更新的计划，因为我们要搞的东西太多了。比如航母就还没有。唉，这些事情，很让人着急呀！

李鸣生：让您着急、忧虑的事，主要还有哪些方面？

王大珩：政治上，最重要的，是要有一个安定的局面。现在，经济上、科技上，我们有许多泡沫性。另外，这些年来有个风气很不好，就是说大话、说假话，报喜不报忧。科技界也存在这些情况，整个风气不好，不扎实。经济上，近年来，通过抑制通货膨胀，把泡沫性顶了回去。泡沫性不得了，我们不是靠外贸成长起来，是靠自己内部。我们中国老百姓不容易啊，攒了点钱，只能存在银行里，一旦贬值，受不了啊！我们和国外的生活比，不好比。如果稍有一点积蓄，都贬值了，对不起老百姓啊！蒋介石不就是这么垮台的吗？

李鸣生：改革开放后，我们开始搞市场经济，但我总觉得我们的市场经济有点不伦不类，不男不女，出现了这样那样的问题。您怎么看待市场经济的问题？

王大珩：我们搞市场经济是对的，关键是看怎么搞。市场经济也不能光想着小单位自己赚钱，凡事我们应该多为国家想想，多为全局着想，少为自己着想。市场经济是个动力，要有国家意识。市场经济不单纯是竞争，也包括联合。世界上许多大厂、小厂都在合并。因为竞争之后，要生存，只有联合，才能促进生产力的发展。对于我们，对外竞争，对内联合，在这个问题上要有客观控制，不能在经济上自相残杀。资本主义少说经历了一百多年，也是经过自相残杀起来的。所以，我们搞市场经济不能互相残杀，我们再也经不起自相残杀啦，必须少走弯路！日本在经济上完全是资本主义市场经济，它靠市场经济作为很大的动力，一年要破产上千家，很多人自杀。我们不走这种残酷的道路。这就要客观控制，才能少走弯路。

李鸣生：从科学的角度看，历史的发展，社会的进步，你认为应该遵循一条什么样的规律，或者说原则？

王大珩：在科学上，正如小平同志所讲，“科学技术是第一生产力”。今天不搞科技，生产力没法进步，无法立足于世界民族之林。所以，我们强调科技要与经济结合，要转化为生产力。我们提倡创新，创新是一个社会体系，不能单独存在。基础设施很重要，如“两弹一星”，这中间起核心作用的都是科学家，这些人我都认识。现在有一种看法，好像有了工程师就能干事情了。这个概念是错的，这个看法是急功近利的，正如说一个车间只要有工人，有知道工艺的车间主任就行了。这样不行，不能进步，不能搞新东西。

还有一个问题，就是这些年来，我们都是上级下任务，我来干，任务完成就行了。但我们应该明白一个道理，你是“里手”，领导是外行，如果你不想问题，不想解决问题，只想完成任务，碰着问题想绕着走，这怎么行呢！你是实践者，最清楚问题在哪儿，不解决问题，社会怎么进步？革命如此，科技也一样。不要以为搞天文的和经济上没关系。天文搞宇宙起源、高能粒子，和我们的经济直接有关系。我们是要提倡探索、认识自然的精神。如果有这样的科学家，做什么不行？有的人问我，为什么中国没有诺贝尔奖获得者？为什么有的中国人要到外国去后才拿诺贝尔奖？

李鸣生：您怎么看待诺贝尔奖的问题？

王大珩：其实，诺贝尔奖跟生产是非常远的，它并不影响现在的生产。就现实来说，诺贝尔奖是体现了认识社会和自然的规律的一种智力和水平，是人类创新思维的最高层，也是人类思路的最高层。比如爱因斯坦的相对论，原子弹由此而来。在相对论刚产生时，并没有发明原子弹。有了它，就代表了人类求知的一个水平，表示这个民族有这么高尚的品格、品味。一个民族的光荣、财富，通过这个精神，把整个民族的创新意识带出来了。否则，民族精神无从谈起。这才是更重要的。比如，踢足球为锻炼身体，但锻炼身体并不是为了就踢足球。

李鸣生：我们国家在科研经费的投入上，是个什么情况？

王大珩：我们国家现在还不富裕，很穷，但有的地方盖高楼，大吃大喝，花在科技上的钱并不多。其实，对科技的投入，是一本万利的事情，若在这方面投入的话，效益是投入的十倍。但没人去做，有什么办法？国家大，问题多，民族素质也上不去，还需要提高文化素质。

李鸣生：这个问题除了领导意识跟不上之外，与民族的素质也有关系。

王大珩：根据长远的、全球的观念来看，也是整个人类的素质提高的问题。但整个人类素质的提高，恐怕还需要三五十年的时间。现在还没有达到知识经济的时代。在知识经济时代，就是知识作为人类的主要财富，知识贯彻于经济的每个局部。过去，认为马列主义把社会发展的问题都说清楚了，其实不然。资本主义国家在经济上也有它的现实性，马列主义说资本主义一定灭亡，但还需要其他条件。资本主义国家也在进步。只有真正达到知识经济的时候，大家就知道知识是财富。在一定时期内，知识才可以私有，比如说专利权。但专利权只有五十年，过了这段时间，就是整个人类的财富，而不是属于个人了，实际上就变成了“共产”的理想环境。

李鸣生：1949年后，中国的科技事业有了很大的发展，但在各方面都还存在着不足。我想请您从一个科学家的角度，谈谈中国的科技到底还存在哪些主要的问题？我们应该如何克服？

王大珩：过去几十年，我们主要是吃了体制上的亏，特别苏联的一些体制，对我们影响很大。过去对这个问题认识得不够。1956年做“十二年科学规划”时，方向上很正确，立了五十六项后，又增加了一项，强调不能丢掉基础科学。但现在的认识好像还不如那个时候。尽管“十二年科学规划”都实现了，但和国外相比，中国的科技还是有很大的差距。

李鸣生：具体说呢？

王大珩：现在的问题不少，跟传统有关系，主要是科学跟生产力的联系不够。有的领导在这个问题上概念也不清。中央领导经常说要注意“科学”，地方上并不自觉地认识这个问题，而是认为这是上级命令，或拿科学作为一个装饰品，而不把它看作实实在在的能够指导生产的东西。德国就特别重视实践在教育上的作用，高工、教授没有工厂经验是不行的。有了工厂的经验，这样教出的学生才是实际的，脑子里才有理论如何跟实践相结合的概念。如果一个老师大学毕业后一直在研究所，后来再教学生，实际工作都没碰过，他怎能教出跟实践结合的学生呢？这种教授是“三门教授”，就是说，出了学校门，再走进研究所门，最后又进学校门。这样在体制上就没有鼓励大家与生产相结合。“十五大”提倡经济要与科技相结合，工业和科研相结合，过去我们没有这个传统。国际上重视科研与生产结合，也是本世纪二三十年代才开始的。爱迪生建立了一个实验室，那是直接为了生产，当时美国贝尔电话公司就在那个实验室当中。后来大家才慢慢逐渐认识了科学研究对发展的重要性。现在人家已经很自觉地在做这件事情，而我们在认识上还有一段距离。现在提倡研究开发工作要以企业为主体，真正要做到国家把所有科研都包下来是不可能的。应当包一些，如纯粹科学，这是表现一个民族尊严、灵魂的。还有一些企业还没想到的东西，前景广阔，投资很大，但企业是不愿意投资的。国家给一个启动经费，大部分要靠企业自己去进行开发研究。只有在有相当实力后，而且在经营上有一定利润后才能实现，小企业是很难做到的。

李鸣生：我在采访中了解到，不少单位在科研开发中遇到的一个大问题，就是缺乏前期投资的问题。

王大珩：是呀，投资问题是个大问题。有许多新技术，潜在的实用性很高，但开始没有投资，就无法发展。美国就提倡小企业的工作，如王安开始是从车库发展起来的。发展时，要靠金融体制，即贷款的支持才能发展起来。但我们的贷款机构只知道往房地产投资，不知道你能否赚钱，没有这个洞察力，这是个问题。从原则上讲，我们国家真正地要搞这种风险投资。这种投资你看准之后，偶然会有一两个不成功，但大体上是不会失败的。你看准之后是不会失败的。

李鸣生：怎么才能确保不失败呢？

王大珩：一方面看市场，一方面要看你的实力。人家叫开发投资，我们就叫风险投资。叫风险投资的本质含义实际是看不准，不会投资。这种眼光是不会长远的，不敢做大投资。这样一来，人家不敢投资，只好放下，否则怎么办？这是两方面的问题。只有大企业有这个胆量。一方面它自己的经营方向很明确，它知道，我不进行这方面的投资的话，将来在市场上就没有竞争能力。

我跟你说一件事，在高技术，像化工业这样大量生产的，这种开发投资在国外大概占百分之二，就是总销售额的百分之二。高技术企业，像西门子这种从事高技术的厂子，开发投资占总销售额的百分之十，这就很厉害。西门子一个公司里面对这种开发的投资比我们整个国家整个科学院的投资还要大。这是我们的现状，现在就是这种情形。

李鸣生：国外在这方面是个什么状况呢？

王大珩：最近我到日本兵松公司去，这个公司是专搞光电器件和光电整机这方面的。这个工厂人数不多，四千人，投资批量不大，二十到三十个亿，但它用在科研和发展方面的投资占总销售量的百分之十五。这个很厉害啊！而在人数方面，四千人里面有七百五十人搞科研，一个顶一个，大部分都是博士后，不像我们中国这样的做法。我们对科研和经济项目生产，在概念上做多少投入，跟人家相差太远！

李鸣生：我们现在科研开发上的投资是多少？

王大珩：大约百分之零点六。

李鸣生：为什么就不能再增大一点呢？

王大珩：唉，难啦！大概是 1996 年，我们开了一次科学大会。本来在这个会上，答应 2000 年左右，把我们的开发投资从百分之零点六，增加到百分之一点五。可开会之后，数字不但没有增长，反而在倒退，竟从原来的百分之零点六，变成了百分之零点五！是真的花不起，还是不会使？我也搞不清楚。

李鸣生：这么多年来，用公款大吃大喝，已成了全国很普遍的一种歪风邪气。如果我们少吃点，少喝点，把那些吃吃喝喝的钱挪点出来，投放在科研上，多好！

王大珩：是的，都说中国光是吃了，但吃又能吃多少钱呢？几千个亿？这个还是政策上有点问题。其实呀，我告诉你，鸣生同志，一个灾害来了，就是两千个亿呀！如果从这两千个亿中事先拿出百分之一来，也就是拿出二十个亿来用于防灾，以减少灾害，那该多好啊！但这个钱就是没有用来投资。中国有句俗话，叫作买药的钱不肯花，买棺材的钱倒有的是。真是没有办法。从一个家庭来说，也是如此，宁可生活上清苦一些，也要上学，对不对？可我们现在的情况是，我先吃了再说，上学不上学不管，概念上还没转过来。朱镕基同志去年开初就讲，我们的头一件事就是“科教兴国”。但真正碰到的，也是财政上有许多困难。现在，许多是贪污腐化这些问题，是走私这些问题，唉……

李鸣生：这恐怕关键还是领导的认识问题和重视的程度问题。国家的钱当然是有限的，但关键是在有限的条件下，看你怎么分配。

王大珩：这还是个有没有长远眼光的问题。我们的“863 计划”报告，在文字上从没公开过，其实我告诉你，那里面有几句很尖刻的话。

李鸣生：什么话？

王大珩：我们说，有关经费这个问题，少买点汽车就行了。

李鸣生：这个话写进去了吗？

王大珩：在报告里有类似这样的话，但有的领导不爱听这样的话。

李鸣生：对，不少事情不是该不该做，而是一些领导爱不爱听。这也是中国的“国情”。

王大珩：这个问题不解决，事情就难办，或者说，办起事情来就很难。

李鸣生：王老，这么多年来我与不少科学家进行过交谈，有不少科学家都持有这样一种观点：国家领导人的意志，对一个国家的科技发展起着至关重要的作用。也就是说，一件事情若是领导重视了，这件事情就能搞起来，也能搞得很好；反之，就搞不起来，即使搞起来了，也搞不好。我个人是同意这个观点的。比如，苏联第一颗人造卫星上天，加加林遨游太空，美国的“曼哈顿计划”“阿波罗登月计划”和“星球大战计划”，还有中国的“两弹一星”，都与国家领导人的意志有着直接的很大的关系。我在我写的《中国 863》这部作品里，阐述过这样一个观点：在中国，只有政治家和科学家联姻，或者说二者想到一起，科学家们才会大有用武之地，科技事业才会蓬勃发展。不知您如何看待这个问题？您认为科学家和政治家怎样才能做到很好地结合？

王大珩：是的，一个国家的科技要想得到长足发展，国家领导人的意志和政府部门的决策是非常重要的，尤其在中国，更是如此。而国家领导人的意志和政府部门的决策，又往往来自对专家的咨询。中国科学院如果像其他国家的最高科学咨询机构那样，随时主动积极地向政府部门提供信息，提出建议，就可以为政府部门制定政策扩展思路，提供依据，使政府部门保持一个开明的头脑。另一方面还可以引起政府部门对科学咨询的重视，进而增强政府部门对科学机构主动咨询的意识。

但现在的问题是，国家领导人在说，而底下的人没有自觉的认识，这是一个社会问题。国家只能做示范，给大家看这样做是好的，但没有一个正确的社会舆论，没有社会认识的基础，光有领导讲话，靠命令，而不是很自觉地来做，是很难办的。现在地方上开始慢慢有些认识了，不过这种认识呢，还是要打点折扣的。从各省来讲，跟着国家讲“科教兴国”，各省都在谈“科教兴省”，“科教兴农”什么的，但是不是真正从认识上讲的，是不是只是跟着国家的调子在走，很难说。当然，现在比以前好一些，也是事实。

李鸣生：除了国家领导人的意志，自觉的竞争意识，是不是也很重要？

王大珩：竞争意识当然很重要。对一些先进集团来说，它是生死攸关的问题，是市场竞争力的问题。所以我认为小平同志改革开放最大的决策，是把我国社会主义引入了一个竞争的环境。因为竞争从某种意义上说是肩负着发展的一个很重要的动力。世界的进步，整个生物的进化，都是靠竞争来的。我们所谓的进步，从民族上来说，必须靠竞争。但是，反过来说，要认识竞争是相当残酷的。从进化论来讲，许多种群都灭了。钻出个人治，世界就出来了。

八、 关于父亲与清华

李鸣生：王老，今天咱们聊点轻松的话题吧。

王大珩：好啊。

李鸣生：您在少年或者青年的时候，是不是就有远大理想，立志要当一个大科学家？

王大珩：说实在话，我在年轻时并不是像你想象的胸有大志，也没立志要当什么大科学家，我不是那样子的人。当然，我之所以后来当了科学家，跟我家庭环境也有关系。

李鸣生：您父亲也是从事科研工作吗？

王大珩：我父亲也是个老一辈的科学家，这个书上写得很多了。在那个环境下呢，并没想过自己在生活上要怎么样怎么样的，就是说满足于自己过一个清苦的生活，家庭里就是这样子的。我记得小时候看见邻居也有什么大款，那个时候大款就是那样子，一出门就有自己的小汽车了。父亲就说，你不要羡慕那些人，那些都是拿了不应当拿的钱的，我们要靠实际本事来吃饭。我生在一个帝国主义侵犯中国的环境里，这种救国概念、民族意识还是比较深的。

李鸣生：您的青少年时代是个什么情况？

王大珩：我的小名叫膺东，生于1915年。那年的大事是日本帝国主义侵略中国。趁第一次世界大战之机，日本帝国主义向袁世凯政府提出旨在独占中国的秘密条款——“二十一条”。5月7日日本提出最后通牒。25日袁世凯在北京签订了丧权辱国的《关于南满洲及东部内蒙古之条约》《关于山东之条约》。当时激起全国人民大规模的反日爱国运动，把5月7日称为“国耻纪念日”。父亲因此给我起了“膺东”

这个小名。寓意是满腔义愤打击东洋——日本帝国主义。1931 年“九一八事变”后，日本侵占东北，东北学生大批流亡关内。《松花江上》那支歌，当时对我的心灵是极大的震撼，我非常喜欢，一直唱到现在。

李鸣生：您是 1932 年考入清华大学的，当初怎么想到考清华物理系呢？

王大珩：当时为什么读物理系呢，因为从小父亲就教我数学，所以上中学时学的数学，我都跟父亲学过了。由于受家庭影响，我从小对物理，对科学，就有那么一点兴趣。所以考大学时，父亲说你还是去学工吧，将来好有饭吃；如果学理的话，将来弄得不好，连饭都吃不上了。而我自己也有要学物理的兴趣，心想将来就算是做个穷教员，也行啊，这样我就进了清华物理系。所以你说我有什么志气，这个很难谈得上。就是说我不一定要有什么固定的方向，我也没想一定要做科学家，而是多少有点随波逐流。

李鸣生：您进入清华以后，清华对您的影响应该很大吧？

王大珩：是的。我考入清华大学物理系后，在叶企孙、吴有训、周培源等名师的教育熏陶下，不仅学到了科学知识，而且还学会了从事科学工作的思想方法。当然，更重要的还是长辈们的道德为人，爱国思想，对事业严肃认真负责的态度和进取精神。我从清华大学我的老师那里学来的最好的经验，就是不要给学生好的东西用！这是清华物理系一个很独特的传统。

李鸣生：不给学生好的东西用？什么意思？

王大珩：叶企孙先生常常这样讲，他说：“就是不能给你们好的东西用，就是要逼着你们学会自己动手。”开始我们也不理解，一个个都被逼得手脚并用。最后怎么样呢？到底都练出来了！我也是直到毕业以后，才越来越懂得动手能力对一个学物理的人来说有多么重要。现在，即便给我一堆废铜烂铁，我也能想方设法把它凑出个像样的东西来！

李鸣生：叶企孙先生是中国物理学界的一代宗师，培养了中国一大批学术大师和著名科学家，像杨振宁、李政道、林家翘、钱伟长，以及王淦昌、赵九章、彭桓武、钱三强、邓稼先、朱光亚、周光召等，当然还有您。您能当面聆听他老人家的教诲，真是太幸运了！

王大珩：是啊，我在清华大学学习期间，叶先生等几位老师对我的影响是很大的，他们的教诲我至今难忘。

李鸣生：清华毕业后，您去了哪里呢？

王大珩：1936 年我从清华大学毕业时，由老师带领同学南下作休学旅行。在火车途经天津时，遇到一伙日本浪人，他们竟野蛮地把我们乘客从客车上赶下来，装上他们的走私货物。所以在这个时候，我就已经尝到了做亡国奴任人宰割的滋味。1937 年“卢沟桥事变”后，抗日战争爆发，接着就是“八一三”上海保卫战。这时，我第一次听到了《义勇军进行曲》：“起来！不愿做奴隶的人们！把我们的血肉，筑成我们新的长城……”当时我参加了国民党政府兵工工作。由于抗日失利，从南京撤退到长沙，我走在抗日民众队伍中，和他们一起高声唱着“把我们的血和肉，去拼掉敌人的头……牺牲已到最后关头……”所以说，我的青少年时代，是在日本帝国主义侵略、蚕食中国的历史环境中度过的。

九、 关于留学与反省

李鸣生：王老，您曾经留学英国十年，我想听听您留学英国十年的工作和生活情况。

王大珩：1938 年，我有机会考取了中英“庚款”留英公费生，就去了英国留学。所以整个抗日战争和第二次世界大战时期，我都是在英国度过的。

李鸣生：您在英国学的是什么专业？

王大珩：是应用光学。

李鸣生：为什么会选择应用光学呢？

王大珩：在强权政治的世界环境中，光学的前沿技术，由于军事上的需要，一直都被各国视为要害技术；而且各国竞相强化，彼此保密，非常重要。其中突出的有光学玻璃的制造技术。在20世纪初，由德国光学名家阿贝和化学家肖特合作，扩展了光学玻璃性能的新领域——重钡玻璃系列。而英国传统上也有著名的法拉第研究光学玻璃的历史。由于保密性极强，第一次世界大战期间，美国也被迫自己解决制造光学玻璃的奥秘，战后发表了世界第一本光学玻璃制造专著。帝俄在第一次世界大战初期，也曾以同盟关系派人到英国学习光学玻璃制造，但未得要领。"十月革命"成功后，列宁的第一个科学建树，就是创立了国家光学研究所。最初的重要成就之一，就是掌握了光学玻璃制造技术。

正是因为受到这种国际环境的启示和影响，我在获得硕士学位、快要完成博士研究的时候，考虑到祖国的需要，为了能学到制造光学玻璃的真实本领，毅然放弃获得学位的机会，抓住二次大战的时机，经英国同学介绍，离开学校，去了英国昌司玻璃公司工作。

李鸣生：当年到国外留学的很多，但在国外公司工作过的人似乎并不多。您在这个公司主要从事的是什么研究呢？

王大珩：我在这个公司实验室工作了五年，职务是研究员。在那里我主要学会了如何从事研究开发工作。虽然公司不许我进入生产车间，但因为实验室既是产品质量的控制中心，又是进行新技术、新产品开发的源地，所以对生产的组织形式，以及生产光学玻璃的要害问题，我也有足够的了解。

李鸣生：您在这家公司做研究开发工作，研发的具体内容是什么？

王大珩：所谓开发研究，就是要改进现有生产工艺，提高质量，发展新品种；同时研究为应用开发所需的基础性问题。我作为既有应用光学基础知识，又具备一定硅酸盐知识的物理工作者，从事这类工作，能够将理论和实验相结合，有如鱼得水的感觉。

在公司五年中，我做了两百多埚的玻璃熔炼实验，为发展新品种光学玻璃掌握了一定主动权。并发展出稀土玻璃系列，获得两项专利。为了快速测量并提高测量光性的精确度，我还创研了 V 棱镜折光仪，而且后来成为商品，现在已经成了测量光学材料光性的经典仪器。我还研究了玻璃的热处理性质，这是保证光学玻璃精密退火以得到物理均匀性的理论基础。

李鸣生：王老，我很想知道的是，您在英国留学长达十年，最大的收获是什么？

王大珩：在那些年里，我虽然是受雇于人，出卖自己的智慧，为别人出成果和经济效益，但可以自慰的是，我除了学到保密性很强的光学玻璃制造的要害技术外，还学会了一套从事应用研究和开发工作的思路和方法，特别是讲求经济实效的意识。这对我回国后从事新技术创业和应用研究的开发工作，有着深刻的意义。同时经过英国这五年的工作经历，我觉得自己做什么事情都应该有所创新。只有在技术上有了自己的创新，才能有好的发展。

李鸣生：您在英国十年期间，生活工作状况是个什么样？

王大珩：在留学英国期间，我有很长一段时间过着几乎是工人和被雇佣者的生活；但正是这样，让我有机会洞察资本主义世界的形形色色。我也交往过德高望重的学者教授，也见到过市侩气十足的学术人物，还体会到一些处世之道。我感到只有通过自己的钻研实践，才能成为知识里手；只有作出贡献，并争取出人头地，才能被同行看得起，才能交上朋友，并在学问知识上得到互益；同时我也理解到，在解决问题时，如何分清主次，洞察现象，发现分析问题而不受陈规约束，这也是科学发展必需的。这些思想上的认识和收获，对我回国所从事的各项工作，都起到了一定的作用，尤其是在光学方面。

李鸣生：您在英国公司的五年实践经验，对您后来的工作，应该说起了不小的作用吧？

王大珩：是的。其他一些人都是学工程出身，而我却是个例外，我是学基础物理出身的。我这叫胸无大志，随波逐流。但是呢，我善于因势利导。所以我后来只要看到机会，都要拿出进取精神来开拓点东西，从来不满足于现状。

李鸣生：看来您头脑中的创新意识，在留英实践中就建起来了。

王大珩：不错，上清华时还没有这种观点呢，我是到英国后才建立起来的。后来自己就总想创新。我坐到领导位子上后，这种意识就更强一些了。“863 计划”以前我们也一直在做一些创新的工作。尽管这项工作我们也是在做别人有的，但是呢，不是说拿别人的东西来照抄，而是知道有这个东西，自己设计。这在国内还是比较站在前面的。

李鸣生：刚才您自己说的“胸无大志，随波逐流”，是很谦虚了。我理解您这话的意思是，您从小并没有什么明确的奋斗目标，也没想过要当一名科学家，只是对科学有爱好而已，对吧？

王大珩：对，就是有这个方面的爱好。那时也不管什么家不家的，有机会就很好地学一下子罢了。

李鸣生：王老，您回国是哪一年？请您谈谈回国后的情况好吗？

王大珩：我是 1948 年回国的。我回国时，正值国民党政权即将垮台的时候，经济上通货膨胀到天文数字。那时候我跟钱三强是好朋友。他回来后，估计那时蒋介石也想搞原子弹了，要把他召集去，但他没理这个事。后来就解放了。那时政协已经在筹备了。新中国成立初期的时候，我回来暂时没什么事可干，就暂时跑到耀华玻璃厂去了。当时我手里有两张牌，一张是英国的公司曾打电报来，欢迎我再回公司任职；一张是到解放区去。吴有训老师通过地下党组织，引导我到解放区去创办大连大学。在这截然不同的两条路上，后来我还是选择了到大连的道路。

李鸣生：您当时为什么选择大连，而不选择英国那家公司呢？

王大珩：说实话，这还是爱国因素在里面起了作用。那时我们绝不是为了什么生活好而留在国外，也没想到说在外国成家。

李鸣生：您去了大连后，主要做了哪些工作？

王大珩：我到了大连后，最先是在物质条件十分困难的条件下开始办大连大学。那时办大学等于是从零开始，当时在大连只有一个关东工业学校，那完全是中专。我们借助那点房子，还有一点日本人留下来的设备，创建了大连大学，创建了应用物理系。然后，1952 年创建了中国科学院长春光学精密机械研究所。在大家的共同努力下，逐步发展成为共同从事应用光学及光学工程研究开发与人才培养的摇篮和科研发展基地。在龚祖同先生主导和我的协同下，我们研制出了我国第一埚光学玻璃、我国第一台激光器、我国第一台电子显微镜，以及我国第一台红外夜视光学设备，等等。再后来，做的事情就多了。

李鸣生：那个时候创业相当不容易吧？

王大珩：当然是啰。但就在那种情况下，我在那里锻炼成了一个创业的一把手。我在清华大学念书时，叶企孙先生就说过，学生是不能给他们用好仪器的，要让他们从最粗糙的东西中锻炼出自己的本领来。这是一种传统。我到英国公司工作时，那些有名的实验室也是这种传统，就是从最简单的设备里面做出最杰出的工作。正是这种锻炼，锻炼出了一种精神。所以本着创业精神，在一无所有的情况下就在大连办大学。那时候搞实验室时，设备都是自己做的，因为当时只留下了一个机械加工车间，好多设备都是自己做的。那个时候很特别，一切从零开始。我一方面在这边做开学准备，一方面准备办一个六百人的大学普通物理实验。我带着一批年轻人，做了三到四个月的准备就开学了。开学之后，边开学边准备下面的仪器，全年做了三十个实验，一个实验没落下。就是在那个艰苦环境下，靠底下一批助教，一批年轻人，把它搞起来了。所以在这个基础上呢，训练我怎么做一个所谓创业的人。那么我有这个基础后，后来在科学院办仪器馆、光机所。这对我是一个特殊的锻炼。还有一个锻炼呢，在今天看起来是很宝贵的，就是在英国我不只单纯是在学校里，有那么五年光景是在公司里从事研究开发工作，这给我灌输了工作怎么和实际结合的思想，对我以后开办光机所很有帮助，积累了很多实践经验。在公司里，做研究工作必然是只为公司的产品做研究工作，因为一个公司的经济条件决定了它不可能从事纯基础性质的研究工作，这个方面我有些个锻炼。恐怕在国内有这方面锻炼的人并不是太多。新中国成立初期时，原国民党也有一批人，初期到外国的企业里实习，但是那时候很少到研究机构，好多进的都是实验设计室。这些人新中国成立初期时对国内还是起了很大作用的。像上海闽行电力工程三大实业、哈尔滨三大动力及几个机床厂，起关键作用的都是这批人。

李鸣生：王老，在历史长河中，任何人都无法摆脱自身的局限性。您作为一个科学家，如果让您反省、解剖一下自己的话，您认为自己存在的缺点或者不足是什么呢？

王大珩：我先跟你讲一件事吧。有一次，我跟一个外国专家教授谈话，我问他："你做实验，假设做出来的结果跟你预想的一样，你是高兴呢还是不高兴？"他说："如果我做出来的结果跟我预想的一样，这是我最倒霉的事。"

李鸣生：他为什么会这么说呢？

王大珩：是啊，在我们看来，实验成功了，是件最高兴的事情，因为结果和自己预想的一样，是胜利完成了任务。可他却说："这是最倒霉的事！因为我什么问题都没碰到，我也就没解决什么新的问题。"

李鸣生：如果实验结果跟预想的一样，就没什么好再钻研的了。

王大珩：对，等于说你没什么进步嘛。这完全是一个观念的问题。这个观念我认为是很重要的。根据这种观念呢，我想作为一个科学工作者来说，就是对问题的敏感性。用现代话说，就是你有没有开拓精神的问题。我在总结、反省这些的时候，我感到自己在这方面做得并不是很好。假如从自己整个一生来说呢，想想自己的过去，我有许多问题没看到它的全景，有许多地方我的眼光还不足，有许多问题应当看到，而没有看到。

李鸣生：王老，我们民族最缺的就是自觉的反省意识。您老德高望重，还能够反躬自省，相比之下，已经非常好了。

王大珩：另外，我感到自己还有些保守的地方。这并不是说因为我现在老了，看问题保守，而是在年轻的时候，有些地方看问题也不免保守。在我的实践当中，有许多应当重视的机会，都被我错过了。

李鸣生：错过了什么机会，能举一个例子吗？

王大珩：比如说，光纤这个东西，那时候我们也想搞。但后来大家忙着搞别的事情，结果这个东西就被丢在一边了。现在回想起来，其实工作忙并不是主要原因，关键是那个时候没把这个东西看得那么远。这说明自己眼光还不够。很可惜！

李鸣生：看来这是个遗憾。不过，当时整个社会的大环境就是那样，个人有时候也很无奈。

王大珩：是的，过去我们叫跟着党走。现在如果我们总结党的经验，看来也有失误的地方，也有许多不科学的东西。在那个环境之下，有时也不得不跟着走。跟着走的时候，有的是心中有数，跟着走是不得已；但有的是心中有没数。现在看来，自己作为一个科学家，在这方面的坚持是不够的。因为我做事情并不是要得个什么奖，要在科学上有什么地位，这不是我的志气；而最关键的，是我要在科学上起什么作用，为社会作什么贡献。

十、 关于真话与民主

李鸣生：王老，“文化大革命”对科技事业的破坏，恐怕对今天的年轻人来说难以想象。您在“文化大革命”中，受到过冲击吗？

王大珩：我算是比较好的，很幸运的。当时聂荣臻聂元帅提出，要保护知识分子，要对国防科研项目实施军事保护。所以我们长春光机所成了当时全国唯一的一个受到军队保护的民用研究所，我也因此受到了保护，他们不敢对我乱来。尽管有人对我无端指责，我也经历了一些坎坷，但总算没有受到过分残酷的人身折磨。

李鸣生：在我看来，愚昧和无知，是我们这个民族最大的敌人。作为一个科学家，您如何看待“文革”中所暴露出来的愚昧、无知和野蛮？

王大珩：在“文化大革命”中，有一些人，或者叫野心家，总想在单位里找出几个“反革命分子”，以便可以立功。虽然我没受到大的冲击，但是我们研究所里，有很大一部分知识分子都没有逃脱折磨，一批批地被送进了“学习班”。“文革”对科技事业的破坏，让现在的年轻人难以想象。当时对知识分子迫害、逼供的方法，是逐步升级的，其中很多触目惊心，骇人听闻！

李鸣生：您给我举点例子说说好吗？

王大珩：比如，有的用大头钉扎知识分子的嘴唇，有的用老虎钳夹手指，还有的让人九十度弯腰撅着屁股，一撅是七天七夜，直撅得眼球充血、双目失明，甚至下身浮肿、大小便失禁！

李鸣生：你们那里也这么残忍啊！

王大珩：在那段日子里，几乎每天都有人被突然送去隔离审查，被牵连的人也越来越多，以至于光是我们长春光机所，含冤自杀的就有十一个！

李鸣生：一个所就自杀十一个，这在我的调查中，算是严重的了。怎么会这么严重呢？

王大珩：从 1968 年开始，我们所的军代表单奎章，借着全国开展“清理阶级队伍”的机会，在所里制造了大混乱！这个人有句名言是：“上半夜定态度，下半夜拿成果”，使长春光机所成了重灾区，一时间搞得是“人人自危，惶惶不可终日”，其恶劣的影响，还扩展到全国的科技界。

李鸣生：这个单奎章是个什么货色呀？

王大珩：这个人原来是部队的团级干部，也可以说是起义上来的，过去在山东时被日本人抓劳丁。他没有知识，是个投机分子，他是在工宣队、军宣队的名义下来到所里的。“知识越多越反动”这句话，也时常出自单奎章之口。他当时在所里搞的目的，就是要抓出一个全国科技界的典型。他说工业有一个大庆，农业有个大寨，就是科技界还没有在全国叫得响的单位。他个人野心极度膨胀，只要政治上能捞到资本，哪怕毁掉整个光机所，毁掉整个中国的科学事业，他也不在乎。所以在他的影响下，光机所派性、内耗很厉害，后来演变为长春市的派性大武斗，甚至所里有的房子也被烧了。

李鸣生：这么严重啊！

王大珩：单奎章来到所里后，还大抓特务，凡是当时有点海外关系的，一个都跑不了。他根本不讲逻辑，也不讲法律。像我在英国待过十年，按照他的说法，不是特务才怪呢，但他没有证据。经过几个月的“揭批深挖”，他宣称，光机所是个特务窝子，共有七个国家的特务和四条又粗又黑的特务线，全所特务和与特务有牵连的就有一百多人；而且所里重大特务案，株连了全国十几个省市在内的几十个科研单位。由于单奎章抓特务有功，他还以“狠抓阶级敌人的现行反革命活动，把一切特务、叛徒、顽固不化的走资派统统揪出来”为题，到处介绍“经验”!

李鸣生：这人后来怎么样，爬上去了吗?

王大珩：嚣张了好多年，后来“四人帮”倒台后，他也就完蛋了。这事都过去二十年了，我记得在长春市体育馆开了个四千人的大会，大家伙揭露他的罪行，我是主讲人，讲了一个小时，那也是我一生非常难忘的事情。当时群情激奋，我的话讲完时，掌声有两分多钟。后来单奎章被开除党籍，撤销党内外一切职务，交公安机关处理，受到了应有的惩罚。

李鸣生：在那个混乱的年代里，作为科学家，你们对当时的政治形势能看清吗?

王大珩：那时思想上很乱，弄不清楚。后来小平同志出来以后，对我的思想是一个转折。不管什么时候，政治与业务应统一。过去好像政治和业务弄不到一起去。因为那时的政治不科学，有时科学要迁就政治，甚至还要说一些违心的话。

李鸣生：王老，您说过一些违心的话吗?

王大珩：违心的话，多多少少还是说过的，只是在原则上不要违心就行。在那个年代，从上到下，谁能保证自己不说几乎违心的话呀?鸣生同志，你要知道，我是从旧社会过来的人，从我个人而言，新中国成立后在思想观点上，怎么样才能与新社会合辙，我一直在考虑这个问题，心中也没有明确的答案。所以在政治问题上讲话，总是非常担惊受怕、小心翼翼的，生怕一不小心，就捅出个什么娄子来，自己还不知道是怎么回事。

但在业务方面，我有着比较好的机会，没有过多地受到周围政治环境变化的干扰，能得到领导的支持，对于应该如何干，还是可以施展自己的一技之长的。当时在科学院老革命、老干部多半是新中国成立以前的大学生，对知识分子多少有些了解，党派来的副所长和老干部，基本上和科学工作者谈得来，有这种机会，有用武之地。但说话我们还是很谨慎的，万一说错半句话，谁知道有入朝的人会给你搞些什么黑材料，这我们是无法知道的。

李鸣生：在 1957 年反右运动中，您挨过整吗？

王大珩：没有，我算是幸运的了。但不少科学家却倒大霉了！有的刚从国外回来，满腔热血，要报效祖国，可万万没想到，就是因为说了几句真话，结果稀里糊涂就成了“右派”。其实，1957 年反右的情形，当时我们也看见了，但我们也不好说，情况也不太了解，只是从表面上看很异样。越是这样，就越不敢说话了。以前敢说话的知识分子，他们的言论我们听了很有道理，结果却变成了“右派”，我们在底下谁还敢讲话，谁还敢讲真话?！大家不愿意讲话，更不敢讲真话，因为弄得不好，自己又成了“右派”；再加上一顶反革命帽子，谁还受得了啊！

李鸣生：所以反右的结果，不仅给中国的知识分子在心理上留下了阴影，而且还让知识分子都患上了恐惧症！

王大珩：是啊，所以对小平同志，对胡耀邦同志，为什么很多知识分子从内心里感激呢，就是因为敢于纠正过去党对待知识分子的一些错误做法，把“右派”帽子给摘掉了，解放了一大批对国家有用的人才。对于我来说，看到三中全会后的变化，精神振奋，有些话敢提了，这个与建议“863 计划”有很大关系。三中全会以后，在实际工作中坚持实事求是的精神，做到了政治和业务统一。当然，还不能说处处做得都好，只能从总的方面来说，有了科学的态度。回想过去，许多做法都是极“左”的、教条主义的。

李鸣生：从您个人的角度来看，您觉得“文革”给我们留下了什么教训？

王大珩：教训的话，就是要实事求是，要讲真话；尤其搞科学，来不得半点虚假。“文革”前我们都不敢讲真话，大家都不敢讲；“文革”后敢讲话了，也开始敢讲真话了。你想想看，大家都不敢讲真话，事情如何能做好？如何能推动社会进步？从不敢讲话，到敢于讲真话，这是政治上的进步。所以要提倡科学，提倡民主，提倡讲真话，提倡大家敢于讲真话！这一点，有些国家比我们做得好。

李鸣生：您能举个例子吗？

王大珩：我跟你说一件事。1984 年，我到英国去，参加了撒切尔夫人主持的一个很大的辩论会。在这个会上，他们的国会议员当面向撒切尔夫人提了许多质问，许多批评，而且提的问题非常尖锐！但撒切尔夫人呢，你猜怎么着？照样正常面对，一点也不恼火。这就是英国的制度。这一点对我震动很大。

所以呀，我认为，一个国家，一个民族，要想有大的发展，只有这样，讲民主，讲真话，才能使执政党少犯错误。反对党对执政党就是要挑错，这就是“透明度”。这对民主是很重要的。

李鸣生：王老，您是如何理解民主与科学的现实意义的？

王大珩：民主与科学，在今天依然还是很有现实意义的。必须有民主，因为民主是大局。科学上的好多问题，是靠大家解决的，一个人的力量是很微弱的。所以要百花齐放，要养成一个风气。特别是干部用人问题，用人才还是用奴才？如果用奴才，就没有民主了；只有用人才，才有民主，才有真正的民主。

科学上有“一闪念”，政治上也会有一个想法。这些“一闪念”和

“想法”有时是对的，有时是不全面的。只有经过大家讨论之后，才能确定对不对。比如说，世界上一些有名的杂志，发稿时非常严格，要好几个评委审定，不是一个编辑就能确定的。这也是一种民主。另外，我们搞学位、职位的评审，也必须要有外单位参加。外单位参加了，内部就不会出现主观的东西，人情味就会少一些，导师和论文就不会随随便便，学术水平才不会降低。现在的教授评审，不如我们那时严格，水平降低了。因为一个人，一个单位，总是有局限性的，别人可能会有比你更好的见解。有些人，尤其是有些领导，有时喜欢自我欣赏，对自己的想法过于乐观。其实呀，人应当不断超越自己。另外，就是在任何时候，都要讲真话，敢于坚持真理。

十一、关于“人材”与人才

李鸣生：王老，教育对人才的培养至关重要。我想听您谈谈对我国教育方面的一些看法。

王大珩：我们的教育体制可以参考英、美、德等各派，但是要有中国派。教育的目的总的来说要与建设有中国特色社会主义体制相适应。科技进步要面向经济建设，人才培养也要面向经济建设。教育，特别是高等教育，要与经济建设相结合。

关于高等教育的内容、基本知识、基本技能、科学思维方法等，我认为要加强社会实践，加强工程技术等实习工作。所以，教师应有较丰富的社会实践经验，“三门”教师与经济建设的结合可能不会紧密，难以使学生养成结合实践的意识。培养大学生既要看到现代科技进步的趋势，又要看到国家建设的实际需要。现在有的课程体制和半个世纪前差别不大，这是很难为社会实践服务的。另外，还有一个重要的问题，就是教育的基础设施问题。

李鸣生：对，几十年来，我们在教育的基础设施上，是存在很大问题的。现在暴露出来的许多问题，我认为根子都是在我们的教育基础设施上。

王大珩：教育基础设施抓好了，能培养很多优秀的人才。现在的人，只见物，不见人，这是不行的。如果不好好利用现有的基础，包括文化、精神的基础，包括人才的培养，民族的发展就上不去。朱镕基强调说，生产力要发展，就要加强好基础建设，基础建设是发展经济必须要有的措施。这些措施不是靠公司为了赚钱能拿得起来的，必须由国家来承担。基础设施不由国家来搞，谁来搞？不能单靠市场。我不反对计划经济，但我反对违反市场规律的计划经济！现在资本主义国家越来越计划化。过去，我们并没有掌握好市场规律。所谓计划经济，不是“拍脑袋经济”，不合规律的经济怎么会不出问题呢？有时主要矛盾和次要矛盾在拍脑袋时就搞错了。

李鸣生：您对高层次人才、科技人才的培养，有些什么想法？

王大珩：中国培养人才，要结合中国国情，要有中国特色，要制定中国的方针政策，创立中国的教育体制。培养人才，关键是要德才兼备。人才的培养要从物质文明和精神文明两方面着眼。人才的成长过程会受到天赋、教育、环境、家庭、社会等多种因素的影响，人才也应是动态的。要注意选苗子，但不应固定地看待，人才不应当是书呆子或“科呆子”。

培养人才，要从实践出发，从实际需求出发。除培养知识、技能、思维方法等外，还要有精神的培养，比如艰苦奋斗精神，团结、协作精神，以及竞争意识，牺牲奉献精神等。只有这样，才会团结协作，才能干大事。

在培养人才问题上，我的观点是，应该靠自己的力量，多培养土生土长的人才。在我国光学事业、“两弹一星”等重大科研任务中涌现的人才，大多是我们自己培养的。这其中要吃很多苦的，不吃苦是不行的。

大学教育问题，应当有初级大学和高级大学两个阶段，一般本科教育为初级阶段，研究生教育应为高级大学阶段。在硕士、博士生阶段，培养创造性很重要，但更重要的是掌握系统的现代科技知识，进一步培养高级人才，满足现代化经济建设的需要。

李鸣生：您认为人才应该怎么培养是好？

王大珩：人才最主要的，还是要通过实践来培养。只有在实践中才能深入理解并体会到当中最微妙的地方，也才能进行创新，做好这些，才能做学术带头人。有些东西不是仅仅听老师讲，就能体会到的。看中几个苗子固然重要，但环境和实践锻炼则更重要。培养真正好的带头人，国家和人民是要花本钱的。机遇也很重要。总之，不是选出一个苗子就准能出一个尖子人才，而是要花本钱筛选的，这些因素都应当估计进去。我自己培养研究生的体会是，要牧羊，而不是去喂羊、放羊。

还有就是，对人才不仅要利用，更要注重培养。欧洲有些开明国家，如英国，用一个人工作的同时，也不断给机会让这个人不断上进；还有美国的教育机构也是如此，一个教师或者教授，教四年书就要去进修。所以资本主义国家的一些先进的东西，我们应该注意学习。同时要注意保护我们的科学家和工程师。在私营企业中，有许多是以单纯赚钱为目的的，不注意保护人才。对人才不仅要保护他们的健康，还要保持他们的智力不退步。如果一味地工作不学习，就会落后。在科技人才上，必须把使用和培养结合起来，这本身对工作也是有利的，要把这个作为一个政策。

我们的留学生到国外，考试比别人好，但实际工作起来就不如别人了。什么原因呢？创劲差。外国学生有时基础不是很好，但创新精神好。国外开会时随便讲，讲错了也没关系。我们国内有时开会不敢讲话，思想上不解放。现在我们从中学、大学念书的时候，就养成了抠书本的习惯，而不注重互相讨论，思想上僵化。年轻这一代人好一些，老一代不行，因为过去受到政治的影响，多说话不如少说话，少说话不如不说话。现在没有政治原因，要鼓励讲话，讲真话，多思考。孔夫子就曾经说过："学而不思则罔，思而不学则殆。"

李鸣生：王老，您怎么理解"人材"和人才这个问题？

王大珩：大学培养的学生应该称为"人材"，指有一定的能力和知识，但还没有为社会做出贡献，没有取得实际成绩，应当说还不是人才。要经过进一步的培养，毕业后经过具体的实践，做出了成绩，才是真正的人才。现在对大学生的培养，在基础知识和基本技能方面要提高层次，要培养开拓、创新意识，以适应日新月异的科技发展的需要。

在科学研究上，不是也不可能是自由主义的，现在还没有哪个国家可以为所欲为，都要有所为有所不为。不能只考虑个人的兴趣和狭窄的专长。人才要具有"超作用"，既要专，又要博；以适应新的需要。要提倡双专业，要具有随时按国家需要改行的能力。现在对硕士生的招收人数限制太大，这不利于科技发展，不利于满足产业化的需要。现代高新技术生产领域的工人都需要由大学生来干，创新发展工作就更需要高层次的人才。

1978 年的时候，小平同志在召开全国科学大会前，召开了一个科教座谈会，我也荣幸地参加了。那次会上有个很突出的问题，就是除了拨乱反正外，还谈到高校要招生。另外还有两个问题，一个是小平同志谈教育要从娃娃抓起，二是高校学制究竟应当是四年好，还是五年好。当时大家的意见是大学还是应当四年，因为现在知识愈来愈多，就是五年也学不完，不如干脆短一些；如果再需要向高深提高学习，可以再进研究生院。一般大学念四年，也就可以当一块材料了，从这个概念出发，大学不是为了培养专家，而是培养人材的，不是人才的才，而是材料的材，或者说是培养人才的“坯子”的。毕业后到了社会上，需要学专业，可进一步到研究生院。概念上应当是在大学先学好一些基础知识，从层次上说，高教要着重培养创新意识，先上了梯子，以后再进一步向上。

李鸣生：国外这方面是个什么情况？

王大珩：1979年我到日本去了一次，那时日本也正在搞技术教育的改革，从抄别人的东西走上完全独立发展的道路，一面强调发展基础，一面强调大学出来的学生要能改行。这乍听起来很不习惯，意思是事物进展很快，学生要有适应性，要能适应社会快速发展变化的形势，具有创新意识。实际上国外并不叫研究生院，而叫毕业后院(Postgraduate College)，研究生在那里进修一些前沿的知识。我们现在学位制的适应性是怎样呢？硕士就是为了增加现代科技知识，现在企业已逐步有自己的研究开发，需要有现代知识水平的人才。硕士的主要任务，不是去探索自然规律。学位制应当弄清楚，怎样适应我国国情，培养硕士和博士的目的。日本称硕士为修士，以上课为主，实际上是从初大学到高大学。我们现在培养硕士太少，这不是培养学术带头人的问题，学术带头人要从博士中选拔出来。谈到技术创新，这方面工作大量应当是在企业里，在产业里工作，涉及许多高科技，而且不是用一点时间就行了，要整夜地干，要更辛苦。在这方面，必须还有个继续教育问题，要使他们有继续受教育的机会，不然就要掉队了。这就要再去学校学习，所以高校不但要有教学、科研任务，还应当有继续教育的任务，要有这三种职能，应当明确提出高校也是继续教育的基地。企业往往不愿意他们的科技人员去做与企业不相干的事，但是应当明确认识到，这是个继续教育的问题，对于企业来说，至关重要。

李鸣生：您怎么看待人才的素质问题？人才的素质应该怎么培养？

王大珩：我们培养的人才，应当要有献身、求实、创新、协作的精神，不要虚假，不要科学上的泡沫。有的人写论文，一下子就五十篇、六十篇，是不是扎扎实实呢？这就不好说了。要有发现问题的能力，要靠自己的知识去创新，迎上去让问题迎刃而解，而不是绕开问题走。这种精神是社会进步的源泉。在知识、技术、管理和人文科学等方面，都同样要有创新。

关于知识创新方面的问题，正像有的专家所说的那样，知识可以概括为六个 W 和一个 Q。我把它们归纳为六个“何”，它们是：What（何事），Why（何故），How（何为），Who（何人），When（何时），Where（何地），Quality 和 Quantity（何益，质和量）。可以认为何时、何地、何人做什么事是知识创新的最高层次，小平同志审时度势，是中国改革开放的总设计师，是管理的最高层次创新，这也说明知识创新渗透到各个方面。

科技人员要有献身精神，也要有协作精神，在市场经济中竞争是核心，但必然又有联合，这是辩证的关系。

学校培养人才的素质，要从娃娃抓起，这点非常重要。要从小就特别注意精神文明教育，培养下一代爱国主义精神、为人民服务精神，以及牺牲奉献精神，否则长大了弄不好会为外国服务的。

李鸣生：在这一点上，我们做得很成问题，却至今没有引起足够注意和重视。

王大珩：可不是。我跟你讲一件事情。1997 年 3 月，我和另外七个院士应邀去漠河观看日全食。我们想啊，也许通过这类的活动，可以激发青少年对科学的热情和兴趣。我们去了漠河以后，在此期间，每天都有几百人拿着笔记本或日食纪念封，跑来找我们签名。有一天，有一个十一岁的女孩，也跑来让我在她一个很漂亮的日食纪念封上签名。当我在这位小女孩的日食纪念封上签了字后，何泽慧院士就问了她一句："小朋友，你为什么要让我们签名呀?"你猜这个小女孩怎么说?

李鸣生：怎么说?

王大珩：这个小女孩毫不犹豫地大声回答说："有你们这些大科学家的签名，我这个纪念封以后就值钱了呀!"

李鸣生：这您没想到吧?

王大珩：我哪想得到啊！所以这个小女孩的回答，让我感到非常震惊！我做梦也没有想到，我们一生的追求，被一个小孩子用一个"钱"字，便轻而易举地给简化了。所以，那次漠河之行，给我留下最深刻印象的，就是这个小女孩的这句话。我后来一直在想，一个小小年纪的孩子，怎么就这么想问题了呢?怎么就什么都往一个钱字上靠了呢?这句简简单单的话虽然出自一个小女孩之口，但我认为反映的是现实社会中的一种思潮，是一个危险的信号！所以这种现象让我感到很担忧。要知道，科技的未来，国家的未来、希望都在年轻一代人的身上啊!

还有，去年北京举行中学航模比赛，提倡鼓励创新精神。可在参赛的十所学校里，竟没有一所重点中学。娃娃是种子，在思想意识上如果不好，就很难培养成真正的人才。有的时候他们可能在技术上是很好的苗子，在聪明智慧上是很好的苗子，但是他们不为你服务，而是最大的势利眼。这个问题，学校应当引起注意。

大家知道，清华大学的水平是过硬的。十年前，有一次他们物理系举行欢迎会，欢迎当年入校的新同学，也请我参加了。会上主持人自豪地说，他们物理系招来的新生都是全校考分最高的学生，但是我说他忘了一点，往往考分最高的学生，还要别人为他铺床呢！我在会上讲的这番话，后来校友会在刊物上登载出来，被台湾的学校看到了，说我讲得好。这反映出教育体系中的问题，也是在整个教育体系中都要注意的问题，非常重要。否则，怎么能适应21世纪的要求呢！

十二、 关于命运与机遇

李鸣生：王老，您已经是一位八十四岁的老人了，我想请您从一个科学家的角度，谈一点您对人生的认识和感受。

王大珩：我的人生经历和工作是不断变化的，所以我的认识也是不断改变的。我们年轻时，国家一穷二白，就觉得外国有的东西，我们能有就不错了，特别是在新中国成立初期有的这种观念，在今天，也还没有完全改变。但现在就不能抱着"人家有的我们也有了"的观念了，这种观念已经不行了。我不仅在学校和科研单位待过，也在企业干过，所以考虑问题时，自然就会和经济相结合。我当初在受大学教育时，受到很大影响。那时不单学一个专业，清华大学提倡学自然科学的，至少应该再学一门社会科学。尽管在当时有一定的资本主义色彩，但这些规律现在看也是对的。新中国成立后，虽然我并非完全认同马列主义，但从科学的观点看还是很容易接受的。我从小受教育，开始有一个想法就是"救国"。从参加革工作开始，只有一个思想，就是当问题来时，首先想到国家。

一个人不能把个人的利益看得太重。也正因为本着这样的精神，我们许多专家就是改行也不在乎。许多老科学家正因为如此，才德高望重。比如我们有一位姓陈的教授，原来是学物体物理的，后来被组织派去搞核试验的测试设备，一切从头学起。这个精神对年轻人也很重要，必须把个人和社会的关系摆正。

李鸣生：那么怎么看待个人的价值呢？

王大珩：我对自己的价值从未考虑过。一切以国家利益作为最高准则，就不会考虑个人的价值了。除了要艰苦奋斗、自力更生外，还应献身、创新、求实、协作。对一个科学家来说，首先是献身，在我们选择学科学时，就本着献身精神，不然就学别的学科。但为了将来为国家做事情，可以不计较其他，这就是献身的本质。求实是科学的精神，不求实就不能称其为科学家，也不能称其为一个正直的人。

作为科学家，创新是我们的天职，科学技术就是创新。协作精神也是其中非常重要的一条。现代科学很少是个人能推动的。不能说把自己知道的告诉别人就吃亏，这样无法协作。没有奉献精神、受委屈的精神，就无法与人协作。在国外，这些精神也是科学上的道德。有这个共识，才能协作。

我在国外参观时，有人说要将他的新发现告诉我，因为他知道我不会偷他的成果。有这种信任才能交流，创新也需要互相交流。

李鸣生：王老，在您的这一生中，事业上取得了很大的成就，创下了二十多个“第一”，为我们国家甚至为人类作出了一个科学家应作的贡献。您的这些成就与您个人的奋斗、国家的培养以及同事们的支持，显然是分不开的。但常言道，一个成功的男人的背后，总是站着一个成功的女人；家庭也是社会的一个重要组成部分。所以我想请您根据您自己的家庭情况和切身感受，谈谈家庭与事业的关系。

王大珩：我是一个科技工作者，毕生从事科技研究与开发工作，甚少涉及社会问题的探讨。但我想一个人自出生直到老死，除少数例外，一般都与家庭有着密切的联系。因此，我认为，家庭问题很重要，家庭的精神文明，既是社会文明的基础，也是社会文明的支柱。

我年幼时是和父母兄弟在一起，长大成人结婚后，是和爱人、儿女在一起，年老了更希望有和谐的家庭生活。一个人除了学习、工作和社会活动，人生的大半时间都是和家庭在一起的。无论是人生观或是生活方式，每个人都明显地，或者潜移默化地受着家庭环境的影响；反过来说，个人的思想和行为又影响着家庭。

其实，我们每个人在一定范围内都是社会一员，又是家庭中的一员，而家庭是社会的组成部分。一个社会的经济活动、文化教育、生活需求，特别是道德风尚、精神面貌在很大程度上，是家庭的综合结果。家庭观念之所以重要，是因为和家人长期生活在一起建立的感情，在思想行动上也就打上了家庭的烙印。当家庭的观念与社会进步的目标一致时，它就成为一种促进力量；但如果与社会前进的方向相反，就会扯社会建设的后腿。

家庭内部成员之间，由于长期相处，彼此有和谐之处，也会有矛盾。思想、人生观和性情的不一致的情况如果长期积累，得不到解决，必然导致家庭成员的身心苦恼，这势必影响工作和健康，甚至造成家庭的破裂。另外，由于忽视家庭教育，导致子女走入歧途的现象也时有发生。这些现象是家庭问题，也是社会问题。实质上都是社会进步与落后之间的矛盾和人们文明程度与文化素质的反映。例如：我们常见到一个学生在学校里，学的是破除迷信，尊重科学的知识；而回到家庭后，有时又要随着祖母或长辈到庙里去烧香磕头，求神保佑。有些人是经不起家庭的影响的，甚至有时候几句私话，就给改变了。

我给你讲一个物理学中的激光的例子。激光之所以成为定向的强烈光辉，是因为激光工作物质中的原子在一定的外界条件下，受到外界原子间相互作用的诱导，使原子能够同步定向地发光，从而汇集成强光束。这和原子杂散无章、自由发光的效果大不一样。如果我们把社会比喻为发光的工作物质，把施政政策比作环境，把社会的组成部分包括家庭比作原子，那么我们就可以看出，对家庭这类“原子”给予定向诱导是很重要的。能被诱导的“原子”越多，效果就越大，促进社会和推动社会的“光束”就越强。

李鸣生：您是否认为，一个人的成功，与家庭环境的熏陶大有关系呢？

王大珩：一个人的成功机遇，应该说家庭也是一个不可忽视的因素。中国人有所谓的“世家”，例如不少有名的京剧演员、艺术家辈辈相传，誉为佳话。由于家庭环境的熏陶，有的专业就是从娃娃时做起，成就就是从微妙的指点、刻苦的锻炼中得来的。在工艺技术上往往也如此，在现代化建设的教育中，尽管有些技艺可以用机械和电子技术来做到，但高超的技艺和高超的艺术一样，永远是文化文明的代表，不会因为科技进步而被物质手段所全然代替，所以还是要提倡“世家”的培养，这也是一种机遇。

一个人在事业上作出成就，是要由许多机遇来促成的。当然首先少不了天赋的才能加上个人的努力，还有社会的需求，找到合适的工作岗位等等。对于一个人来说，家庭环境也是一个重要的机遇，包括教育的程度，性格的培养，而婚后的家庭能否有助于你的事业，则更加重要。这些机遇有客观的，也有主观的，对于个人来说，重要的是主动争取机遇。战胜层层困难，经受种种考验，这也是机遇。

李鸣生：从您的家庭来看，对您后来的成才有影响吗？

王大珩：当然有了。如果要说家庭机遇的话，我应该算得上一个幸运儿了。我首先就是得益于一个好的家庭环境。我出身于知识分子家庭。父亲在世纪初曾留学日本，是早期的地球物理和气象学家。母亲也极其重视对子女的教育。在军阀混战的时代，欠发工资，家里一直过着清贫的生活。父亲看我有点灵气. 从小就引导我学科学，激发我爱科学的兴趣。记得在我很小的时候，当看到筷子半放斜插入水杯中，出现弯折现象时，父亲就指出，这叫折光现象；在小学时，父亲就带我去看他亲自做地磁波观测；在初中时，父亲带我进行气象观测实习，教我学会气象观测和数据测算，摆弄天文望远镜，看明亮的月球、带光环的土星、带卫星的木星等等。在父亲教育辅导下，我还超前学完了中学数学和微积分。这使我在中学时代便生活在科学的环境里。

李鸣生：王老，对不起，我冒昧地问一句，您的婚姻和家庭，幸福美满吗？

王大珩：我的婚姻和家庭是很幸福美满的。我的夫人是一位热心事业的医务工作者。几十年来，我们在工作和生活上互相支持，彼此关心。在工作繁忙的情况下，她不辞辛苦地主动担负起教育子女等等家务重担，使我得以全身心地投入工作，使我对家庭和子女的成长无所顾虑。现在我们十分欣慰地看到子女们都已成才。另外，在我的家里，我也从没有由于缺少我的温馨细语而受过埋怨，这让我工作中感到很舒心。

李鸣生：人生的问题，是一门很深奥的学问，它可能比科学本身还要复杂。您认为人活在这个世界上，意义是什么？价值是什么？

王大珩：一个人，重要的是，要做到自己应该做的事。虽说我看不到以后更好的社会，但我必须有一个愿望，有一个理想，并为这个理想而去努力奋斗。这样的人生，才有价值和意义。

李鸣生：王老，您如何看待名和利这个问题？

王大珩：这是相对的。利是物质上的享受。我们许多大学教授很清贫，想得到物质上的享受也是能得到的，但不能为了这个目的去做事情。在物质方面，我们是很容易满足的。

名是社会承认一个人献身精神的表现。虽然没有拿到物质上的报酬，社会上用“名”来扶持、补偿，这是对价值的肯定。这种制度用好了也很好，它是促进社会进步，鼓励人们作贡献的很好的手段。“原子时代”的科学家罗斯福，他觉得 PhD（即博士学位）制度很好，是深造的机会又可以作贡献，虽然没有工资上的报酬，但可以获得一个学位，这是很值得肯定的（当时英国没有博士制度，罗斯福是看到美国的博士制度很好），也是“名”的一种形式。“名”并非自己有心去创造，最重要的是得到社会的承认，自己去追求就没有意义了。在这个问题上，资本主义和社会主义国家都利用得很好，对社会进步有帮助。

只利己，不损人，对社会来说，你并没做到一个合格的人。为了个人利益，对社会没有什么好处。我在英国时，有一个同学的房东去世后，别人对他的评价只有三个字：“没白活。”什么是“没白活”？就是社会上能享受到的他都享受到了，实则毫无价值可言，这是个很讽刺的话。

李鸣生：如果请您给自己的大半生作个评价的话，您会怎么评价？

王大珩：这个问题我从未想过。如果要评价的话，我对自己的评价只有六个字。

李鸣生：哪六个字？

王大珩：有志向，不坚持。这是我的一个弱点。我还一个弱点，就是最懒得写论文。我这个人一辈子有许多缺点，当然我也有优点。我主张要“抓住机遇，因势利导”。我对学生也是着重培养这个方面的能力。我给学生出题目，从不出那种写总结式的对付性的东西，关键是要让学习开出新路子来。

李鸣生：您对命运与机遇这个问题如何理解？

王大珩：世界上有许多事情都是由机遇促成的，所以人要善于抓住机遇。可有些机遇不是自己能控制的，比如以美国为首的北约轰炸我驻南联盟大使馆这件事来说，有的人牺牲了，他的职责所在，当时在那里的是他而不是别人。一个人要想一辈子不碰上太坎坷的事情，机遇是占很大比数的。我当年同班的同学，有的人机遇不好，有的人甚至因为老婆的原因，最终还是没有起来。一个人的成功是由很多因素决定的，只要有一个因素不满足，就有可能不会取得成功。

人生中有很多事情要自己去争取，有时“化险为夷”，“化不幸为有幸”，也有些情况自己是无能为力的。因此，一个杰出的人物的产生，不是一件容易的事情，能得诺贝尔奖的人不少，但不是人人都能碰上。

李鸣生：这中间是不是也有一个偶然性的问题？在我的生活经验中，很多事情好像都是由偶然促成，而非必然。这怎么看？

王大珩：人生是有偶然性的。整个自然界就是偶然形成的。宇宙中，冥冥中有主宰万物的一种神秘力量。物理上最原始的一条定理，叫不确定定理，自然的规律就是这样。物种的“优胜劣汰”，遗传的种是会变的，许多是变坏的，有的是变好的。延续下去，一代差一点，几代下去就会消失了。人类应对这种自然规律进行有效利用，利用得好，就进步得快。人生哲学就是如何面对命运。命运中有的可控，有的不可控。

李鸣生：作为一个老科学家，您对年轻人都有什么嘱托？

王大珩：我想说的还是“献身、创新、求实、协作”这八个字，再加上“艰苦奋斗，自力更生”，爱国主义精神就不必讲了。还有开拓进取。如果不开拓进取，那你只是一个好人，但没有贡献。我活着就是为人类的历史做贡献。

李鸣生：王老，今天我们谈了这么多，您累了吧？

王大珩：还行。

李鸣生：您这么大年纪了，身体还这么好，是每天坚持锻炼的结果吗？

王大珩：我夏天锻炼，冬天就差些了。

李鸣生：您年轻时就喜欢锻炼吗？

王大珩：对，我年轻时工作在青岛，每天上班，都要上山下山的，这对我是个很好的锻炼。我考上清华大学之后呢，受一位教授的影响很大，那时在学校里，我每天早晨要跑一千六百米，从一年级起到毕业，从来没断过。在清华大学的校队里，我还勉强算一个长跑队的队员呢，只不过是最后一名罢了。后来出了学校门，到了英国，这种锻炼的机会就不多了。

李鸣生：那您在英国的时候，靠什么锻炼呢？

王大珩：有办法啊。我常常骑自行车，骑很远很远。在英国时，我一口气可以骑三个小时不下车。

李鸣生：现在呢，现在锻炼您靠什么？

王大珩：现在的锻炼，也就是散散步而已，没那么剧烈了。好在我遗传性的病少一点。

李鸣生：王老，我们今天就聊到这里吧。谢谢您这段时间陪我聊了这么多！祝您健康、长寿！

王大珩：谢谢，谢谢！

（补记：2011 年 7 月 21 日 31 时 02 分，王大珩先生在京逝世，享年九十六岁。）

王大珩大事记

1915年2月26日，生于日本。

父亲：王应伟（1877—1964），在日本留学，于东京物理学校毕业后，在日本中央气象台工作并继续深造。母亲：周秀清（1889—1974），毕业于苏州兰陵女学，原为上海一家幼稚园教师，1912年与王应伟结婚后去了日本。

1915年6月，随父母回到祖国。

1920年，入北京孔德小学上学。

1932年，于礼贤中学高中毕业，考入清华大学物理系。

1936年，毕业于清华大学。先留校担任助教。半年后获“史量才奖学金”，转到赵忠尧先生门下攻读核物理专业研究生。

1937年，“七七事变”后中断学业，与周培源先生一起离开北平南下逃难。经周培源先生介绍，先到南京兵工署弹道研究所，后随兵工署一起转移到武汉。

1938年，在汉口报考“留英庚款公费生”被录取，于当年赴英国留学，在伦敦大学帝国学院主攻技术光学专业。1940年，获英国伦敦大学理学硕士学位（Msc）。

1941年，发表第一篇论文。受聘于英国昌司玻璃公司，任研究实验部物理师。

1945年，研制发展了V棱镜精密折射率测定装置，在英国制成了商品仪器并获得了英国科学仪器协会第一届青年仪器发展奖（Bowen奖）。

1948年，回国。暂在上海耀华玻璃公司任职。

1949年，从香港转道朝鲜，奔赴东北解放区大连，参加新建的大连大学工作。任大连大学工学院应用物理系主任、教授。

1950年，与大连大学医学院小儿科主治医生顾又芬结婚。

1955年，为中国科学院学部委员。赴捷、苏考察进修计量科技。

1956年，参加制订中国科学技术发展十二年远景规划。

1957年，仪器馆更名为中国科学院光学精密机械研究所，任光机所所长。

1958年，领导光机所研制出震惊全国科技界的电子显微镜等八项科技成果。创办长春光学精密机械学院，任院长。

1960年，承担国防科研任务，任150工程总工程师。

1964年，创办长春光机所上海分所，兼任上海分所所长。参加我国首次原子弹爆炸试验，光学测试取得圆满成果。

1965年，参加我国第一颗人造地球卫星“东方红一号”的方案探讨。

1966年，任国防科委第十五院筹建办公室副主任，受聂荣臻元帅委托筹建十五院。

1978年，受中国科学院委托筹办哈尔滨科学技术大学并兼任校长。兼任中国科学院长春分院院长。参加邓小平召开的科学教育专家座谈会。参加全国科技大会。

1979年，与几位科学家一起向中央提出了《关于加快仪器仪表发展几点建议》的报告，根据这一建议，国务院于1979年6月批准成立了国家仪器仪表工业总局。当选为第五届全国人民代表大会代表。会议期间，与其他人一道提出了《建议设立教师节的提案》。这个建议后来由国务院正式提出议案，经第六届全国人大常委会第九次会议批准，决定从1985年起，每年9月10日作为教师节。

1981年，在中国科学院召开的第四次学部委员大会上当选为技术科学部副主任。在第二届亚洲遥感会议中担任名誉执行主席。

1982年，与十位科学家共同提出《关于在中国仪器仪表学会建立展览培训中心的建议》，根据这一建议，国家建立了中国仪器仪表学会展览培训中心。

1983年，任中国科学院技术科学部主任，中国科学院空间中心名誉主任。

1986年，与三位科学家联名上书邓小平，提出了《关于发展我国战略性高技术的建议》。在邓小平的支持下，这个建议导致产生了对中国高科技发展有着深远影响的《高技术研究发展计划纲要》，即著名的“863计划”。当选为国际宇航科学院院士、中国科学技术协会第三届全委会副主席、北京市科协主席。

1987年，积极努力使中国正式加入了国际光学学会（ICO），成为世界光学组织成员。

1988年，任第十一届国际高速摄影及光子学学术大会主席。任国际空间年中国筹备委员会主任。

1989年，与著名核物理学家王淦昌共同向国家提出了《开展我国激光核聚变研究的建议》。此项建议得到有关方面的批准，已开始实施。倡导成立了我国颜色标准委员会，并任主任委员。后经四年时间制成了我国国家级的颜色标准样册，并为我国国旗制定了法定颜色标准。

1991年，当选为国际光学工程学会会士。

1992年，在中国科学院学部大会上，与其他五位学部委员（院士）联名向中央提出了《关于成立中国工程院的建议》。这一建议得到中央和国务院的批准，于1994年正式成立了中国工程院。

1994年，当选为中国工程院院士。

1995年，获得首届“何梁何利基金奖”技术科学优秀奖。

1996年，与四位科学家一起以书面建议的形式，提出设立国家级单原分子测控科学与技术研究中心的建议。在有关方面的支持下，在清华大学设立了此中心。时年八十一岁。

人生如梦

——与著名古人类学家贾兰坡先生聊天

贾兰坡，中国著名旧石器考古学家、古人类学家。

人称中国“活化石”。

祖籍河北玉田县。1908 年 11 月 25 日出生。

初中文化程度。

中国科学院院士。

美国国家科学院外籍院士。

第三世界科学院院士。

二十二岁走进周口店，从此与周口店结下不解之缘。

1936 年 11 月 15 日至 11 月 26 日，十一天内连续发现三个“北京人”头盖骨，震惊世界，名扬天下。

生前没有小车，没有秘书。

聊天时间：1998 年 12 月；2000 年 11 月。

聊天地点：贾兰坡家中。

贾兰坡印象

李鸣生

中国有句古话，人生七十古来稀。

若按这个标准，九十二岁的贾兰坡先生不仅堪称中国的“古来稀”，就是在世界的生命史上，恐怕也算得上一个小小的奇迹。难怪有国际友人称他为中国的“活化石”!

想当年，贾老去周口店时，才二十二岁。然而，岁月不饶人，一眨眼，七十年过去了。当年的小贾，很快变成了老贾；再后来，又变成了贾老，且名副其实。

如今的贾老，确实已经老了。他走起路来已远不如年轻时利索，两只眼睛也几乎看不见了。但他的耳朵和脑子却特别好使，你要是给他打电话，只要轻轻“喂”上两声，他仍能听出你是谁来；倘若你和他聊天，稍不注意，还跟不上他的思维节奏。

遗憾的是，由于贾老的眼睛患有青光眼和白内障，即使戴上高倍老花镜，也几乎等于失明。但为了不让自己落后，他每天依然坚持戴上高倍老花镜，再拿着放大镜，或者看书，或者写作。年年岁岁，日日月月，从不间断。看书时，他的鼻子尖和书本几乎贴在一起，于是有人开玩笑说，与其说贾老是用眼睛在看书，不如说他是用鼻子在“闻”书。

贾老写文章时，同样也很困难，常常不是把字写出了格，就是把前后两个字重叠在一起。但他每天照样写，且只要往书房一坐，便抛开脑子里的一切杂念，甚至抛开这个世界，专心致志地投入到他的写作当中。一笔一画，一字一句，连每一个标点，都写得极为仔细，极为工整，极为认真。如果你去拜访他，即使你走进了他的书房，他也不会察觉。

有一次，我去看望他。我走进他的书房时，他正聚精会神地在写作。我先是叫了一声，他没有反应；再叫一声，他还是没感觉。于是我掏出相机，一连给他拍了三张照片，他依然浑然不知。直到我收起相机，走到他的跟前，一连叫了两声“贾老”，他才从思考中抬起头来。

贾老一生勤奋，从不浪费时间，从不浪费生命，几乎没有过休息日，他把自己毕生的精力，几乎全都献给了中国和世界的考古事业。他每日早晨6点起床，先在书房随心所欲地活动活动腿脚，然后洗漱，接下来便坐在一张简易沙发上，静静地看上一段电视新闻。8点半左右，他便坐在书桌前，开始一天的工作。天天如此，常年如此。即是在“文化大革命”期间，他被关在了“牛棚”里，也照样学习，照样研究——至少，他的脑子一刻也没停止过思考。

贾老的一生，几乎没有什么业余爱好，也没时间去爱好。听音乐，逛公园，进商场，都不是他之所好；打牌、下棋、搓麻，他更是从来不为。好像除了考古，其他事情都引不起他的兴趣。一次，他去外地一个城市开会。会后，对方为了让他轻松轻松，特意安排司机用车把他们拉到市区逛一逛，看看城市的风景和建筑什么的。可车子在市区逛了一个小时，他却在车上睡了一个小时，直到车回到住地，才被人叫醒。有人问他，今天出去都看见什么了？他笑而答道，什么都没看见，什么都看见了。

贾老一生在生活上要求极低，用他自己的话说，只要有口饭吃，就行。他现在所住的房子，别说和局级、部级的领导相比，就是和一些科级、处级的干部相比，也相差甚远——一共也就五六十平方米吧。不仅是水泥地、原始墙，连基本的装修都没有，而且还紧靠在马路边上。每天汽车一辆接一辆，喇叭声声，不绝于耳；人群一拨接一拨，从早至晚，川流不息。我每次采访他时，录音机录下的，除了我俩含混不清的聊天声，便是一声高于一声的汽车喇叭声。由于窗外的杂音太大，干扰厉害，我俩的谈话常常不得不被迫中断。然而，九十二岁的贾老，春夏秋冬，年年岁岁，日日夜夜，就在这样的环境里，依然坚持天天考古，夜夜睡觉。

贾老最大的特点，就是忠实于科学，坚持维护科学的尊严。他常常给青年同行们讲："自己的头脑要围绕着事实转，不要叫事实围绕着自己的头脑转。"他跟老一辈的科学家学习各种知识，但又不被老一辈科学家的学术思想所束缚；他跟外国科学家一起工作多年，从外国科学家那里学到不少的知识，但他又从不听人摆布，也未被外国科学家所吓倒，更不是外国人说东就是东，说西就是西。他说："如果别人画个圈儿你就钻，绝不会有什么大的成就。"

贾老一生谦虚，大智若愚，即便功绩盖世，也一笑付之，从不挂齿。这位出生于河北小山庄的科学家，若从学历来看，仅是一个中学生，连一张大学文凭都没有；但他却先后当选为中国科学院院士、美国国家科学院外籍院士、第三世界科学院院士。没有大学文凭，却能斩获"三个院士"的头衔，这和他九十二岁的年纪一样，不能不说也是一个奇迹！

贾老是研究古人类学的，将来若是有人对他的生命也进行一番研究的话，我想一定是件很有意思、很有价值的事情。

2000 年 12 月 29 日记于北京平安里

一、关于母亲与童年

李鸣生：贾老，请问您是哪一年生人？

贾兰坡：我是1908年11月25日出生的。

李鸣生：听说您过九十大寿的时候，来了很多人给您庆贺，生日过得非常热闹。我还听说，比您大一个月的老科学家杨遵仪也来了。请您给我讲讲当时过生日的情况好吗？

贾兰坡：是的，来的人很多，我也记不得了。反正签名的本子一个不够，后来又去买了一个。那天来的人实在太多了。听说买了五百双筷子，还不够，后来又去买了。本来想一百人，就只预备了一百人，没想到来了那么多人。哪儿的人都来了，故宫的来了，考古所的来了，博物馆的也来了，国家文物局局长也来了，全都来，热闹得很呀！

李鸣生：外国学者有没有来的？

贾兰坡：有。韩国的，日本的，都有。韩国人来恐怕有点政治背景。他们开一个会，我听说他们韩国拿钱让朝鲜也来，我们也同意了，但朝鲜不同意，没来。

李鸣生：非常遗憾，也很抱歉，我因外出采访，没有来给您过生日。我见报纸上发了好多消息，还有不少照片，生日过得很热闹！

贾兰坡：哎，搞得太过了。他们美国西雅图开一个人类学会，还给我个人单独做了一个节目。我这么一个小人物，大家这么多人关心我，我过意不去。要说呢，过去也做了点工作，但都是在大家的帮助之下。要我自己来说，还是不够的。

李鸣生：古人说，人生七十古来稀。您能如此高寿，是您最大的福气，也是我们大伙儿的福气。在中国科学家中，能活到您这个年纪的并不多，而且，您现在精神爽朗，思维敏捷，记忆不衰。您以前曾经跟我谈过：不做亏心事，做人坦坦荡荡。您现在算是真正的高寿了，您能给我谈谈您的养生之道，或者说长寿的秘诀吗？

贾兰坡：其实我也没有什么养生之道和长寿秘诀，只是我对人，从来不存坏心眼，不做亏心事，每天都乐呵呵地生活，心情保持愉快，这是养生之道的根本。心里发烦的时候，不痛快的时候也常有，但我能解脱。每当遇到这种情况，我就想想过去有趣的事儿，这样就把心头的乌云给驱散了，心灵的天空就变得晴朗起来了。

李鸣生：您从小就是这样吗？

贾兰坡：从小我母亲培养我就很厉害，我很受我母亲的影响。我小的时候，我母亲对我有三个要求：第一，对人要有礼貌。我母亲说我还吃奶不会说话就会作揖，小的时候不懂得作揖是干什么，母亲教给我，只要来个人我就作揖，见人就作揖。所以大家都喜欢我，说，又作揖了，又作揖了。第二，不许拿人家的东西。只要我拿了人家东西，我母亲就要领着我亲自上门还给人家。那时小，四五岁，不懂，拿起来就玩了。母亲看见了，问这是谁的。是谁的，就一定要送回去，这是必须的。第三，不许骂人。两个人打架了，揪起来，这没关系，扒拉开，别打架，就行了。但骂人不行。一旦骂了人，母亲就要用掸子把我揍一顿。要打得我记住了，以后不许再骂人了，母亲才罢手。但是母亲特别爱我。现在好像跟过去不一样了，也无所谓孝敬不孝敬，可我们那个时候对父母，恭敬得不得了！

由于我小的时候有这么个习惯，所以长大以后当老师，我教育学生时就说，你一定不要把自己摆高了。人家越尊敬你，把你看得越高，你越要低下一等，表示自己有一点谦恭和蔼。你必须有这个，没有这个不行。到我这儿来的学生，还有开的训练班，大都是我当主任，我就告诉他们，你必须做事先做人，这是我的一个体会。记得香港有一个并不认识的人，这个人托一个朋友要我给写一个题词。我说写什么？

我的字又不好看，眼也不行了，在我这搁了一个多月，人家也不好意思要。后来逼得我实在没办法了，我就给他提了八个字。

李鸣生：哪八个字？

贾兰坡：好人易做，坏人难当。

李鸣生：这话很新鲜，怎么讲呢？

贾兰坡：因为做好人你就什么也别想呀，好好工作就行，没什么事要你多想的。可是你要当个坏人，费劲就费大了。比如说，你想占点便宜，搞点什么名堂，干点什么坏事，那就得绞尽脑汁，使劲琢磨，费劲大了去了。所以坏人难当，活得不易，道理就在这里。因为他的心思用歪了。我这人平时朋友交得多，年轻的是我的朋友，老的是我的朋友，跟我读书的也是我的朋友，不该想的，什么也不去想。我对年轻人是这样，对老年人也是这样，这不很好吗？

李鸣生：您的家乡和您家庭是个什么情况？

贾兰坡：我出生在河北玉田县城北约七公里处一个叫邢家坞的小村庄。这个不足二百户的村子，北临山丘，南望一片平原，土地贫瘠，村民的生活比较贫困。据坟地碑文记载：我们贾家原籍河南省孟县朱家庄，在明代初期才迁移到河北邢家坞的。听老一辈人说，我的曾祖有兄弟二人，大曾祖父没有儿子，按我们家乡当时的规矩，需要把我二曾祖父的长子，即我的大祖父过继给大曾祖父。我的二祖父也没儿子，又从我三祖父一门中把我的父亲过继给二祖父。由于生活困难，在我很小的时候，我的父亲就只身到北京谋生去了。

李鸣生：您父亲生活在农村，怎么能到京城谋生呢？

贾兰坡：我们村里有个人，叫宋竹君，据说他是燕京大学的前身——汇文大学毕业的，在北京英美烟草公司任高级职员。经这个人介绍，我父亲就进了京城的英美烟草公司。我父亲叫贾连弟，号荣斋，他的工作部门叫“调换处”，实际上就是做一种广告性质的工作。父亲每月薪水十八元，他自己省吃俭用，每月需花八元，其余十元就托人捎回家里，所以家里的日子过得也算可以。

李鸣生：*您小时候，属于那种很调皮的孩子吗？*

贾兰坡：算不上调皮，但贪玩。我家村后的东山上有两个山洞，一大一小，我常常跟着其他小孩到小洞里探洞玩。大洞深不可测，我们从不敢进去。有时用石头打成圆球，从山上往下滚着玩。想不到这在以后的工作中，对发现石球的打制过程和用途，还有很大的帮助。

在我家村北的小山下，还有一个水坑，也是我们孩子常常光顾的地方。我们在坑里洗澡、打水仗。我还常常到地里逮蝈蝈、捉蜻蜓和小鸟。在那些鸟儿当中，我最喜爱“红靛颏”“蓝靛颏”，凡是我网着的鸟，除了这两种，其余统统放生。我们小孩之间，也常常为逮鸟打架，母亲拉开了就完了，最多打几下屁股。但不许骂人，骂人准挨一顿掸把子。当时我还有一个比我大十三岁的表兄，他常带我去坑里摸鱼和捉螃蟹，又好玩又能解馋。

李鸣生：*您上学是在你们村里吗？*

贾兰坡：不是，我们村里没有学堂。七岁那年，母亲把我送到外祖母所在的一个村子去念私塾。其实，我识字的启蒙老师，应该说是我的母亲。我的母亲虽未上过学，但聪明而知晓大义。村里有个叫王雍的老头，识字最多，他看的小说也多。每到夏天，大家在一起乘凉，都会叫王雍讲故事。母亲常把听来的故事再讲给我听，都是什么“岳母刺字”“精忠报国”之类的。母亲一边讲，一边教导我要学好人，不要做坏事。后来母亲对小说也着了迷，就借来看，不认识的字和不懂的地方，就去请教王雍。时间长了，母亲也认识了很多字，就是不会写。到后来，母亲连不带标点的木版印刷的小说，也能看得懂了。

李鸣生：*看来您家当时的经济条件，还算不错。*

贾兰坡：因为我父亲在北京做事，家里就会有一些活钱，日子自然比别人家好多了。但母亲要求我穿戴不能与其他孩子有区别，我只比别的孩子多件内褂和内裤，外表仍是粗布衣裤。别人家的孩子在玩的时候，都背着扒篓，边玩边拾柴，母亲也叫我背一个，不要求拾多少柴，就是不能比别人家的小孩有特殊感。这对我的教育作用很大。以至于后来，我对待他人，不管职位高低，都能一视同仁。这不能不说是母亲当年教育的结果。

虽然父亲每月捎钱来，但家里平时仍是早饭玉米粥加咸菜，午饭和晚饭是玉米面贴饼子加上一锅菜，有时是小米饭。当然过节和有客人来的时候，就不一样了。有时为了给祖父下酒，母亲炒个菜，祖父总想叫我一起吃，母亲就反对，说："小孩子家，吃喝时间长着呢！不在这一口两口。"过年时，客人给我的压岁钱，都得如数上交，母亲又说："孩子花惯了钱对他一点好处也没有。"但过年的新衣、新鞋母亲总是早早就做好了，当然还有灯笼、鞭炮之类的玩意儿。所以过年是小孩子最盼望的了。

李鸣生：看来您的童年并没有经历过什么苦难，算是很幸运的。

贾兰坡：是的，虽然我的童年是在农村度过的，家境也不是很宽裕，但现在回想起来，我童年的生活无忧无虑，还是非常愉快的。

二、关于三次大难

李鸣生：贾老，我听说您曾有过几次大难不死的经历，想必您对生与死这个人人都会遇到的问题，会有属于自己切身的感受和看法，结合您的经历，您跟我聊聊好吗？

贾兰坡：是的，在我的一生中，有几次曾被死神攥在手里，但我几次都从死神手中逃脱了出来。是1975年7月至8月间，我和人类学家张振标先生由魏正一、于凤阁等先生陪同，到黑龙江考察。我们先乘火车从哈尔滨到牡丹江，之后改乘吉普车南行，准备前往镜泊湖东岸一带。我与张振标先生坐的一辆车，走在前边。在离宁安县城不远的地方，忽然吉普车的前盖就冒起了烟，司机当即停车，刚一打开前盖，一下就喷出一股很高的火苗。司机一边大声喊叫“你们快跑，跑得越远越好”，一边脱下衣服抽打。但我们并没跑，我叫张振标到公路旁的水沟里抠出连水带草的泥，递给我。我往火苗上拽。火被扑灭了，可吓出了我们每人一身大汗。过后回想这事，我觉得司机用衣服拍打，还真不如我们拽泥好。

第二年，就是 1976 年 7 月份，我们研究所组队与黑龙江省博物馆的研究人员一起，又到黑龙江省的最北端十八站进行发掘。到 7 月底，当地驻军对我们说，唐山发生大地震了，唐山、丰南地区损失很大，死伤人数很多，地震波及了天津市和北京市。大家一听，都很担心家里及研究所的情况，很是不安。

工作结束后，我从哈尔滨乘三叉戟飞机飞回北京。没过多久，国家文物局局长王冶秋先生找到我，说：“请你再前往内蒙古‘御驾亲征’一次如何？他们在呼和浩特市东郊发现的材料，还需去帮助发掘和研究，您到了那里，即便提一提意见也好。”我与老伴和长子贾彧彰商量，他们都认为我到内蒙古待些日子，比在家里的地震棚里要好，所以我就答应了。

到了呼市，第三天我们就到市东郊的大窑村详细查看。直到下午日将落山，我们才往呼市返。我坐的还是吉普车，按照我的习惯，我坐在前排司机的旁边。我看到车子开得很快，就对司机说：“开慢一点。”司机只是“哦哦”地答应，也并没慢下来。没想到，车子突然失控，一下子就窜出了公路，向路边成排的树林冲过去。还没等我喊出声来，车子已向前折了个三百六十度的大跟头。我含在口中的烟斗和我的眼镜一下子就飞了出去，当时我就晕过去了。

李鸣生：附近有医院吗？

贾兰坡：附近没有。后来大家把我送进一家什么医院里，直到第二天我才清醒过来。可那个时候是“文化大革命”后期，那里的医院有医无药。本来内蒙古博物馆的一位女馆长，好不容易从她朋友那里找来点什么霉素，放在窗台上，转眼工夫就没了。最后当地上报了这件事，才从军队的药库里搞到了急需的药品。

李鸣生：您伤得严重吗？

贾兰坡：其实伤得并不严重，有惊无险。据目击者说，我坐的那辆吉普车，开得实在太快了，同行的几辆车，都被我那辆吉普车远远甩在了后面。最先看见我那辆车出事的，是一位正在骑自行车的青年妇女。出事后，她扔下自行车就跑了过来，见吉普车的顶已塌了，我坐的那边的车门也掉下来了，我的上半身落在地上，下半身却还卡在车里。她正想把我扶起来，后面的车到了，大家这才七手八脚地把我送到了医院。

我醒来后，民警也赶来了解情况，问我是否车开得太快了？我说：“不快，是路滑造成的，因为出事前刚下过雨。”民警对我的话半信半疑，但我口气肯定，反复一口咬定，造成事故的原因就是路面太滑，而不是车速太快。最后，民警只好把证件退还给了司机。

李鸣生：哈哈，贾老，您为什么要作“伪证”呢？

贾兰坡：唉，人家司机一家人都指望着他挣钱生活呢，我能不为他说点好话吗？回到北京后，司机一家人还专程跑来北京看望我，说感谢我的“救命之恩”。我对司机说，要说“救命之恩”呀，是你，而不是我。你当时要是把车开过去撞到树上，咱俩不就都玩完了吗？

不过话说回来，这次翻车，说来确实还是很危险的，差一点就丧了命。直到现在还有朋友拿我开玩笑，说我在那次车祸中，是一个“最出色的特技演员”！

李鸣生：最出色的特技演员？什么意思？

贾兰坡：因为当时车翻了后，出现了三个非常惊险的场面：第一，车子失控后，窜到路旁树的空隙之间，没撞到树上。第二，车子向前折了三百六十度的跟头，车篷瘪了，车门掉了，挡风玻璃也碎了，我的上半身横在车外，下半身还卡在车里，我嘴里叼着的烟斗和戴着的眼镜飞出老远，我的头却没有碰伤。虽然满脸满身都是玻璃碴子，但脸和身上并没有划伤。第三，车篷上的横梁断了，我戴着的一顶蓝布帽子挂在了上面，只差一二毫米，我的头就会被断梁穿个大窟窿。所以呀，朋友们就开玩笑，说我是“最出色的特技演员”；还说我是大难不死必有后福。其实，后福有没有说不清，但大难不死是有的，而且我还不止车祸这一次。

李鸣生：还有啊？是您生病那一次吗？

贾兰坡：对，1988 年我得了一场大病，这次最厉害，很危险哪！说句玩笑话，差一点我就“与世长辞”，去见马克思了。

李鸣生：怎么回事？说来听听。

贾兰坡：那年我正好八十岁。有一天早上，我上厕所，发现大便发黑，老伴看了认为是便血，劝我到医院去检查检查。当时我们研究所已经迁到了西直门外大街一四二号，就是北京动物园附近。我的家也搬到了院内宿舍。我到了人民医院，大夫为了确诊，叫我住院检查。我住院后做了个肠镜，结果是结肠癌。

李鸣生：结肠癌!?

贾兰坡：对。但大夫瞒着我，说没事，就是横结肠上长了一个腺瘤，劝我动手术切掉好，不然会越长越大。所里的领导及我的家人都知道了真实病情，但怕我思想上有负担，也都瞒着我。我还是几年之后偶尔翻看了当时的病历，才知道真相的。

手术那天，我的家人都来了，他们目送着我被推进手术室。开刀这个大夫好得很，很有主意。手术前先给我做个肠镜，但做肠镜的这个人太马虎，他给我做肠镜后，本来我的瘤是长在左边，他却把我的瘤点在了右边。外科大夫就按这个人点的点开刀，结果打开一看，没有，又赶快缝上。他说不在左边，一定就在右边。于是他又在我的左边竖着来了一刀。这一刀下去，果然就找到了。这个大夫很好，他大概是跟麻醉师说，不要给我输血，说我的血太好了，不像是这么大岁数人的血，像年轻人的血。如果手术时间不长，最好不给我输血。他怕别人的血不干净。可是我的手术时间太长了，麻醉师也是好心，还是给我输了八百 CC 的血。

我出院之后，头几天自己感觉良好，但不久就感到四肢无力，瘫软得自己连衣服都不能穿。接着眼和脸色变得蜡黄。到医院一检查，原来是我输进了带肝炎的血。结果我又被染上了肝炎。

李鸣生：医院输的血，怎么还会有带肝炎的血呢？

贾兰坡：事情是这样的。那个时候，各单位都组织献血，有的人体检很正常，但自己不愿输血，怎么办呢？就让一些以卖血为生的人代替他献血。所以，医院从血库拿出来的血，也是“伪劣假冒”！

李鸣生：这事怎么处理呢？

贾兰坡：怎么处理？哑巴吃黄连，有苦难言。后来找个关系，我住进了中日友好医院。那里虽然有传染病房，但病人太多，没有单人病房，我只好和一位年轻的外地患者同住一间。我的腿浮肿得厉害，浑身无力，但我的心情很开朗。护士叫打针就打针，叫吃药就吃药，积极配合大夫治疗，结果我成了这个传染科表现最好的病人。于是大夫经常以我为例，劝说一些思想有包袱的病人。

但与我同室的那位病友，不听大夫少吃东西的劝告，叫妻子到街上买了两碗饺子，偷着吃了。吃后他就感到不舒服，忙去叫大夫，大夫很恼火，马上对他进行抢救。为了抢救方便，大夫把我换到了另一间病房。没想到这位病友，当天夜里就死了，是死于胃出血。唉，人的生与死，就像一层窗户纸，一捅就破，死是多么的容易啊。

李鸣生：您的病情怎样?

贾兰坡：我的水肿越来越厉害，从脚一直肿到了肚脐眼。虽然每天用药物排尿，但仍时好时坏。大夫给我用红小豆和鲫鱼煮汤，要我天天喝，但我一点胃口都没有。说实在的，喝那汤，比喝药还难咽!

后来为了增加营养和抵抗力，大夫建议我打“胎盘白蛋白”，就是胎盘注射液。中日友好医院白蛋白日本产的也有，香港产的也有，美国产的也有，但他们不想给我用，怕有艾滋病病毒。就东给我找几瓶，西给我找几瓶，凑合着打。后来大夫叫我最好自己想办法找。当时国内产的胎盘白蛋白很难搞到，只有献血者才能买到一瓶。我儿子就四处找。我的朋友很多，这儿找两瓶那儿找两瓶，连九三学社中央委员会都帮忙，最后一共找了三十三瓶。医生说，我们还没看见一个病人用三十三瓶的。

李鸣生：在这种情况下，您当时的心情怎么样?

贾兰坡：我这个人呀，生了病，不管再严重的病，心态始终比较好。那时，夜里经常试我血压。有时我还醒着，似知似不知的。有时我想，其实护士不是试我血压，是看我活着没活着。那段时间，我的儿子给我雇了一个保姆，是个小姑娘，她睡觉睡得比我踏实。可她睡她的，我每晚躺在床上，就那么待着。我就想，想张三，想李四，我们所里所外的人，我都想，这个人怎么样? 那个人怎么样? 后来我感觉我没有对不起任何一个人的地方，心里就特别豁亮了。最后就想，要是死了就死了吧，没有什么了不起的!

李鸣生：这次治疗中，没再遇到什么麻烦吧?

贾兰坡：还好。给我看病的主治大夫是位年长的老大夫，他认为我已是八十岁的老人了，要保守治疗。可是另外两个年轻大夫，认为我虽然年纪大，但体质好，要对我进行“恶治”。

李鸣生：恶治？恶治是什么意思？

贾兰坡：就是叫我服大量排尿的药，然后他们每天认真记录，并给我打白蛋白。结果几天“恶治”下来，弄得我一丝力气都没了，但我的水肿渐渐消退了。那位老大夫很高兴，对我说：“每天这样大量排尿，身体能支持下来真是不容易。打白蛋白等于借钱吃饭，你还得自力更生来养活自己。”一句话说白了，就是叫我自己吃东西。从此我就尽量吃，不爱吃的也要吃。饭量增多后，就逐渐减少白蛋白的用量。不久，我的身体就渐渐恢复了，各项指标均达到了正常人的水准。

八十岁的生日，我是在中日医院度过的。亲朋好友，在医院的病友和大夫，都来为我祝寿，有的送花，有的送字，历史博物馆还专门给我送来了特意为我制作的老寿星。他们把我当成小孩子，我感到十分高兴和幸福。春节过后，我已经能独立生活了，吃饭、上厕所已不用人照顾。我以为用不了多久，我就可以回家了，可没想到又遇上了倒霉的事。

李鸣生：又摊上什么事啦？

贾兰坡：一天早晨，医院雇用的卫生员打扫完房间后，打开窗户擦玻璃。一阵冷风袭来，我受了凉，下午就发起了高烧，结果又得了肺炎。我每天打吊针，就是高烧不退。医生只好通知单位和家属说：“看样子他是出不去医院了，要做最坏的打算。”死亡之神又围着我转来转去。“人之将死，其言也善”。在我清醒的时候，我就想，自己一生是否做过坏事，是否有对不起别人的地方呢？虽然我娶过两个妻子，但她们俩都彼此谅解了。我孝敬父母，善待儿女子孙，只是因工作关系对他们照顾不够，没利用自己的职位为他们安排好工作，这是我能量有限。再说，不依靠别人，对他们以后的生活也有好处，他们也会谅解的。想来想去，我不欠人情债，心情也踏实多了。当然，也感到有遗憾的事，就是在工作上，我还没有对自己提出的三大课题，即人类起源的地点、人类起源的时间、人类在演化过程中先进与落后同时并存的“重叠现象”有所突破。所以想起这事，我就有些着急。但生死有命，天命难违，真要死了，我也没有办法。常言道，“人生七十古来稀”。我就想，我已活到八十岁了，赚头还不小，我的老师或前辈们也大多没我活得长。裴文中活到七十八岁，魏敦瑞活到七十五岁，德日进活了七十四岁，杨钟健先生也只活到八十二岁；我的父亲才活到七十三岁，我的母亲活到八十四岁，我还有什么不可撒手人寰的呢？俗话说“不做亏心事，不怕鬼敲门”，我虽不信鬼神，但我觉得这句话是有一定的哲理的。

李鸣生：后来是怎么治好的呢？

贾兰坡：大夫看什么药对我都不起作用，就决定给我注射“先锋五号”；如果“先锋五号”作用不大，就只剩下“先锋六号”了，再也没有别的办法了。咳，没想到，过了几天，我的烧渐渐退了，精神也慢慢好了，死神再一次被我给吓跑了。

李鸣生：看来心态好，比什么药都管用。

贾兰坡：1989 年 4 月底，我出院了。出院之前，大夫、护士长和护士们都来为我祝贺。但我出院时，大夫说，您先别走，我们得开一个会，你得参加。

李鸣生：医院开会，干吗要您参加，不让你走？

贾兰坡：说来奇怪。会刚一开始，大夫们头一句话就问我：“您说说看，您的病怎么好的？”我说这个问题你们问错人了。我的病是你们给治好的，你们是医生，应该问你们自己，怎么问我呢？大夫说，“不，你这个病单治是治不好的，最重要的是你对疾病不畏惧，有战胜疾病的信心，很好地配合了我们。你说说看，您平常是怎么对待您这个病的？”我说嗨，死就死，活就活，活着就干活，死了就让别人来干，不是还有别人吗？有什么可怕的？我就这么想的。当然了，不怕死的心，我是有的。至于什么信心，我当时都快不行了，还真没力气想这些。大夫说：“您这个思想，对您的病起了非常大的作用。”

出院后，我一心在家疗养，在小书房里看寄来的信和书。过了一个多月，我的元气恢复了，我又开始趴到桌上写东西了。每次遇险和大病之后，我都是这样，安安静静地坐下来写点东西，认真总结一下过去的调查和研究。对我来说，这也算是大难不死的“后福”吧。

李鸣生：贾老，面对生死，坦然相对，这是一种境界。一般人做不到，但您却做到了。这是为什么呢？

贾兰坡：有生就有死，任何人都逃不了，这是自然规律。我对这个问题一点负担也没有。后来听医生说，一般来讲，我这个病是不大容易好的。所以医生之前就给家属明确说了，家属也感觉可能没啥希望了。但没想到我竟然又活过来了，这是一个奇迹。其实呀，当时我躺在床上就想，死了就死了，我没有什么对不起朋友的。也许是人之将死其言也善，鸟之将死其声也哀，都有这么一个过程。现在对我来讲也是这样。年轻的死了可惜，年老的就是自然规律。

李鸣生：您有这种心态是很难得的。

贾兰坡：现在我能做点工作就做点工作。比如我现在老了，不能爬山越岭，那么我为科学燃烧起来。我没有大的力量，我捡个树枝点把火，总是可以的吧。我是捡树枝的。所以有一次在旧金山，一个基金会给我举行了一个欢迎会。海湾地区的名人、大学教授、各地代表，还有当时中国驻那个地区的代表都参加了。让我讲话的时候，我说没有别的，我就希望青年人起来，能继续工作，他们做的工作一定比我们强。为什么他们比我们强？因为他们各方面的条件都比我们好，做起来就会比我们强。

三、 关于周口店

李鸣生：贾老，您去周口店是哪一年？

贾兰坡：1931 年春天的样子。

李鸣生：您当时是怎么去的周口店？

贾兰坡：那个时候可不像你们现在，出门不是坐汽车、火车，就是坐飞机。我去周口店的时候，就是起了个大早，骑小毛驴去的。

李鸣生：骑小毛驴？那个时候去周口店还没汽车吗？

贾兰坡：哪有啊。那个时候去周口店有三条路。第一条是从张义门到长辛店，先坐火车，再坐小毛驴去。第二条路是从张义门骑小毛驴去。第三条路是从琉璃河，有山车到周口店。

李鸣生：什么叫山车？

贾兰坡：山车就是运煤运炭的火车，由周口店直接到琉璃河。山车去的时候带着客人去，回来的时候也带着客人回来。其实，就是在首车上坐着那么几个人。但它开车的时间没个准，时有时无。有时候赶巧了，坐山车下午就到了；赶得不巧，还要在琉璃河车站附近的小店住上一夜，第二天才能到。

李鸣生：1929 年 12 月 2 日，著名古人类学家裴文中在北京周口店首次发现了第一块"北京人"头盖骨化石的时候，您好像刚刚中学毕业。您当时知不知道裴文中先生发现"北京人"头盖骨这事儿？

贾兰坡：知道。当时只觉得这事很新鲜，实际情况，我是后来才知道的。我是 1931 年才参加周口店发掘工作的，等我参加发掘工作时，"北京人"第一个完整头盖骨已经被发现一年多了。但当我和工人们聊起这事的时候，他们都能滔滔不绝地跟我讲述第一个"北京人"头盖骨发现时的细节。

李鸣生：“北京人”第一个头盖骨到底是怎么发现的，请您给我讲讲当时发现的简单过程和细节。

贾兰坡：第一个见到“北京人”头盖骨的人，叫刘义山。他原来是个石匠，人很正直又好学习，在发现“北京人”头盖骨之前，他就是一名发掘技术工人了。刘义山这人认识很多兽类的牙齿，我曾请教过他如何发掘化石和怎样辨认化石，他总是不厌其烦讲给我听。据说，他们当时在洞穴中段靠近北裂隙的地方，展出一段裂隙，大约深有四米，直径不大，里面只能容两个人发掘。不说是傍晚，即使是在大白天，里面也是漆黑的。由于没有悬挂汽灯的地方，他们只好一手拿着蜡烛，一手握着工具发掘。刘义山和另外一位技工开始发现了很多兽类化石，后来刘义山忽然看到一个圆圆乎乎的东西，既不是鹿，也不是虎。他挖了好几年化石，还从来没有见到过这样的东西，他就立即叫裴文中下到洞里来看看。裴文中下去一看，就大声喊叫起来，说这是“人头”！然后，裴文中就亲自动手慢慢发掘。愈发掘，展露出来的部位愈大，看得也愈清楚。最后，才肯定是一个完整的北京猿人的头盖骨。

李鸣生：您第一次知道这事，当时是一种什么样的心情？想没想过以后您也要搞这个工作？

贾兰坡：没有，当时没有想到我后来也能参加这个工作。当时什么都搞不懂，周围的人也跟我一样，都搞不懂，只是觉得新鲜：人怎么是猿变的？那时中国没这一门科学，都是从外国传过来的。

李鸣生：您当时是从报上看到这个消息的吗？

贾兰坡：对，从报上看的。中国的大报小报全登了，世界上的报纸也都登了。那时候我天天上北京图书馆，每天到那里看书。要说有一定的目的，也没有。那时候我最爱看的一种东西就是《科学》，还有《旅游》，也是我爱看的。北京图书馆内无偿地供给白开水，有时我带着馒头夹咸菜，一去就是一天。开始看书没什么规律，逮住什么看什么，后来对《科学》《旅行杂志》之类的有关自然科学方面的杂志和书籍越来越感兴趣。我不但看，还把感兴趣的地方抄录下来。有时也到旧书摊去浏览，看到便宜的书也会买回去。我对所看过的书都认真做了笔记，不知不觉，一年过来也学到了很多东西。

李鸣生：您后来走上考古这条路，跟这个是否有关系？

贾兰坡：应当说有关系。因为我是从这些东西开始对它感兴趣的。

李鸣生：据说您去周口店，与裴文中有关。您开始是怎么认识裴文中的呢？

贾兰坡：玉田县狼虎庄有个名高焕、字灿章的人，是我的一个表弟。他经常来北京，每次来都住在我家里，几乎成了我家的一员。我的孩子也很喜欢他，因为他一来京，就常带孩子们出去玩。崇文门瓮圈的内侧有一家恒兴缸店。是他经常光顾的地方，因为他在这家缸店有股份。恒兴缸店的掌柜姓裴，就是裴文中先生的侄子。虽然裴掌柜辈小，但岁数不小，比裴文中年岁大得多。裴文中先生也常去缸店串门，和我的表弟时常见面，所以彼此都很熟。

大概是1931年春的一天，他们两人在缸店聊天的时候，我表弟就提到了我，说我闲在家里没事可做，只闷头读书。裴文中一听，说中国地质调查所正在招考练习生，不妨叫他去试试。我表弟回来一说，全家都很高兴，因为这样既有了工作，还可以不出北京。于是我马上就风风火火地跑到了位于西四兵马司九号的中国地质调查所报了名。考试那天，主考的是地质陈列馆的馆长徐光熙先生，他亲自考我。没想到我在家中自学的知识竟派上了用场，结果我以优异的成绩被录取了。

李鸣生：当时有多少人参加考试？录取多少人？

贾兰坡：一共有二三十名考生，就取两名，其中一个就是我。

李鸣生：那很不容易了。

贾兰坡：是啊，我好歹找到了一份工作。我考上之后就给我分配了工作，被分配到新生代研究室做练习生。

李鸣生：什么叫练习生？

贾兰坡：是这样，当时新生代研究室分练习生和练习员。练习生是中学毕业，练习员是大学毕业。练习员不需要考，练习生要考。练习生的地位在研究部门里是最低的，但属于“先生”行列，能和各级领导同桌吃饭。除了这些，受苦受累的活都是我的事，比如，买发掘需要的用品；与来访的学者到各处看地质；他们采下的标本，装在背包里，叫我背着；我还要和工人们一起挖掘化石。

李鸣生：您后来怎么又去了周口店呢？

贾兰坡：这事说来很巧。有一天，新生代研究室的副主任杨钟健领着我去见了地质调查所所长翁文灏先生。见到翁文灏所长时，我非常紧张。翁所长先问了我家里的情况，我一一如实地作了回答。最后他问我：“来这儿干这种工作，很苦很累，你为什么要干这个呢？”我不假思索地回答他说：“为了吃饭。”翁所长听后，忽然大笑了起来，说：“说实话好，好好干吧！”没想到，翁所长的这一笑，就决定了我的终身。

李鸣生：怎么讲？

贾兰坡：就是说，翁所长决定让我去周口店。所以，第三天我就和裴文中、卞美年、王存义一起去了周口店，从此开始了我在周口店的正式工作——协助裴文中在周口店搞发掘。

李鸣生：您到周口店后，看到的周口店是个什么样子？

贾兰坡：周口店虽然离北京城只有五十公里，但当时交通极为不便。那天，我们几个人先乘火车到琉璃河，下车吃了顿饭，然后就每人改乘一头毛驴上路了，直到晚上八九点钟才到达周口店的办公地点刘珍店。真是起了个大早，赶了个晚集。

李鸣生：刘珍店的办公条件怎么样？

贾兰坡：1928年之前，在周口店挖掘的人，都住在周口店村北的一座小庙里，像瑞典地质学家和古哺乳动物学家安特生、步林和中国地质学家李捷等，他们都是那样。1928年后，杨钟健和裴文中参加这一工作后，感到小庙里地方太狭窄，又时常有客人来参观，无处可住，于是裴文中就以每个月十四块银圆的价格，向刘珍租赁了一处骆驼店，用于居住和办公，所以我们就把这个地方称为“刘珍店”。

刘珍店的房子很破旧，北房三间较大一点，东西有厢房四间。北房的东间是准备给客人们用的，东西厢房为技工和放置标本用。我们睡的床就是行军床，三下五除二就支好了，放上被褥就能睡觉。总之什么都很简单。

李鸣生：周口店那儿的学习条件怎么样？

贾兰坡：不行，比起现在来，差远啰！当时，古人类学和古脊椎动物学在中国刚起步，国内连一本哺乳动物的教科书也没有。就是裴文中他们也是边干边学。有一天，裴文中在中国地质调查所图书馆，发现了一本1885年伦敦麦克米兰公司出版、福罗尔著的《哺乳动物骨骼入门》。这本书是三十二开、三百七十三页的英文书，对于我来说就成了宝贝。我们轮流着看，晚上大多是我看。全书共分二十章，按照裴文中的指导，我先读哺乳动物的骨架，狗的头骨和灵长目、食肉目、食虫目、翼手目、啮齿目等章节。本来我的英文底子就不好，再加上书中专有名词太多，有些专有名词英文词典上都没有，所以只好边读边向裴文中请教。书读起来很费力，开始每天只能读半页、一页，有些名词要死记硬背。

我们都感到这本书非常有用，可是按地质调查所的规定，借出的书到期必须归还，也不能续借。怎么办？裴文中就提议复印。他认识一位德国人，就拉着我到西郊找到他。他看了看，说可以印，只不过书皮是布面的，要贵点。商量半天，讨价还价，最后还是成交了：复印十本五十元，书皮我们自己想办法。

回来以后，我们就自己动手制作书皮，用的是花纸。其实也很容易，先往大瓷盆里放上清水，然后滴入不同颜色的油漆，用筷子轻轻点几下，水中就出现了美丽的波纹，再把道林纸放进去打湿，拎出来晾干，就成了漂亮的花纹纸。我们自制了八开的几十张花纸，送给了那个德国人。不久，三十二开本的书送来了，我花五块钱买了一本。这书至今我还完好地保留在我的书房里。

李鸣生：听说您为了掌握一些骨骼的知识，还到山上打来野狗，进行解剖？

贾兰坡：是的。为了更好地认识动物的骨骼，我和工人商量后，决定到山上打野狗。我对狗肉不感兴趣，只希望能得到一副完整的骨架。后来还真打到了一只大野狗。在制作、写名称过程中，我对哺乳动物，特别是对狗的认识更加系统了。我把我自制的狗骨架和研究室内的狼骨架做了认真的对照，发现狼的牙齿排列较稀，牙间空隙大，所以吻部延长，成粗锥形；而狗的牙齿排列密，吻部短。这样学习，比从书中学更加直观，记得更清楚，学得也更扎实。

李鸣生：您在周口店学习，还有其他什么方法？

贾兰坡：为了提高自己的文化水平，在发掘间断期间，我还特别愿意帮助杨钟健和裴文中打英文稿件。可别小看这种工作，它能提高我的英文水平，也能从中学到很多动物名称的专业用语和知识。

有一次我回北平办事，在家多休息了几天。有一天，我从娄公楼的办公室出来，信步走进了东安市场。我想，何不逛逛书摊和书店呢？在中原书店里，我突然发现了一本很新的英文书，叫《旧石器时代人类》，是纽约自然博物馆古脊椎动物学家、美国科学院院士亨利·费尔菲·奥斯朋写的，出版于1925年。我非常高兴，但一问价钱，又把我吓了一跳。

李鸣生：怎么了？

贾兰坡：书价太贵了，是我月工资的三分之一。

李鸣生：后来买了吗？

贾兰坡：后来我寻思了半天，还是没舍得买。但到家后我左思右想，感到这本书对我非常有用。结果第二天又跑了去，还是把它买回来了。

李鸣生：您到周口店后，对挖掘工作一开始就有兴趣吗？

贾兰坡：是的，我对挖掘最感兴趣。当然了，开始的时候，我什么都不懂。但我学呀，每当挖出一块化石，我就向工人请教。他们会告诉我：这块是羊的，这块是猪的，那块是鹿的。我认识的化石越多，就越觉得发掘工作有意思。我还跟着专家、学者在山上到处跑，查看地质，累是累，但时间一长，从他们那里也学到了很多地质方面的知识。特别是卞美年，待我非常友好。他是燕京大学地质系毕业的，一有空闲，他就带着我在龙骨山周围看地质，不但给我讲解地质构造和地层，还教我如何绘制剖面图。

李鸣生：后来你们的工作条件有所改善吗？

贾兰坡：后来由于周口店的发掘工作越来越扩大，所以到了1931年下半年，在裴文中的筹划下，我们花了四千九百元钱在山上盖了一个北京式的房子。

李鸣生：什么叫“北京式的房子”？

贾兰坡：就是一个三合院的房子，大门朝东，有个门楼，北房三间，西房三大间，南房三间，另外在后院还盖了五间，作为技工住房和厨房之用。我们的行军床，也换成了铁床。裴文中先生为大家改善了居住条件，大家都很满意，与之前那个到处跑耗子的刘珍店相比，像进了天堂一样。

四、 关于发现三个头盖骨

李鸣生：贾老，您在十一天之内发现了三块“北京人”头盖骨，让全世界都大吃一惊。请您谈谈发现这三个“北京人”头盖骨的时间和大致过程。

贾兰坡：时间是1936年的10月和11月之间。开始的时候，也就是10月22日上午10点钟左右，我们发掘到8至9层的时候，我突然看到在两块石头中间，有一个人的下颌骨露了出来。当时那高兴劲就别提了。我马上趴在现场，小心翼翼地挖起来。下颌骨化石已经碎成几块，每块都被土石包裹着。我们把下颌骨化石挖出来后，立刻就拿到办公室修理，然后再用火炉子烘干，第二天就派人把它送到了魏敦瑞的手上。

李鸣生：魏敦瑞是德国的解剖学家对吧？

贾兰坡：对的，他也是地质人类学家。他是1935年到的中国，担任北京协和医学院教授，同时担任中国地质调查所新生代研究室名誉主任。

李鸣生：发现了下颌骨化石之后呢？

贾兰坡：发现了下颌骨，对大家是个很大的鼓舞，都来了精神，我决定继续干。11月15日这天，由于头晚下了一场小雪，早上9点钟我们才开始挖掘。挖到9点半的时候，在临北洞壁处，技工张海泉在他负责的方格内的砂土层中，挖到了一块碎骨片，像核桃那么大。当时我离他很近，看见他把这块骨头放进了小荆条筐里。我一看，问他上面搁的是什么东西？他说“韭菜”。

李鸣生：“韭菜”？什么叫“韭菜”？

贾兰坡：周口店当地的村民，把哪些没用的，乱七八糟的东西，统统都叫"韭菜"。这是他们开玩笑的话。我对张海泉说，"韭菜"？你拿来我看看。我过去拿起来一看，不由大吃一惊，说这不是人的头骨片吗？你怎么说是"韭菜"？我刚一说完，大家就都乱哄哄地围过来了。我马上派人把现场用绳子围了起来，只许我和几名有经验的技工在内挖掘，其他人一概不许进入。后来我们挖得非常仔细，就连豆粒大的碎骨也不遗落。慢慢地，耳骨、眉骨也从土中露了出来。我们这才明白，头盖骨都被砸碎了。我挖掘的时候，连豆子大的骨头都没丢。因为什么？为了好复原，有了这些小骨片，你可以给它粘上。直到中午，这个头盖骨的所有碎片才被全部挖了出来。

发现了头盖骨，大家都很高兴，几个人几晚上都睡不着觉。那个时候有炉子，我们就把化石拿到炉子上烤啊，把化石烤干，然后再把哪些碎片一点一点地对粘起来，得一点一点地粘，我一个晚上都没睡觉。

李鸣生：第二个头盖骨是什么时候发现的呢？

贾兰坡：就在当天的下午。下午 4 点 15 分，在上午头盖骨发现处的下方，略北约半米处，我们又发现了另一个头盖骨。这个头盖骨的情形与上午的第一个相仿，全都裂成了碎片。这个时候，天已经开始黑了，以防意外，我就派六个人在现场守护；同时打电报向上面报告。后来又给城里打电话。那时候电话跟现在电话还不一样，老式的，得用手摇。

李鸣生：后来和城里"摇"通了吗？

贾兰坡："摇"通了。第二天，魏敦瑞就带着夫人、女儿和卞美年一起，让他的朋友开着车到周口店来了。魏敦瑞见到我后，第一句话就问，头盖骨搁哪儿了？我说搁在我的那个文件柜里了。他说你怎么搁在文件柜里呀？我说我没地方搁，不搁在文件里能搁在哪里呀？他说这要是损失了，还得了啊！我忙从柜子里将头盖骨拿出来给他。他非常激动，双手都不住地发抖！但他不敢用手去拿，就把它放在桌上，左看右看，没完没了。他的夫人说，他早上听到这个消息的时候，从床上一下就跳了起来，连裤子都穿反了！

李鸣生：第三个头盖骨又是什么时间发现的？怎么发现的？

贾兰坡：是11月26日的上午。头天夜里又是一场小雪。9点钟的时候，我们在发现下颌骨大约三米远的硬角砾岩中，又找到了一个头盖骨。这个头盖骨比前两个都完整，连神经大孔的后缘部分和鼻骨上部及眼孔外部都有。大致修理之后，我第二天就带着它返回北平。当我亲手交到魏敦瑞手上时，他竟"啊"地叫了一声！

李鸣生：看来魏敦瑞先生是太高兴、太兴奋了！

贾兰坡：是的，他两眼瞪着，发了好一会儿呆才缓了过来。其实，我们除了在十一天之内连续发现了三个头盖骨外，还挖掘出了一个下颌骨和三枚牙齿。但由于头盖骨的影响大，这些都被淹没了。

李鸣生：你们连续发现了三个头盖骨，当时的媒体马上就报道了是吗？

贾兰坡：对。全国各地的报纸都纷纷登载了这一消息，不仅一下子传遍了全国，还传遍了全世界。我的领导还特意叫我照了一张相片，洗印了一百多张，提供给各地报纸发表使用。后来，有一家英国专门搜集剪报的公司还给我来信，说只需付五十英镑，就可以把他们搜集到的世界各地发表的有关发现三个北京猿人头盖骨的两千多条消息的剪报给我。

李鸣生：您要了吗？

贾兰坡：没要。

李鸣生：为什么不要呢？多珍贵的历史资料呀！

贾兰坡：你要知道，那是五十英镑啊！我哪来五十英镑去买呀！

我当时想，算了，去它的吧。但我还是很高兴。12 月 19 日，中央地质调查所北平分所在中国地质学会北平分会上，特别邀请魏敦瑞和我作报告。我谈了挖掘和发现的经过。所以，一时间，我仿佛成了英雄，无论是地质调查所的领导、同事们，还是新闻界的人士，都在为我欢呼、呐喊！

李鸣生：这下您更高兴了。

贾兰坡：高兴是高兴，也让我感到不安和惭愧。

李鸣生：为什么呢？

贾兰坡：因为我深知自己吃几碗饭、有多少斤两，对于加在我头上的荣誉，我很冷静。我想，这些赞扬都是对我的鼓励，离真正的荣誉，我还差得很远很远。

李鸣生：你们发现三个头盖骨后，发掘周口店的资金，是不是又增加了一些呢？

贾兰坡：是增加了一些。但这些资金不是国内投的，是美国洛克菲勒基金会资助给新生代研究室的，有好几万美元。而这一年我个人也很幸运。由于我工作上干出了成绩，地质调查所破例提升我为技士，大概相当于副研究员。此外，地质调查所还发给我奖金两百元。我又提升，又得奖金，可谓双喜临门，但我还是真的乐不起来。

李鸣生：这又是为什么呢？

贾兰坡：因为我从报纸上看到并时常听到，日本侵略军已经入侵到北平的家门口了，并打算大举向华北进犯。在这国家和民族危亡的时刻，你说我怎么乐得起来呢？

李鸣生：听说日军侵占北京后，曾对周口店大开杀戒？您谈谈这方面的情况好吗？

贾兰坡：是的。1937 年 6 月底，我们在周口店的挖掘工作结束后，照常把化石进行清理、编号、包装，装入大筐中，送到周口店火车站，准备运往北平。到 7 月初的一天，周口店火车站来电话说，去北平的火车不通了，情况不明。第二天又来电话说，日本军在卢沟桥向我们发起挑衅，故意制造事端，恐怕要打仗。我听到这消息，当晚召集技工和工人开会，商量对策。大家都对日本鬼子恨得咬牙切齿。最后决定，愿回北平的，大家一起走；不愿走的，仍旧留在周口店，慢慢发掘第 4 地点。但是，我要求他们，一定要把挖掘过“北京人”的地点，用土石回填回去，并给夯实了，不要露出挖掘的痕迹来。

李鸣生：为什么呢？

贾兰坡：不给日本人留下蛛丝马迹。

李鸣生：您是担心日本人也会来挖掘头盖骨？

贾兰坡：对。1938 年，日本人侵越来越向内地深入。我们留在北平的人，为了与南下的人通信方便，都改用了假名。比如我的名字改成了“贾若”。所以来信中，朋友们都称我为若兄、若弟。还有，给迁到重庆的地质调查所的同事去信，收信人地址中不能出现“重庆”两字，只能写“四川巴县北砖”。虽然对方也可以照常收到，只是越来越困难了。到 5 月中旬，周口店就传来了令人痛心的消息！

李鸣生：什么消息？

贾兰坡：在周口店看山的赵万华、董仲元和肖元昌被日本鬼子杀害了！与他们一起被杀害的还有三十多人。我怀着沉重的心情，把这一噩耗报告给了地质调查所的领导们。地质调查所的领导来信嘱托我，要我妥善处理被害人抚恤之事。后来，他们以我的名义给协和医学院总务长、美国人博文（Trevor Bowen）写了一封信，说明了三位工人被杀害的情况，为他们申请抚恤金。6 月 9 日，博文下发了公函，给死难者家属每人发了一年的工资。

李鸣生：贾老，您是什么时候开始主持周口店的发掘工作的？您谈谈您主持周口店之后发掘工作的一些情况。

贾兰坡：按之前的安排，裴文中 1935 年要去法国留学，所以从 1934 年起，他就不经常来周口店了，他要在家学习法文。卞美年呢，他对经济地质感兴趣，对考古这项工作又不感兴趣。而 1935 年的春天，我又晋升为技佐。所以从这个时候起，周口店的工作，实际上由我在负责。由于裴文中要去法国，领导就把主持周口店发掘的工作交给我来做，让我来接裴文中的班。

李鸣生：您接了裴文中的班，开始主持周口店工作后，心理有压力吗？

贾兰坡：有的。我虽然热爱考古这项工作，但总觉得自己不够格，感到压力很大。经过杨钟健的一番开导，我也只好从命了。我主要是怕自己胜任不了，把工作办砸了，所以心里一再打鼓。不久，杨先生派来了燕京大学生物系毕业的孙树森和北京大学地质系毕业的李悦言参加周口店的工作。杨钟健打算叫孙树森跟我合作，叫李悦言学习如何发掘和处理化石。我心里很高兴，这回有了伴，遇见什么事也可以商量了。可惜没过多久，孙树森就开始埋怨，说这是把他发配到周口店，整天和石头、骨头打交道，毫无乐趣。他没待几天就走了，据说后来到某个中学教书去了。李悦言也只干了一年多，就到山西垣曲搞始新世化石去了，结果周口店又只剩下了我一个人。

李鸣生：看来坚持很重要。一个人能不能坚持到最后一步，往往是成功的关键。

贾兰坡：我算是运气吧。

李鸣生：贾老，您认为周口店发掘的主要价值和意义是什么？

贾兰坡：周口店一系列的发现，如“北京人”的遗骨、石器、骨器、用火的证据以及动物化石等等，虽然没有经济上的价值，或许丢到大街上也没有人捡，但它们在学术上的价值却是无法估量的，因此每有重大发现，都会引起学术界的轰动。

李鸣生：这个问题具体应该怎么理解？

贾兰坡："北京人"的发现，让那些被传统偏见束缚得紧紧的学者也不得不承认：在人类历史的黎明时代，从体质形态、文化性质和社会组织等方面，都可以证明的确有"直立人"阶段存在过。现在有更多的人认为，包括"北京人"在内的"直立人"是"南猿"的后裔，还是后来"智人"的祖先。

另外，"北京人"的发现填补了人类发展史很重要的一个环节，它在科学上有着重大的价值。举个最简单的例子来说吧，谁都愿意知道自己是从哪里来的，又是怎样变成了今天这样的。这个问题自我们祖先起，就企图作出答案。可是由于当时认识水平的限制，所作出的答案，大都归于"神"的力量。后来恩格斯给我们作出正确的答案，提出"劳动创造了人""劳动创造世界"的理论，但人们还希望见到真凭实据。"北京人"化石的发现就是真凭实据。"北京人"是从猿到人的发展过程中的一个重要环节。它所以被看作"宝"，原因也就在此。

还有一点，我认为周口店是人类进化的一环。不管有人反对也罢，不反对也好，反正之前就没有人类。从发现来看，似人非人的倒是有，不过没发现过太多，非洲也没有发现过。不管他们怎么说，周口店代表了一环，这一环是非常重要的一环。

李鸣生：由此看来，周口店的价值和意义，还不仅仅是发现了"北京人"头盖骨？

贾兰坡：是的。周口店之所以重要，不仅是三个人类头骨，它还有石器，有火，有骨器，这个都得承认。这是到现在为止，世界上最大的发掘。它最重要的一点，就是发现了最多的证据。其他地点的发现，还没有一个超过周口店的。有的地点，人可以超过这点，但石器不行；石器这条可以超过，但骨器又不行；有的有石器，也有骨器，但又没有火。而周口店这几条都全了，占的时间也相当长久。可以这么说，周口店的“北京人”不是按着辈数住那儿，有时期，前后五十万年！

五、关于“北京人”失踪

李鸣生：贾老，我个人认为，“北京人”的失踪，和“北京人”的发现一样重要。我很想知道的是，您得知“北京人”失踪的消息是什么时候？您当时是怎么知道“北京人”失踪的？

贾兰坡：1941 年太平洋战争爆发后，日本人占领了北平。过了一段时间后，有一天，我去协和医学院娄公楼上班。我看见协和医院大门口，站着拿着长枪的日本兵，个个眼里露着凶光，威严得不得了。我这才知道，日本人已经占领了协和医院。后来我还听说，日本人刚占领协和医院时还宣布：北平协和医学院所有工作人员，不准擅离职守！

李鸣生：那这个时候，您还能进得去吗？

贾兰坡：还好，以前发的出入证还有效。所以我掏出我的出入证，在日本兵面前晃了晃，就大大方方地进去了。

李鸣生：进去后，您看到有什么异常情况吗？

贾兰坡：外表看不出什么来。但我刚到协和医学院娄公楼一百〇八室，就听到了一个让我目瞪口呆、大吃一惊的消息！

李鸣生：什么消息？

贾兰坡：“北京人”化石丢了！

李鸣生：怎么会呢？

贾兰坡：是啊，怎么会呢？我也觉得很奇怪。

李鸣生：日本人打进北京城之前，你们没有隐藏起来吗？

贾兰坡：我们早都做了安排。日本人打进北京之前，我们已经得到了各种不好的消息，所以当时把在周口店发现的所有人类化石，包括北京人和山顶洞人以及一些灵长类化石，其中还有一个非常完整的弥猴头骨，都保存在北平协和医学院的解剖科里了。最早来中国的瑞典科学家步达生和接替他工作的魏敦瑞都在那里办公，“北京人”化石就存放在办公室的保险柜里。

李鸣生：既然放在保险柜里，怎么会不翼而飞呢？

贾兰坡：1941年的时候，日美关系越来越紧张，许多美国人及侨民都纷纷离开中国，回到自己国家去了。魏敦瑞也决定离开中国去美国自然历史博物馆，继续研究“北京人”化石。但他动身前，就找到他的得力助手胡承志，让胡承志把所有的“北京人”化石的模型做好，他准备带到美国去研究。胡承志这才开始加班加点地赶制“北京人”化石的标本模型。

李鸣生：您见过胡承志做的那些“北京人”化石的标本模型吗？

贾兰坡：见过。我到B楼看过胡承志制作的那些模型。他制作每件模型都一丝不苟，精益求精，在每件模型上都刻上发现人的名字。他制作的那些模型与原件相比，一般的人很难辨出真假。所以说他是一名制作模型的高手，一点也不为过。新中国成立后他调到中国地质矿产部地质博物馆任保管部主任。现在他已经退休了，但我们之间还经常来往；有时我俩在一起的时候，还要谈起“北京人”化石丢失的事。

李鸣生：“北京人”到底是怎么失踪的，说法很多，您所知道是个什么情况？

贾兰坡：“北京人”化石丢失，世界各地的新闻媒介报道很多。但很多内容都与事实不符。事实是，胡承志按照魏敦瑞的嘱咐，马不停蹄地加紧制模型。魏敦瑞还对胡承志说，像“北京人”化石这样珍贵的标本留在日本人占领区，是很不安全的。还说，要同翁文灏先生商量一下，最好把“北京人”化石运出沦陷区。最初他打算委托美国大使詹森把“北京路”化石先运到美国暂为保管，等战争结束后再运回中国。但詹森不同意，因为在发掘周口店时，中美双方订有协议：不得把发现的人类化石带出中国。后来还是翁文灏以官方的名义委托詹森把化石运往美国，詹森才同意了。这样的话，“北京人”化石就要全部装箱运走，裴文中就告诉胡承志做准备。胡承志接到通知后，才找了解剖科的技术员吉延卿，然后两人一起开始装箱。

李鸣生：箱子装好之后呢？

贾兰坡：箱子装好后，胡承志就送到了协和医学院总务长的办公室。

李鸣生：总务长是什么人？中国人还是外国人？

贾兰坡：总务长是美国人，名字叫博文。

李鸣生：然后呢？

贾兰坡：我听说，当天博文就派人把箱子转送到了 F 楼下的四号保管室里了。

李鸣生：您是听谁说的呢？

贾兰坡：我是后来听胡承志说的。在 12 月 8 日之前的十多天，装好“北京人”化石的箱子就被运走了。

李鸣生：运到什么地方去了呢？

贾兰坡：据说是被美国海军陆战队运到秦皇岛去了，然后准备搭乘美国来秦皇岛接送海军陆战队的“哈里森总统号”轮船，一同前往美国。没想到“哈里森总统号”轮船从马尼拉开往秦皇岛的途中，正赶上太平洋战争突然爆发，“哈里森总统号”就被日本人击沉在了长江口外。

李鸣生：那“北京人”化石装上船了吗？

贾兰坡：应该是装上船了，但也有人说没有装上船。反正“北京人”头盖骨从此就失踪了，至今也没找着，仍然是个谜。

李鸣生：途中有没有可能被日本人劫走了？

贾兰坡：这个就不好说了。但日军占领协和医学院后不久，日本就派了东京帝国大学人类学家长谷部言人和高井冬二，来协和医学院寻找“北京人”化石。不过当他们打开B楼的保险柜的时候，看到里面装的全是模型，才知道“北京人”化石已经被转移了。所以后来日本宪兵队到处找“北京人”化石，很多人都因此而受到了连累。

李鸣生：当时主要都有哪些人受到了连累？

贾兰坡：受到牵连的人中有协和医学院解剖科的马文昭教授，他被带进了日本宪兵队；再就是协和医学院总务长博文；还有就是帮着推车运送化石到F楼四号保险库的工人常文学，他被抓进日本宪兵队进行了审讯。宪兵队还去了裴文中的家，对他也进行了讯问，并暂时没收了他的“居住证”。在那个时候，没有居住证要想离开北京是根本行不通的，连上街都会感到困难。

李鸣生：胡承志呢？日本宪兵队抓他了吗？

贾兰坡：没有。他跑到天津去了。

李鸣生：那您呢？受到连累了吗？

贾兰坡：我也没有。当时我南下了。后来我回北平后，日本人可能也知道我确实没有参与“北京人”化石最后的转移工作，所以并未将我列为重点追查的对象。

李鸣生：那您算是很幸运的了。

贾兰坡：是啊。其实，我手中保存了一份用英文打成的装箱单的副本。装箱清单上一份注有“A”，一份注有“B”，上面还有几个中文字，就是装箱目录。从中文字的笔迹上看，是新生代研究室秘书乔石生写的。

李鸣生：除了“北京人”头盖骨丢失之外，你们在周口店挖掘的其他东西，有没有被日本人损坏？

贾兰坡：除了丢了两箱珍贵的“北京人”头盖骨之外，我亲自带领技工们装的六十七箱动物化石、三十多箱书籍以及十多箱清华大学袁复礼先生存放在新生代研究室的爬行类化石和私人文稿，都遭到了日本侵略者的捣毁或被付之一炬。

李鸣生：这个过去我还没听说过。那么这六十七箱化石，主要都是哪些动物的呢？

贾兰坡：这六十七箱动物化石包括：“北京人”遗址的肿骨鹿、斑鹿、犀牛及其他动物；第 9 地点和 13 地点的鹿类、水牛、犀牛及介壳化石；第 14 地点的鱼化石；湖北宜昌新恐角兽头骨的左半部，“北京人”遗址的裴氏转角羚羊颈骨；周口店第 3 地点的介壳；安阳绿龟；山东山旺古犀的前后肢骨及植物化石；山顶洞赤鹿角；山西武乡的中国肯氏兽；山顶洞的熊、虎、猩、兔、狼、狐等化石。这些化石都是我国科学工作者多年工作的辛勤成果，由于没能及时运往安全地点，全都遭到了日本侵略者的破坏。

李鸣生：贾老，据我了解，您曾经干了一件功德无量的大事情。

贾兰坡：什么大事情？我可没干什么大事情。

李鸣生：就是在日本人的枪口下，您居然从协和医院把“北京人”的遗址图“偷”出来了。您谈谈当时具体的过程好吗？

贾兰坡：哦，有这事儿。当时日本人占领协和医学院后，对外出的人员查得特别严，绝对不许往外携带任何东西。我就想，“北京人”遗址和 15 地点发掘时绘制的平面图和剖面图，也可能被敌人毁坏。平面图和剖面图上记有每件标本的出土位置，一旦图纸毁坏和遗失，发掘的标本就无从查对了。所以每天我就用很薄的半透明的棉纸，将1∶50的原图描摹下来，然后攥起来揣在兜里，像手纸一样，偷偷带回家。之后，再按比例缩成 1∶100 的图。

李鸣生：您不是一次性的，是每天悄悄带回一些对吧？

贾兰坡：对，一次性容易发现，我就一天带一点。那段时间我天天都这样做。有时我还把周口店发掘的照片底片，也夹在书里偷偷带出来。

李鸣生：门口不是有日本兵站岗吗，你不怕被查出来？

贾兰坡：事先我观察了一段时间，发现日本兵对其他东西的检查很严格，但对书的检查并不严格。所以我也就下决心干了，每天“偷”一点，每天“偷”一点，最后还真“偷”出了不少资料。事后，裴文中对我的做法很赞同，认为我为将来的研究做了一件大好事。

李鸣生：抗日战争结束后，中国方面寻找过“北京人”头盖骨吗？

贾兰坡：日本投降后，中华民国驻日本代表团日本赔偿及归还物资委员会，曾到日本各地搜寻过“北京人”化石，但后来还是没有找到。

李鸣生：有没有发现一些线索什么的？

贾兰坡：当时战争刚刚结束，各个方面都很混乱，真正有价值的线索也没有找到，但还是找回了十多件周口店的东西。

李鸣生：这十多件东西具体都是些什么，能说说吗？

贾兰坡：有周口店第1地点剖面图一卷、周口店发掘简报及账目清单二束、报告文稿一束、周口店发掘的鹿角一件，以及周口店发掘记录七卷等，一共有十多件吧。

李鸣生：贾老，您认为日本的那场侵华战争，对中国的考古学和古人类学工作造成的损害是什么？

贾兰坡：在日本侵华期间，中国考古这门学科，其实才刚刚兴起。但由于我们在周口店发现了“北京人”头盖骨，不仅引起了世界的轰动，也很快引起了世界的关注，这对中国的考古工作本来是件非常有利的事情。可没想到，日本突然发动了侵华战争，使中国刚刚兴起的考古这门学科，遭受到了极大的打击！比如说，当时新生代研究室的名誉主任魏敦瑞，本来是专门到中国研究“北京人”化石的，战争的脚步逼近后，只好去了美国；珍珠港事变后，美日宣战，日本人占领了协和医学院，辉煌了十年之久的新生代研究室再也无法继续工作了，所以1942年初只好被迫解散。这给中国的考古学和古人类学的研究工作造成了巨大损失，而且这个损失是无法弥补的。

六、 关于徐特立与胡适

李鸣生：贾老，您给我谈谈1949年后周口店的一些情况好吗？

贾兰坡：1949年1月北平解放。北平刚解放不久，人民政府向各个机关都派驻了联络员。地质调查所北平分所，也来了个联络员，这个人叫赵心斋。有一天，陈列馆看门的老张头找到我，说有人要参观陈列馆，叫我去接待一下。当时的陈列馆在北京丰盛胡同三号，前门关闭，只开后门，斜对着兵马司九号分所的大门。这个陈列馆平时不开放，只供学校地质部门的学生和研究人员学习。看门的老头，还是过去的老张头。

李鸣生：来的是个什么人呢？

贾兰坡：我也不知道，老张头只告诉我说，来参观陈列馆的是个老人。我过去的时候，老人正在门口等候。只见老人身穿蓝布制服，非常和善的样子。我们见面后握了个手，彼此客气了一番，然后我就陪他边走边看。他问了很多问题，我都一一仔细地作了回答。当他看到周口店山顶洞发现的许多副脊椎动物的骨架后，对我说：“周口店你们还应当发掘啊！”我说：“新中国刚成立，国家正处在百废待兴的时刻，恐怕顾不上这项工作了。”他说：“这也是我们应该做的事嘛。他们有人不懂，可以跟他们说清楚发掘的必要性，一次不行再说；再说不行，还可以向上边反映嘛!”临走的时候，这个老人在签名簿上签了名。

李鸣生：谁?

贾兰坡：不知道。当时我没顾得上看。等我回到所里后，去找所里负责人赵心斋，说：“这老头来头可不小啊!”我把老人说的话向他学了一遍。赵心斋听后，叫我把签名簿拿来给他看。他一看，“哎呀”了一声，说：“这是共产党的四老之一——徐特立呀!”我心想，怪不得这老头儿说话那么硬气哟!

李鸣生：后来上面对周口店重视了吗?

贾兰坡：大概一个星期后，赵心斋叫我做个详细的周口店发掘计划。我心想，现在刚解放，各个方面都需要钱，就做个小打小闹的计划吧，这样既有点工作干，又能为国家省点钱。没想到计划修改了好几次都没能通过。

李鸣生：为什么呢?

贾兰坡：我计划的钱太少了呗。后来还是赵心斋亲自动手，把经费的数字，增加了很多，周口店的发掘计划最后才通过了。

李鸣生：过去是钱报少了通不过，现在是钱报多了通不过。有意思。

贾兰坡：我记得当时的薪金是用小米计算的，我每月大概是九百斤小米，当然也有超过千斤小米和更高的。虽然这也不如旧社会薪金高，但旧社会物价飞涨，有时一天三变，尽管薪水多，也赶不上物价的上涨。

李鸣生：后来周口店的发掘计划批下来了吗?

贾兰坡：批下来了。计划批下来，就由我当队长，刘宪亭任会计，组成了一个发掘队。但等我们到了周口店一看，发掘现场面目全非。

李鸣生：具体怎么面目全非?

贾兰坡：原来的房子被日本鬼子拆毁后，改修成了工事，满地杂草丛生，遍山荒芜不堪。我马上就想起了被日寇杀害的赵万华、董仲元和肖元昌。我真希望在房山县西门外立一座石碑，刻上被日本鬼子杀害的死难者的名字，以示对他们的永久怀念，教育子孙后代不能忘却这段历史。

李鸣生：房子没了，你们怎么住呢？

贾兰坡：没地方住了，我们只好暂时住在琉璃河水泥厂采石场的宿舍里。然后，第一件事，就是去找过去在周口店挖掘的技工。我们最先找到的是乔瑞，我们与他协商了发掘和报酬的事。他说他在灰窑做工每天是五斤棒子，就是我们通常说的玉米。我说，给你五斤小米，怎么样？他同意了。因为五斤小米的工钱，要比灰窑给的五斤棒子的工钱高。两天之后，他就找来了一批工人，随后发掘工作就正式开始了。

李鸣生：刚开始的发掘工作，都干些什么呢？

贾兰坡：我们先要把 1937 年回填的土，重新挖掘出来。在挖土的过程中，我们在"北京人"化石出土地点的表面上发现了五枚人牙。但我们看得出来，这些牙齿并非出于原地层，而是出自上部第 4 层，是坍塌下来的产物。但不管怎样，这是新中国成立后的第一次发现，我们感觉还是个好兆头。

李鸣生：当时发掘条件怎样？

贾兰坡：不咋样。没有办公地点，也没有宿舍，工作起来非常困难。

李鸣生：那怎么办？

贾兰坡：我就回到北京，找上级部门商量建宿舍的事。但得到的回答是，野外队不能建房，只能用帐篷或活动木板房。我当时有点意见，认为这对我们不合适，因为我们是固定在周口店搞发掘工作的。

到了1950年下半年，我们才买了些旧房料，自己动手盖了三间小房。盖房时连裴文中都爬上了屋顶钉椽子。门窗是请木匠做的。山上有的是石料，马马虎虎就把房子盖起来了。因为我们都是外行，等房子盖好后，才发现椽子距离大小不等。大家看了后，个个都笑得不得了。这个房子就成了我们的宿舍，也是我们的办公室，还接待过不少来参观的客人。中间房屋的两侧都搭了一块木板，作为陈列之用。在这样的条件下，我们住了两年。后来杨钟健所长陪同竺可桢副院长到周口店参观，他们见条件太简陋，才由科学院出经费在日寇拆毁的旧址上，重新盖起了一座新式房屋，面积有二百九十五平方米。为什么要建二百九十五平方米呢？因为按当时的规定，建超过三百平方米的建筑要由主管房屋的部门审批，不足这个数的科学院可以自己做主。有了新的陈列室和办公室、住所，周口店的工作条件有了很大改善。后来，很多国家领导人都来参观过周口店。

李鸣生：都有谁去过？

贾兰坡：裴文中曾接待过刘少奇同志；我接待过邓小平同志和彭真同志及他的夫人，还有叶剑英同志。

李鸣生：邓小平也去过周口店？

贾兰坡：是啊，邓小平同志在参观中，还详细地向我询问有关人类的起源问题和今后如何开展工作等问题。我如实作了汇报。他听得非常认真，没听清楚的，还要重新问。

在我陪彭真市长及夫人参观期间，有人在周口店村东边太平山脚下发现了个山洞。洞内有各式各样的钟乳石，像石柱、石笋、石幔等等，景观非常美丽。彭真当即建议，这么美的洞穴不要为取点石头毁掉，应当加以保护，成为旅游景点。可惜的是“文化大革命”期间，这个洞因采石灰岩被毁掉了。

但最常到周口店去的，还是我们的老院长郭沫若。

李鸣生：郭沫若还经常去？

贾兰坡：对，郭老经常去。他对我们的工作非常感兴趣。他这人很随和，有时还亲自动手挖掘呢。我记得是 1958 年，杨钟健所长陪同郭老突然来到周口店。当时我正在周口店养病，我的老伴夏景修也来到周口店照顾我。郭老可称得上是个才子，他给学生讲话，没有准备，不用讲稿，讲起来滔滔不绝，头头是道，同学们也听得津津有味。可他一讲，就到了下午 1 点多了。这个时候有人就悄悄把我拉到屋外，说："郭老讲得太久了，恐怕要在这里吃饭了，赶紧叫嫂夫人快准备准备吧。"我赶紧通知我老伴做饭做菜，这下可把我老伴急坏了。郭老是院长，又是副委员长，要是从外边买回现成的，怕不干净吃出毛病；自己做吧，又没什么菜。没辙了，后来只好一点蔬菜，再加点熟肉丝，一共炒了四盘菜，酒家里有；主食是面条，连个卤也没有，就用酱油和醋拌面。

李鸣生：郭老后来留下来吃你们的饭了吗？

贾兰坡：吃了，而且没想到郭老还吃得很香。其实啊，我看得出，郭老不是个在乎吃喝的人。

李鸣生：贾老，我听说您和胡适先生也有过接触？

贾兰坡：是的，我和他是有过接触。

李鸣生：胡适先生是我非常敬重的一位大学者，您给我聊聊好吗？我听听看有什么好细节。

贾兰坡：当时的背景是这样的。日本投降后，新生代研究室又恢复起来了。新生代研究室恢复不久，裴文中就想与外单位合作，搞一些项目什么的。最开始与裴先生接触的，就是北京大学的校长胡适先生，他经常找裴文中谈合作的事。

李鸣生：胡适先生找裴文中的时候，您在场吗？

贾兰坡：我和裴先生同在一个办公室。有时裴先生不在，胡适来了，就跟我谈合作的事儿。但我做不了主，也拿不定主意。有一次中央地质调查所北平分所的所长高平找我谈话，提起这些事，我跟他谈了我的看法。我觉得既然我们现在没事可做，如果他们能给经费，至少可以再发掘周口店，合作的事不妨试试，翁所长不是也跟美国人合作过吗？高平听了后，很不高兴，面带怒容，说："你既然是地质调查所的人，就在这里好好工作吧。根据以前的安排，你还是主管你的陈列馆和标本吧！"

李鸣生：意思是让您别插手？

贾兰坡：对。后来杨钟健回到北平，我把合作的事也跟他说了，他也不同意，还很生气，不住地拍桌子。

李鸣生：结果呢？

贾兰坡：这个时候，胡适已经为我们找到了房子，就在宣武门国会街，就是军阀时期召开国会的地方。既然胡适先生的工作都做到这一步了，我得去看看房子呀！可杨钟健所长不太想去看房子，后来经我一阵劝说，才勉强去了。

李鸣生：房子怎么样？

贾兰坡：我们到了那里，有人领着我们转了一圈。院子很大，紧靠东墙处有两层高的楼，是准备给我们用的。当然，我也借机参观了过去召开国会的地方，那个大厅是圆形的，主席台在正中央，四周的座位从主席台周围的第一排起，往后一排比一排高。座前的小桌子上还有个墨盒，用手去拿，拿不动。仔细一看，墨盒都用钉子钉死了，大概是怕开会时，不同派别争吵起来，用墨盒砸人吧。

李鸣生：后来与胡适先生合作成了吗？

贾兰坡：唉，与北大合作的事，由于杨钟健极力反对，最后只好作罢。但裴文中先生对合作之事仍不死心，后来他又和燕京大学校长司徒雷登有了接触。司徒雷登打算先把燕京大学校园内东北角的一处四合院交给新生代研究室用，成立个史前博物馆。

裴文中与我商量后，又与高平商量，并给南京的杨钟健去了信。结果他们都同意了，我当然更没什么可说的了。不过在往新地点拿标本时，我只拿去了一点动物骨骼，还有我正在研究的、在河南安阳附近殷代墓地中发现的马的骨骼。至于“北京人”的模型、石器、骨器等我都没敢动，倒是裴先生把他从法国带回来的东西运过去不少。新中国成立后，燕京大学取消，北京大学搬入燕京大学，这些标本就都属于北京大学了，现在它们还存放在北京大学考古系。

李鸣生：除了胡适先生，您还接触过哪些大人物？

贾兰坡：在与燕京大学的合作期间，我和裴文中走访了不少著名的前辈学者，比如李汝祺、吴文藻和女作家谢冰心等。还有日本人类学家、考古学家鸟居龙藏，他当时是燕京大学的教授。特别是吴文藻先生，我与他以前就很熟，他经常带学生到周口店参观。其实，从1935年起，我就接待过很多燕京大学的老科学家。我从他们的身上学到了很多宝贵的治学经验和品德。

七、关于“恩人”

李鸣生：贾老，我想问您一个问题，您一生中最佩服的是什么样的人？

贾兰坡：我最佩服的是那些不畏艰辛、勇于工作的人。比如，我经常提到的杨钟健先生，就是这样的人。

李鸣生：您具体谈谈好吗？

贾兰坡：我和杨钟健先生一起跑野外调查的时候，每当他爬坡爬不动了，就一边吃力地爬着，一边口中念念有词：“不长他人志气，灭自己威风。”念着念着，他就硬是坚持爬上去了。他在七十九岁的时候，还以“八十不老”勉励自己，写下了“年近八十心尚丹，欲和同辈共登攀”的豪迈诗句。所以我常常想，我们无论做什么事，都应以“勤”字当头，才有成功的希望。我还从未见过贪懒、好玩，一心想投机取巧的人大事有成的。

李鸣生：您衡量一个人的标准是什么？

贾兰坡：人有生，就有死。生命有长，也有短。有人死后让人感到悲痛和怀念，也有人死后受到唾弃和谩骂。为什么呢？如果我们用一把尺子来衡量，那就是在他活着的时候，是与人为善，还是与人为恶；在工作上是勤勤恳恳有所成就，还是碌碌无为虚度年华。

李鸣生：您在从事周口店“北京人”的发掘和研究中，接触了不少外国的和中国的科学家，哪几位给您留下的印象最深？或者说对您的帮助最大？

贾兰坡：1934 年 3 月 15 日逝世于北平的步达生先生，就使我和许多人都感到悲痛而怀念。他死在自己的办公室里。步达生是加拿大多伦多人，他 1919 年来华，先后任北京协和医学院解剖科主任、神经学和胚胎学教授。1926 年周口店发现了人类牙齿之后，他力排众议，不但承认人是从猿进化而来的，还给“中国猿人”定了拉丁语学名。到 1935 年德国犹太人魏敦瑞来华接替了他的工作后，其学名才改为“北京人”。

李鸣生：步达生当时多大年纪了？

贾兰坡：步达生是 1884 年生人，他的年纪比我大二十四岁，来中国的时候是三十四五岁。按中国人的习惯，他应该算是我的父辈。他身材瘦小又有点驼背，但总是笑容可掬，待人非常随和。他总是教导我们这些青年人要好好干，所以大家都喜欢和他接触。

在中国地质调查所新生代研究室成立的过程中，步达生做了大量的工作。他先与美国洛克菲勒财团联系资助，后又与地质调查所协商成立新生代研究室的各项事宜。新生代研究室成立后，他担任名誉主任。

步达生本人是个医生，患有先天性心脏病，他深知应该多休息，别人也经常这样劝他。可他把研究工作看得很重，很少有休息的时候。为了早日完成工作，他常常熬夜甚至通宵工作。他去世之前的那天下午，杨钟健在下班前，还到过他的办公室，与他谈论工作。杨钟健走后，有人去找他，敲他的门，但里面没人答应。最后到处找不到他，有人才把他的办公室的门撞开，发现他趴在办公桌上，手里捧着“北京人”的头骨，已经过世了。

对步达生的死，大家极为悲痛，我也深受震动。他那样勤勤恳恳地工作，我比他年岁小那么多，在工作上和学习上怎么能偷懒呢！所以从此我下定决心，一定要把知识学到手，努力工作，做出成绩来。

还有一位美国的古生物学家，叫葛利普，他也是给予了我很大帮助的人。

李鸣生：葛利普先生好像也是在中国去世的，对吧？

贾兰坡：是的。葛利普先生于 1946 年 3 月 20 日下午因胃出血，病故在北平西四丰盛胡同三号寓所。葛利普先生是 1920 年应聘来华的。他到中国后，担任中央地质调查所古生物研究室主任兼北京大学地质系教授。他在中国二十五年时间里，为我国培养了大批地质学和古生物学人才。现今的中国科学院地学部的很多院士都是他的学生或听过他讲课。他和丁文江先生都是我国古生物学的奠基人，没有他们领头在中国建立这门学科，中国这学科的发展还不知要推迟多少年。

葛利普虽然是个美国人，但他热爱事业，热爱中国。他希望通过自己的努力，培养更多的人才，把中国的古生物学科建立和发展起来。当日伪政权接收地质调查所北平分所时，他举着美国国旗坐在门口不准接收的人进去。后来他索性躺在那里，就是不起来。他还说，他要给美国总统罗斯福写信，如果美国再不出兵打日本，他就和罗斯福绝交！

李鸣生：绝交？他一个考古的科学家，和罗斯福总统绝什么交？

贾兰坡：罗斯福总统是他的同学。

李鸣生：哦，难怪这老头这么牛。

贾兰坡：后来北京大学南迁后，葛利普的薪金也没了来源，暂由新生代研究室每月支付二百元作生活费。这笔钱有时由裴文中，有时由我按时给他送去。大概他教书有瘾，每个星期六还为我们讲古生物学，学生却只有三个人：裴文中、王庆昌，还有我。我所知道的一点点古无脊椎动物的知识，就是从他那里学到的。葛利普患有“干疮腿”，现在看来就是脉管炎，从膝盖以下，脚掌以上遍是疮口。每日早晨，他的女秘书用消毒水为他洗疮口，然后涂上药膏，再用纱布缠好，他才能拄着双拐走路。后来他被日本人囚禁在丰盛胡同三号，我们无法入内才断了联系。听说在囚禁期间，他还用废旧稿纸的反面，写成了一部书稿，这本书稿后来被他的女秘书带到了美国，卖给了胡适先生，胡适拿到台湾出版了。

葛利普入殓时，我去了。我记得当时在场的还有裴文中、高振西、田本裕，另外还有一位我记不起名字来了。我们把他那赤条条的身子用白绫子盖上。他被折磨得只剩下一把骨头了，我们落了泪。我们五个人把他装进一个里面也铺着白绫子的西式棺材里，送到东郊火葬场火化。三天后，他的女秘书从铁盘子上掬出骨灰，装入一个褐色的坛子里，送到了沙滩地质馆，埋葬在院子中央，并在墓地周围种上了松树。后来，他的骨灰移葬于北京大学校园内。

我永远不能忘记的，还有另外两位前辈。

李鸣生：也是外国科学家吗？

贾兰坡：不，是中国的。一个是裴文中，一个是杨钟健。他们对我的培养和帮助非常大，是我工作上、学习上不断进步的重要因素。

裴文中先生是河北人，1927 年毕业于北京大学地质系，毕业后就进入地质调查所工作。从 1927 年起，他就参加了由李捷和步林共同开展的周口店大规模发掘工作。1929 年后，他开始负责周口店的发掘工作。

裴文中为周口店的发掘付出了很大的心血，立下了汗马功劳。在周口店期间，他从早到晚不停地工作，既无星期天也无休息日。他和工人一样，日出而作，日没而息，每天过着的就像原始生活一样。他对工作特别是在管理方面，抓得很严。不管有几个发掘地点，他都是东奔西走到处查看，唯恐失漏和挖坏了标本。他严格地执行着填写“日报”和“月报”制度，还经常改革一些运送渣土的方法，以减轻工人的劳动强度。

裴文中没什么嗜好，很少进戏园子和电影院。当时收音机很盛行，但周口店工作站没有。他平时好说笑，话语中经常带点苛刻和调皮，逗人发笑。我参加了周口店的发掘工作之后，登记标本、填写日报月报等杂七杂八的工作就交给了我，以前这些事都是由他一人承担的。

1929 年 12 月 2 日下午 4 点，他发现并亲手挖掘出了第一个“北京人”头盖骨。他就像发现了宝贝一样。那天已经日落，洞里很黑，他点着蜡烛，还是把它取出来了。然后他脱了上衣，裹着它，小心地抱着，慢慢走回了办公室。从此他就成了国内外的知名人士。

李鸣生：成名后的裴文中与过去相比，有什么变化吗？

贾兰坡：没有。他成名后，在工作中仍然一丝不苟，从不拿“大”。他是学地质的，对古人类学和古生物学也是边干边学。从 1932 年起，他对周口店的食肉类化石发生了兴趣，经常一边翻阅文献一边拿着现在的兽类骨骼作对比，有时到深夜还在研究。功夫不负有心人，不到两年，他就完成了《周口店猿人产地之食肉类化石》的巨著。裴文中的一个特点，就是在工作中有“三勤”。

李鸣生：哪“三勤”？

贾兰坡：口勤、手勤、腿勤。每当野外调查，他知道了化石的出处后，不管路多难走，他都要亲自跑去查看；遇见化石必亲自动手挖掘。他从不把别人发现的材料作为自己的研究资料。他最大的优点是对人和蔼，从不拿架子，吃苦耐劳，乐于助人。我在与他一起工作的期间里，从他的言传身教中，学到了很多宝贵的东西。

还有一位就是杨钟健先生。

李鸣生：杨钟健先生是哪里人？

贾兰坡：陕西华县人。他是 1897 年 6 月 1 日出生的，大我十一岁。杨钟健先生是北京大学地质系的毕业生。他为人厚道，善于育人，一生培养了很多人才。他尊老爱幼的精神，人人称道。但杨钟健是个急脾气，工作不顺心时就发火。事后他感到自己做得不对，又会亲自向你赔礼道歉，从不计较。

有一次，他看到了我请别人为我刻的一枚藏书章，因为上面只刻了“贾兰坡藏”四个字，没有书字，他就问我，这章是藏什么用的。我心想，这不是明知故问吗？除了藏书还能干什么。于是我没好气地说：“藏什么都可以。”他说：“盖在馒头上呢？”我说：“盖在馒头上藏馒头，盖在窝头上藏窝头。”没想到，他居然呵呵笑个不止。后来我仔细一想，他问得有道理。不久，我又请人重刻了一枚章，改成“贾兰坡藏书”。

杨钟健对标本的陈列很重视。抗日战争爆发后，中国地质调查所南迁，地质调查所陈列馆的许多标本也运往南京。当时杨钟健任北平分所所长，他嘱咐我重建陈列馆。我把山顶洞发掘出来的完整的动物化石，组装成骨架，按当时的生活环境和方式，在丰盛胡同三号南大厅开辟了一块山顶洞时期动物生活的小园地。杨钟健非常感兴趣，常常来指导工作，这些材料现在还保存在中国地质矿产部地质博物馆内。

新中国成立后，杨钟健除了担任中国科学院编译局局长外，还任中国科学院直属的古脊椎动物研究室主任。我除担任研究工作外，还兼室秘书并负责周口店和研究室的标本管理工作。有一天，某大学来函索要周口店“北京人”产地发现的动物烧骨，我就到丰盛胡同3号后楼的标本柜里寻找。突然，我发现了一块外表像人类胫的化石，长度比中指长。之后，又找到了一块被烧过的人的肋骨。我马上给杨钟健通了电话。他听说后要我马上带着标本去见他。

杨钟健仔细地看了标本，第二天又来到兵马司再仔细查看。他问我：“你是怎么区分出它是人的呢?”我说：“再小也能区分得出来。骨头只要带着外皮，有蚕豆大小就能分辨。”他兴致勃勃地说：“那我得考考你的眼力。”说着叫人把几块人的肢骨和动物的肢骨背着我用纸盖住，纸上只撕了一个手指盖大的孔，让骨面露出来，然后叫我辨认。

李鸣生：您辨认出来了吗?

贾兰坡：我看了一会儿，就把是人的指了出来，一点没错。杨钟健非常高兴，说：“真有你的。”过后，杨钟健先生一再叮嘱我，要我把辨别的方法写出来发表。在他的鼓励下我写了一篇《如何由碎骨片中辨认出人骨》的短文，发表在1953年2月号的《科学通报》上。

总的来说，我通过自己的努力，取得了一点成绩，受到了前辈们的支持和鼓励。反过来，这些成绩也增加了我继续发奋的信心。所以说，没有自己的努力，没有老一代科学家的支持和帮助，一个人的成功是不可能的。

现在我家的客厅里，还挂着这些老一辈科学家的照片，他们都是我的恩人，我永远都会记住他们。虽然他们大多数都去世了，但自己在工作上遇到困难的时候，看一看这些前辈们的照片，就能从中能得到很大的鼓舞。

八、关于“文革”迫害

李鸣生：贾老，十年“文化大革命”，堪称是一场全民族的浩劫。不少科学家在这场浩劫中在劫难逃，身心受到极大的摧残，甚至有的还被迫害致死，丢了老命！不知您在“文化大革命”中情况怎样，是倒霉还是走运？

贾兰坡：我先跟你谈点“文化大革命”前的情况吧。

李鸣生：您随意。

贾兰坡：“文化大革命”之前，我参加了“农村社会主义教育运动”，也就是所谓的“四清”运动。

李鸣生：“四清”指的是哪“四清”？

贾兰坡：指在公社和生产队清理账目、清理仓库、清理财物、清理工分。当时说的是，叫我们到农村去“下马观花”，时间将近一年。

我们“四清”的地点，在河南禹县鸡鹅大队，也就是鸡鹅村。村子不大，当时不足百户，村内只有前后两条街，我就住在前街东头一户姓李的人家里。那年我大约五十七岁，村里人都叫我老贾或贾老头。我与李家老小及村里的人相处得很好，彼此很和睦。那时日子过得很苦，粮食很少，日常口粮以红薯为主。最好的饭是用红薯干压成面粉，做成面条，蒸熟后，用捣烂的蒜加上盐和辣椒，拌着吃。群众的口粮多是红薯，我也要跟群众一样。我的房东李大嫂经常给我烤红薯吃，最初我还觉得香甜可口，吃多了就酸心，有时胃里经常冒酸水。好在还有点白面，时不时李大嫂就蒸个馒头给我吃。肉是吃不到的，有时还真想吃点肉，想到肉的香味，不免还流口水。

“四清”弄得当地干部鸡飞狗跳的。我待的那个鸡鹅大队的队长，几乎跳了井。我在禹县参加“四清”也没有真正搞过几次“阶级斗争”。他们叫我和老头、老太太在一起下地干活，也就是那么回事。下地出工尽在土台上歇着，一聊就是大半天。有人还说：“咱这些老头、老太太干不了什么活，就让咱们喝稀的，干的给他们能干活的吃吧。”

这是个穷村，县里虽有拖拉机，但村里没有钱租用，只得用犁耕地。六七个人拉一张犁，其中还有妇女。当时那种贫困落后的景象，直到现在还历历在目。不抓生产，只抓“阶级斗争”，会越抓越穷，越抓越没饭吃。

我们返回北京时，老乡们拉着我们的手，送了我们很远很远的路。我记得，回到北京没多久，“文化大革命”就开始了，我们研究所的墙上到处都贴满了大字报。

对于这场“史无前例的大革命”，因为它包括的方方面面非常广泛，直到现在，有许多事情我都毫无所知，如同坠入云雾之中，无从谈起。

李鸣生：那就结合着您自己的经历谈谈吧。

贾兰坡：我先谈谈我们研究所，再谈一下我自己当时的遭遇。

起先，大字报还是对外的，接着就开始对内了。造反派先批研究所研究的目的不明确，后来批判杨钟健的大字报渐渐多了起来，说他这也不对，那也不对，把杨钟健说得一无是处。其实，研究所研究的目的，所名就写得很清楚——古脊椎动物与古人类研究所。这不就是我们研究的目的吗？

后来“闹革命”的声势越来越大。但越批我们这个研究所，我就越感到不服。克制不住自己，我就写了一张大字报贴了出去。这一下引火烧身了。我立刻遭到了造反派们的批判，被勒令写检查。当时我们还没住进“牛棚”，“牛棚”就是关“牛鬼蛇神”的地方，白天在办公室里读毛主席著作、写检查，晚上还可以回家住。开始我的办公室里就我一个人，后来又增加了一个老干部，他也来写检查。规定我们只许看和毛主席著作有关的书，不许看其他业务书。

我总想不通，我们以前拼命地工作到底错在哪里呢？越想越感到愤愤不平，我就写了一篇《谈谈我们过去的成绩和错误》的文章。这篇文章是我结合学习毛主席著作的思想总结。文章用四百字的稿纸书写，共六十一页，并用复写纸复写，完成于1967年2月的一个晚上。没想到革命小将一看到我提到“成绩”二字，就火了，拿去一份作了展览。另外一份我还保留至今。也就在这一年，我的办公室被翻了个够，查看有没有反动的东西，但没查到什么。

李鸣生：其他考古学家也受到影响了吗？

贾兰坡：裴文中先生也惹了大祸。他没事找事，写了一首“打油诗”，我现在只记得其中两句：“诗人丈二长，放屁在高墙。”革命小将看到了，认为是对革命群众和对大字报这种革命形式的污辱，所以就来了个夜审裴文中。据说叫他站在小板凳上，造反派不时地用木棍敲他的脚。他稍一动，就用木棍敲他一下。他坚持不了就说：我都站不住了，还怎么交代呢？这些是我听别人讲的，并非是我亲眼所见。

李鸣生：除了裴文中，还有谁？

贾兰坡：还有所长杨钟健、周明镇、吴汝康，后来党委书记严天民和副所长吴依以及管人事的郭守道等人，也加入到我们的行列中来了。我们除了学习毛主席著作和写检查外，没事就在研究所东边的一块空地上种萝卜、砸煤块，或打扫楼道。反正一些较重的体力活、脏活，都有我们的一份。

李鸣生：您当时的生活状况怎么样？

贾兰坡：我在当时是四级研究员，工资是二百零七元。自从被审查后，每月只发给我和妻子每人十五元的生活费。我的长子跟我住在一起，他由于动过左肾切除手术，在家休养。他比我强，在我的工资中每月按十八元供给他，我们三口人每月四十八元生活费，生活实在很困难。

李鸣生：一家人才四十多块钱，日子怎么过呢？

贾兰坡：没办法，我的长子就去卖书。

李鸣生：卖书?!

贾兰坡：对。一部价值一二十元的外文书，拿到废品收购站去卖，把硬皮去掉了，才卖九分钱一市斤。我家前后卖了两大三轮平板车的书!

李鸣生：你们几位后来被关进“牛棚”了吗？

贾兰坡：关了。我记得我们几个是在1968年被关进“牛棚”的。杨钟健、裴文中、吴汝康和我关在一间房子里。我们垫上稻草垫，铺上自己从家拿来的被褥，席地而卧，但有说有笑。杨钟健还风趣地说：“过去人们认为能同乘一条船都是有缘的，我们能同住一个地铺，缘分岂不更大!”但他有前列腺肥大的毛病，小便经常失禁。没多久，他的夫人就把他接回家里去住了。他家住在地安门，我们研究所在德胜门外祁家豁子，每天他夫人送他从家乘五路公共汽车到德胜门，然后看他上了去祁家豁子的四十四路汽车，自己再返回。天天如此。可就是这样一种情况下，杨钟健也一点不浪费宝贵的时间，一有空闲他就写学术文章。有一次，“造反派”看到了，就问他：“你到现在还写这个!”他回答得很妙：“你们斗我是‘抓革命’，我在这里写文章是‘促生产’。”

我在“三反”“四清”和“文化大革命”期间损失的时间，掐头去尾大概有三年。但是一有空闲，我就在屋子里偷看业务书并记笔记或写文章。审查时英文书更是不许看。我的办法是把书放在抽屉里，抽屉开个缝，桌面上放一张报纸。一有人来，我用肚子一腆，就把抽屉关上了，假装在看报。

其实看管我们的人即使看见了，也只是睁一只眼闭一只眼，假装没看见。把我们圈进“牛棚”期间，看守我们的人，还替我们买卷烟纸呢。那时我是吸烟斗的，烟丝是绝对买不起了，只好改抽旱烟，用卷烟纸卷大炮。裴文中先生的烟瘾大，有时一气卷一大把，然后再慢慢地抽。

但就是在这种环境下，我还是有一百五十多篇大小文章入账。例如，1967 年 5 月 20 日完成的《新生代研究室何去何从》，1967 年 4 月 15 日完成的《谈谈古人类研究室的过去和将来》等等。光是 1969 年 11 月到 1970 年 10 月近一年，我就写了三十五篇文章。此外还写了不少的通俗作品，如《狗的来历》《家牛的起源》《家马的起源》《猪是从什么时候开始饲养的》《农业的起源》《有关人类起源的一些问题》等等。

李鸣生：您是什么时候从“牛棚”里放出来的?

贾兰坡：大概是 1969 年底。“文化大革命”扣到我头上许多帽子，后来都查无实据，也就不了了之了。真可谓是糊里糊涂进去，又糊里糊涂地出来。

李鸣生：放出来之后，您就自由了吗?

贾兰坡：刚放出来的时候，还没有自由。我能自由地写作和外出调查，大概是从 1971 年的夏天才开始的。那年夏天，我和盖培先生、尤玉柱先生等前去山西调查，从原生层中找到了一些石器和一些有人工打制痕迹的骨器，然后在《考古学报》1972 年第一期上发表了一篇题为《山西峙峪旧石器时代遗址发掘报告》。

李鸣生：您在“文化大革命”被整了好几年，从“牛棚”出来后，有没有点消沉的情绪?

贾兰坡：“文化大革命”之后，有些人是消沉了，但我没有。由于我失去了很多宝贵的时间，失掉了很多工作的机会和研究成果，所以我要加倍地工作，把损失弥补回来。从“牛棚”出来后，我改变了自己的生活习惯，就是没有星期天和节假日。除了开会以外，有人来访问我，就是我的休息。直到今天，我也是这样。我感觉我生活得很充实。

李鸣生：“文化大革命”对周口店影响大吗？

贾兰坡：影响很大。周口店的照片都没剩几张了，都是“文化大革命”给毁的。那时候我们都是“反革命”，挨批斗，被抄家。其实，当年我们真的是欢迎共产党到来的，谁知道闹了这么一场，资料、照片撕掉了很多、很多。

李鸣生：就没保留一些吗？

贾兰坡：保留什么？都撕掉了，只剩下一两张。我这墙上的一两张照片，还是藏在别的镜框的后面，有幸保留下来的。

不过，信件我倒是保留了的。从1935年我开始负责周口店起，我就开始注意保留信件。重要的信件上缴，不重要的信件我都自己保留起来，连一张纸我都不扔。所以我写东西能有日期。

昨天我听广播，因为我眼睛不太好，不能看电视只能听广播。听到现在十三四岁的青少年犯罪比以前多很多，大概百分之四十多。这很可怕。我们这一代人就这样了，坏不到哪去，也好不到哪去。可是这一代人是我们的未来，我们的希望。这一代人应该比我们好。我这个人是这样的，该说的话我得说，特别是学术上的事情。可是现在有好些个事情得政府插手。我们现在好些事好像越来越复杂了。这不行。净找便宜，没法成功。好人易做，坏人难当。过去是玩命，现在是光“玩”，没“命”了。改革一开放，都想多挣点钱，这方面宣传得太厉害了。科学院也一样。

九、 关于人类的起源

李鸣生：贾老，周口店属于世界宝贵的人类历史文化遗产，但我去周口店后，看到的现实却很让我感到失望，有一种悲凉的感觉。我想您也肯定会有同感。您认为周口店得不到重视，主要的原因是什么？是认识问题，观念问题，钱的问题，体制问题，还是就是属于一种愚昧无知？

贾兰坡：这个问题说来话长，原因是多方面的。我的意思，既然如此，周口店现在就不要挖掘，先保护起来再说。

李鸣生：为什么呢？

贾兰坡：因为现在挖掘的话，研究的还是那一套东西，研究方法还是那套方法，所以就不如干脆给后代留着，将来让他们去研究。将来各方面条件都比现在要好，水平也比现在要高得多，各种研究方法和手段也都出来了。如果我们现在给挖了，对不起后代。记住，科学这东西，是永远没完的。

李鸣生：好像现在又有人主张要挖了？

贾兰坡：我是不主张现在挖掘的。我主张要给后代留着。他们主张他们主张去，我不主张。要挖，挖也挖不出来。现在挖掘呢，跟从前挖掘差别太大！

李鸣生：怎么差别大呢？

贾兰坡：怎么着呢？从前挖掘真是绣花一样，一点都不能丢。后来的挖掘呀，我都不敢负责了，我辞了好多回职了。就跟刨白薯似的，刨到这么大一块，一看没有，就扔了！我说，将来这个挖掘完之后的东西，都可以挖掘出好些个东西来。这东西怎么能这么挖呢？

李鸣生：您的意思是说，挖了之后，从扔掉的东西里面，都可能再挖掘出好多东西来？

贾兰坡：对，就是这个意思。

李鸣生：那么您是不是认为现在的挖掘，在事实上其实是对周口店的一种破坏？

贾兰坡：对，太粗了，是一种破坏。当时就有人说，我们那时的工作叫作返祖哲学，说不应当用返祖哲学。不用返祖哲学，这儿发现一个东西，那儿发现一个东西，您怎么能给它对一块儿呀？这不行。现在甭说一小块一块地去对了，就是大块大块的骨头都没人要。

李鸣生：您是觉得现在的挖掘太偷懒，太偷工减料了？

贾兰坡：是的。太偷工减料，太随便了。我们那时候，真是一点都舍不得扔呀！挖掘时，要求非常细，不能挖碎了，就是一个牙根找不见，也不行！

李鸣生：什么道理呢？

贾兰坡：因为如果牙根找着了，就有可能在附近找着牙关，这样就找齐了。那么乱扔还行啊！所以我主张不要挖了，给后代留着。后代的人做的时候，绝对要比我们强多了。现在呢，我们是……唉！

李鸣生：有关周口店“北京猿人”的事情，我们是不是还应该多做一些科普教育工作？根据您的了解，国外对待这方面的问题，是个什么情况？

贾兰坡：先给你说说台湾的情况吧。在台湾的台中自然博物馆，我看到那里的科普工作做得非常好，声、光、像及电脑等高科技手段都用上了。在一个展示蚊子的展台前，模型蚊子的头放大到直径足有一米，吸血的嘴直撑地板，使人一眼就能看清它的结构和它吸血的过程。在立体剧场里，我们看到了火山爆发的演示，火山爆发巨雷般地震耳骇人；喷出的岩浆火花四溅，岩浆缓慢地顺山谷流下，激起的海水波涛汹涌。这种模拟逼真的景象，使人一目了然。

在“北京人”展厅里，他们还塑造了原大的“北京人”在洞内生活的景象，表现非常生动，根本用不着解释。另外还有肉食恐龙和草食恐龙的对话，不仅活泼有趣，还使人感到确实应保护自然环境，保护好我们的地球。台中自然博物馆，每天，特别是节假日，都吸引着成千上万个孩子和大人去参观。

相比之下，我们内地的博物馆多是在标本前放上一张标签，就像摆地摊一样，死气沉沉，叫人感到非常乏味。这样怎能激发起青少年的兴趣呢？

再跟你说说国外的情况。1995年4月，我应邀到美国华盛顿参加新当选的院士签字仪式，我在旧金山和华盛顿参观了一些博物馆。给我印象最深的是，美国人非常喜爱博物馆。不管是旧金山的亚洲艺术博物馆、自然科学博物馆，还是华盛顿的国家自然历史博物馆、航天博物馆等，参观的人都非常多。特别是星期天，人们很早就排起了长队，等候博物馆开门。学生也很多，一队一队的。

在亚洲艺术博物馆里，有一个很大的房间，中央放着大桌子，我看见很多小学生都围在桌前写着什么，书包放在地上。我问了陪同我参观的一位工作人员，才知道，美国对博物馆这块教育基地非常重视，很多博物馆都有这样的房间供学生使用。小学生参观完后，老师就给他们出题，他们就围在桌前写观后感。有的学生没看清楚，还可以跑去再看，回来再写。我认为这都是值得我们学习和借鉴的地方。

当然，我们也有自己的优势。我国地域辽阔，地层保存完好。越来越多的古人类化石和旧石器遗址相继发现，一个个的缺环已经被找到了。很多国外的科学家都把眼光逐渐地移向中国，他们也都想跑到中国来看看，来寻找人类的祖先。我想，既然这门学科是世界性的，那么它就会受到各国科学家的关注，就能促进我国这门学科的发展。

李鸣生：贾老，关于人类的起源问题，是个很复杂的问题，也是长期以来一个争论不休的问题。这么多年来，您对这个问题主要都做了哪些工作？有过一些什么思考？

贾兰坡：我这个人喜欢遐想，但又不是漫无边际的“瞎想”。比如，在山顶洞、辽宁省海城小孤山遗址发现了骨针后，我由此推断当时应该有“衣服”。

李鸣生：您说的“衣服”是什么意思？

贾兰坡：如果用兽皮，肩冷了披肩，腰冷了围腰，就像我们用毯子裹住自己，那不能叫衣服。我想只有把兽皮用针缝缀起来，不管缝制技术有多粗糙，这样的东西才能叫衣服。当初制作衣服并不是为了美，而是为了御寒。有了御寒的能力，人的活动范围就扩大了，适应和生存的能力也增强了。

在1991年第三期的《大自然探索》上我发表过一篇题为《人在何时登上了美洲大陆?》的文章，文章中我认为细石器起源于我国华北，经宁夏、内蒙古、蒙古国和我国的东北到东西伯利亚，最后通过白令海峡进入到北美。细石器的主人要想追猎大兽，通过白令海峡，必须有两个不能忽视的条件：一得会人工生火；二是必须具有用针缝缀皮衣的本领。

从石器上看，从一百多万年前到一万多年前，有不同的传统，也有继承关系。一代接一代，一茬接一茬，这当中一定有传授的方法。这种传授方法除手把手地教之外，还应有一种解释的能力，使别的能工巧匠懂得自己的意思。这种解释能力就是语言，尽管这语言很简单。俗话说，人有人言，兽有兽语，那么人的语言又是何时才有的呢？

又如，在山顶洞发现了很多的装饰品，这些装饰品都有孔，可见当时穿孔很普遍。这些装饰品除了起装饰作用之外，也可能还有其他用途，如计数或者作为权力、英雄的象征等。不能否认，爱美之心两万年前的人就有了。

干我们考古这行的，特别是史前考古的人，要有丰富的想象力，想象力来源于知识，而知识的来源就是学习，随时随地向别人请教和实践。不瞒你说，1937年初，我和卞美年先生初次去云南的时候，就露过怯。我们到了云南，听说有一种很好吃的“过桥米线”，是云南的特色小吃，我们三人当然想品尝。走进饭馆，点了“过桥米线”，不一会儿，伙计在我们每人面前送上一碗汤，我以为这和吃西餐一样先上汤；就迫不及待地喝了一大口，紧接着又“哇”的一声，赶快吐了出来，这时，我口中已烫起了泡。我看汤并没冒热气，不想这么滚烫滚烫的，当然特色小吃也没吃成。

后来请教一位老人，才知道“过桥米线”的来历。据说，从前有个年轻的读书人，已经娶了妻。为了不受家人的打扰，他每天到庙中苦读。他家和庙之间有条河，河上有座桥。每到中午，妻子都为他送带汤的米线，就是用大米粉做成的面条。可是送到后，汤总是凉了。后来她想了一个主意，在烧好的汤上浇上一层油，不使热气跑出来，让丈夫把米线和肉片涮着吃，这样既热又好吃，这就是“过桥米线”，真是不经一事不长一智。其实，我们考古工作，也有很多相似的事。我们挖掘、研究这些旧石器，主要就是研究古人类和他们遗留下来的文化。通过对旧石器的研究，来探讨人是何时由猿演化而成的，人的起源地到底是哪里，人又是如何一步一步发展成今天这个样子的。这些问题世界各国都在研究，但至今还没有个头绪。

李鸣生：继周口店发现“北京人”之后，几十年来我国还有哪些新的发现？

贾兰坡：发现不少呢。我国先后又发现了蓝田人、元谋人、郧县人、郧西猿人、和县猿人、沂源猿人等直立人化石；还有金牛山人、丁村人、长阳人、马坝人、许家窑人、河套人、山顶洞人、柳江人等早、晚期的智人化石；此外，还有很多的旧石器遗址。近几十年来，从考古发现中，我们还证实了“北京人”不是最原始的人。

李鸣生：还有比“北京人”更早的人类？

贾兰坡：有。“北京人”只不过是人类进化长河中的一个阶段，一个环节。要认识人类的起源和进化的过程，缺环还太多太多。尽管在我国找到了很多个缺环，但还不能把一个个环串接起来。再说这些问题也是全世界古人类学者和旧石器考古学者共同的课题，要真正搞清楚，不是一个国家的学者或一代人两代人能完成的。

目前，随着科学的发展，分子人类学出现了，一些学者利用基因方法来测定人猿分离的时间，当然它不能完全解决问题。体质人类学仍占有重要位置。骨骼化石特别是头骨化石显示出来的进化特征最明显。学者们可以从头骨的特征上观察出原始与进步、年龄和性别来，从而容易确定其在演化上的位置和与其他人种的关系，甚至连他活在世上时的相貌都可以塑造出来。“北京人”、山顶洞人的复原像，就是根据发现的头骨塑造出来的。说到复原像，我想起一个真实的故事。

李鸣生：什么故事？说来听听。

贾兰坡：二十几年前，南京郊外的一片树林中，有人发现了一具女尸，马上向公安机关报了案。公安人员来到现场，发现尸体已经腐烂。尸体头部腐烂得很厉害，面容一点也辨认不出来。尸体身上无任何证件，根本不知她是谁。叫有失踪亲属的人来认，由于尸体相貌不清，也没人认出。没办法，公安人员找到我们研究所。我所派了一位老技工去帮助办案。根据对头骨的测量，老技工很快复原了女尸的头像。一位老太太一眼就认出这是自己的女儿。案子很快就破了。这个例子说明头骨的重要性。

李鸣生：20 世纪即将过去，21 世纪即将到来。在即将到来的新的世纪里，您认为在古人类研究中，最引人注目、最富有魅力的研究课题应该是什么？

贾兰坡：人类起源和演化研究中的三大问题，应该成为 21 世纪我们这门学科的研究课题。

李鸣生：这三大问题指的是哪三大问题？

贾兰坡：一是人类起源的地点；二是人类起源的时间；三是人类

在演化过程中的重叠现象。从本世纪初我国研究的兴起，这门科学到目前为止，还没有满意的答案。

李鸣生：那人类到底起源于什么地方呢？

贾兰坡：关于人类起源的地点，过去有人认为是欧洲，因为欧洲研究古人类的历史比较早，最早发现的有关人类化石的地方是欧洲。随着古人类学的发展、古人类化石和古文化的不断发现，欧洲是人类起源地的说法没人赞同了，就连欧洲的学者也承认人类并非起源于欧洲。后来非洲发现了古人类化石，有人就认为人类起源地是非洲。不久亚洲发现了古人类化石，又有人认为人类起源地是亚洲。这个问题就像“墙头草”，总没有定论。

美国自然历史博物馆的人类学家奥斯朋在1923年提出：人类的老家或许在蒙古高原。他的论点是，最初的祖先不可能是森林中人，也不会从河滨潮湿多草木果实的地方崛起。只有高原地带环境最艰苦，人类在那里生活最艰难，因而受到的刺激最强烈，这反而更有益，因为从这种环境中崛起的生物对外界的适应性最强。

而著名的古生物学家马修1911年在纽约科学院宣读了一篇《气候与演化》的论文。论文中他支持1857年利迪提出的人类起源于“中亚”的论点。利迪认为，在中亚高原或其附近地带出现了最早的人类，这个地区具有完整记载的古老文化。不过利迪的论点并没有被人们重视和接受。

李鸣生：您的观点呢？

贾兰坡：我的观点是，人类起源于亚洲南部即巴基斯坦以东及我国的广大西南地区。其理由是1965年在我国云南省元谋盆地发现了一百七十万年前的元谋直立人的牙齿，1975年在我国云南省开远县和禄丰县发现了古猿化石，开远和禄丰县化石出土的褐煤层距今约有八百万年历史，处于中新世晚期到上新世早期。这种古猿最初定名为拉玛古猿，最带有人的性质，曾被誉为“尚不懂制造石器的人类的猿型祖先”。自元谋人的牙齿被发现后，近年来云南元谋县班果盆地又接连不断地发现了人猿超科化石，这更增加了人类起源于亚洲南部的可信度。

值得一提的是，1975 年中国科学院古脊椎动物与古人类研究所的专家们，到喜马拉雅山山脉中段和希夏邦马峰北坡海拔四千一百至四千五百米的古陆盆地调查，发现了时代为上新世（距今五百至一万年前）的三趾马动物群。从三趾马的生态环境看，那里多是森林草原的喜暖动物。

至于人类起源的时间和人类在演化过程中的重叠现象，说来就更复杂了。总之，我认为这三个问题，是 21 世纪我们古人类学和旧石器考古学面临的重大课题。你说人类起源在亚洲或非洲，那么人类起源有多长时间？不是外国人怎么说，我就怎么说，也不是一两个“权威”说了就能算数的。百家争鸣比一枝独放要好。既然这些问题是全世界学者的课题，也就应该多开展国际合作。要想解决这三大问题，我们的古人类学者和旧石器考古工作者任重而道远。

十、 关于做事与做人

李鸣生：贾老，1993 年的时候，您在周口店亲手点燃了“文明之火”的火种。听说在这之前，您夫人患了重病。请您讲讲当时的情况。

贾兰坡：1993 年 9 月 4 号，是我国第七届全国运动会开幕的日子。在这前夕，就是 9 月 2 号，我的老伴儿夏景修因患结肠癌去世了。但有幸的是，在她弥留之际，即 8 月 26 日，我光荣地在周口店点燃了“文明之火”的火种，然后又把火种传递给了第十三届国际数学奥林匹克大赛金牌得主周宏同学。当陪同我一起去点燃圣火火种的长子回到老伴儿的病床前，把这消息告诉她时，她的脸上露出了一丝笑容。我很欣慰的是，在她最后的日子里，我的长子、长女及其他孩子始终守护在她的身边，伴她走完了人生最后的路程。虽然她不是孩子们的生母，平时他们之间也出现过磕磕绊绊，但孩子们在她临终时仍像待生母一样待她，我想她走得没有什么遗憾。

李鸣生：您夫人去世的时候多大年纪？

贾兰坡：七十九岁。

李鸣生：贾老，您也年事已高，但我听说进入 90 年代后，您仍然非常勤奋，每天都要坚持看书、写作好几个小时。对此您心里是怎么想的，请您谈谈，好让青年朋友们也分享分享。

贾兰坡：1989 年我出院后，不但没有很好地休息，反倒越来越忙了。虽然我很少到研究所里的办公室去上班，但我在家里仍然每天工作六个小时以上。

李鸣生：六个小时以上？您的身体怎么受得了？

贾兰坡：没事的，有人来访的时候，就算我休息了嘛。我还要告诉你，不但每天工作六个小时，我还没有礼拜六和礼拜天。

李鸣生：您一生惜时如金，到了晚年还是这样，您是怎么考虑的？

贾兰坡：人的一生是短暂的，即使每个人能工作六十年，掐指细算，也只有两万一千九百天；再去掉工休日、节假日，以每天工作八小时计算，人的一生用在工作上才有多少时间呢？

李鸣生：您的人生观是什么？

贾兰坡：人的一生一世，并不在于吃喝玩乐、穿着打扮，而应该为祖国、为事业干出点成绩。所以我以工作为乐趣，把自己不知道的东西变为知道，其乐无穷。我有青光眼和白内障，每天要戴着老花镜、拿着放大镜写文章，的确很费劲；但我每写完一段或一节，心里都会感到很高兴和愉快。

李鸣生：您近些年主要都写什么呢？

贾兰坡：进入 90 年代，我常为青年人写的著作作序。

李鸣生：您的时间如此宝贵，为什么不抓紧时间为自己著书立说，而要为青年人写序呢？

贾兰坡：为青年人的著作作序，是对青年科学工作者的鼓励和支持。我中学毕业，从练习生起家，1933 年升为练习员；之后，当时的领导看我工作努力，为了培养我，叫我到北京大学地质系进修，学习普通地质学、地层学。我没有上过大学，也没到国外留过学，我是从一个什么都不懂的小伙计，一步一步攀登上来的。我是从石头夹缝中走过来的人。所以呀，每当有青年人有求于我，不管认识的还是不认识的，一般我都不拒绝。不过，写序也很麻烦，你必须把文章都要看完，看明白，才好给人家指指点点。

李鸣生：贾老，1980 年，您当选为中国科学院院士；1994 年，您当选为美国国家科学院外籍院士；1996 年，您又当选为第三世界科学院院士。您仅仅是一个中学毕业生，连一张大学文凭都没有，却拥有三个院士的头衔，这在全世界恐怕都是少有的。我想请您聊聊这方面的感受和体会。

贾兰坡：是的，一个仅仅上过中学的人能够获得三个院士的荣誉称号，这足以使我感到欣慰。这说明我的工作没有白费，我也没有虚度光阴，我做出的一点点成绩，得到了世界的承认。

不过，也有人说我是“土老帽”遇上了好运气。这点我承认。我是个地地道道的土老帽，没进过高等学府，也没留洋镀过金。至于“运气”，我认为就是“机遇”。我的机遇非常好。我一进地质调查所就能在一些国内外著名学者像步达生、魏敦瑞、德日进、杨钟健、裴文中等手下工作，还遇到了像翁文灏这样的领导。我的地位当时虽然很低，但他们从来没有看不起我，他们还手把手地教我。他们为了培养我，不但叫我去北大地质系进修，还要我到协和医学院解剖科正式学习全课程，平时对我的要求也很严格。我做得不好，他们就不客气地批评；但我工作有点成绩，他们又及时给予鼓励。

我还记得，当年法国著名的古生物学家、地质学家德日进叫我用英文写一篇文章，我的英语基础很差，错误很多，整篇文章，他改正了三分之二，最后落名还是用我一个人的名字。我问他为什么，他笑了笑说，文章是你写的，我只不过帮你改了错句和错字，当然用你的名字。你看这就是一位大科学家的风范和品德。实际上，像他这样的导师，我是没资格做学生的，我怎么能说不走运呢！何况我还守着近在身边的卞美年、裴文中、杨钟健这样的一些人。

就连一些技工和工人，我对他们也很敬重，因为我能认识一些动物化石最初就是他们指点的。吃水不忘掘井人嘛。看着挂在我家小客厅里的这些老一辈的中国地质科学的奠基人和开拓者的照片，尽管他们多已不在人间了，但回想起他们在世时的音容笑貌，对我仍然是一个很大的鼓舞。

李鸣生：您的成功，与您个人的积极努力也是分不开的。

贾兰坡：是的。俗话说，师傅领进门，修行在个人嘛。我自己的努力，也是我成功的关键。我不但向老师学，也在工作之余挤出时间读书。我写下的读书笔记足足有一百多万字。在实践中，我累积经验，将书本上学到的理论，反过来又指导实践，就这样反反复复。曾当过我们科学院院长的张劲夫讲过：搞事业要“安、钻、迷”，就会干好。所谓的“安、钻、迷”，就是要安下心来，能够钻进去，达到迷恋的程度。我就是做到了安、钻、迷。

李鸣生：贾老，在我和您的多次接触中，感觉您是一位性情温和的老人，我冒昧地问一句，您是属于那种没有脾气的老好人吗？

贾兰坡：我这个人呀，可以说是个老好人。但也有我的脾气，或者说是个性。

李鸣生：具体怎么说？

贾兰坡：我不愿意跟在大专家、大学者屁股后面跑。尽管他们亲手把我教会，把我培养出来，但对他们在学术上的观点，我也用自己的头脑过一遍，对的，我就支持；我认为不对的，就大胆提出自己的见解。我有我的一定之规：要叫自己的头脑围着事实转，而不能叫事实围着自己的头脑转。别人画好圈儿你就钻，绝不会有什么大成就。但是一旦发现自己有错，就要敢于大胆改正，以免误人、误己。越是成了名的专家，越应该具备这种精神和勇气。这才算得上“维护科学的尊严”。

李鸣生：您能举个例子聊聊吗？

贾兰坡：在50年代末和60年代初，我和裴文中先生关于“北京人”是否最原始的人的争鸣，就是最好的例子。我与裴先生的争鸣纯粹是一场学术上的争鸣，这场争鸣不但没有影响我俩之间的感情和关系，反而带动和促进了我们这门学科的发展。我对裴先生也更加尊敬了。

还有，湖北省考古所李天元先生在郧县发现了郧县人之后，把头骨拿到我们研究所里来，叫我们所帮助修理。当时整个头部还被钙质结核包裹着，只露出了一部分牙齿。我发现臼齿很大，很像南方古猿。我就说这好像是南方古猿。等到我的老朋友胡承志到武汉帮他们把头骨修出来以后，他对我说：不是古猿，是直立人。连李天元教授也认为是直立人的头骨。以后我就承认是直立人了，我并没坚持自己的看法。因为事实就是事实，在没修出之前我没看准，是我的错。错了就得承认，就得改正。

李鸣生：贾老，我个人觉得，一个人在某项事业上能否取得成功，后天的努力自然是必不可少的；但在某一方面是否具有天分，也是很重要的。一个人有了某种天分，加上自己的勤奋，就有可能取得成功；

但如果没有天分，再勤奋恐怕也不行。不知您怎么看待勤奋与天分这个问题？您的成功有什么秘诀吗？

贾兰坡：其实，我什么都没有。我在过去的半个世纪里，虽然做了一些工作，但那是在学习和工作中，靠拼命拼出来的，即使有“天才”，如果不善于利用，也是无济于事的，有时反而更糟，聪明反被聪明误。

想当年，我进中国地质调查所，被派往周口店帮助发掘时，对这项工作有很大兴趣，自己立了宏大志愿，要做专家学者，因此也就没有什么可怕的了。一不怕碰壁，二不怕劳累。劳累两个字在我头脑中的字典里是找不到的。白天除了做一般的事务外，一有空就跑到工地帮助发掘。白天工作，夜里读书。我的英文不行，但条件是好的，标本有的是，结合标本阅读有关专业的书，比较容易弄懂，即使只弄懂几句也感到高兴。万事开头难。学习开始阶段是我的一大难关，但有一种力量支持我，无论多大的难关我也敢闯。白天除了做一般的事务外，一有空就跑到工地帮助发掘。

1983年，我在由我主编的《人类的黎明》一书的前言中，写过这样一段话：“幸而世界上世世代代有这么一批‘傻人’，愿为追求真理而奋斗终生。在真理面前，他们每有所得就笑逐颜开，一无所获又愁容满面。我们相信，一个人想要为人类做出一些有益的事，就无法摆脱这种苦乐相兼的境界。但是他们从来不气馁，总是勇往直前地克服前进中所遇到的一道道难关。我们的先辈是如此，我们是如此，一代一代下去也是如此。一个人能否在短短的一生中为人类作出一些贡献，就看他对摆在面前的问题，是知难而进，还是知难而退。”

李鸣生：您在晚年还有一些什么打算？

贾兰坡：我在有生之年，仍会在我的事业上奋斗。不过话又说回来，现在老了，跑也跑不动了，还能干什么呢？1995年，美国世界探险家俱乐部推举我做一名会员，我说：“这个俱乐部都是探险家，有第一次航天的，有登月球的，我算什么呀！别说探险了，现在就连小板凳我都上不去了。”他们笑着说：“我们都知道，你钻过山洞，钻过三百多个山洞，钻洞也是探险。不是说你还能不能再探险，而是你为探险事业作过贡献。”

李鸣生：他们说得对，登月是探险，钻山洞也是探险。

贾兰坡：我现在眼、口、手、脚都快不听使唤了，我想奉献的光和热就是要把青年人培养成材，希望他们接好我们这一代人的班，在新世纪里挑大梁，超过我们，做出的工作比我们更有成绩。我的成绩也希望得到他们的检验。我在 1995 年 4 月访问美国时，利基基金会在旧金山为我举行欢迎会，来自海湾地区的著名科学家、教授、作家、记者，还有旧金山华人的代表，大概有近百人。我在致答辞的时候说：“我虽然老了，但我还希望在有生之年为这门科学作出自己的贡献。更多的工作应靠年轻人去做。他们思想开放，更容易掌握先进技术和方法，比我们老的更强。我愿意为他们抬轿子。”

我是从周口店起家的，我的命运、事业与周口店紧紧连在一起，没有周口店，也就没有我的今天，青少年朋友可能不知道有我这个贾兰坡，但一定会知道周口店“北京人”遗址，这在课本上会学到。它不但被联合国教科文组织列为世界文化遗产，也多次被北京市列为青少年教育基地。在周口店“北京人”遗址里，发现古人类的材料之多，背景之全，在世界上是首屈一指的。保护好这个世界文化遗产，也是我的一块心病。我在一些文章中多次呼吁，除了要保护好这个遗址外，在有条件的情况下，在遗址周围还应种上五十万年前的树木和草丛，塑造出“北京人”打制石器、狩猎、采集果实和使用火的场景，逼真地再现“北京人”的生活，使参观者一进遗址大门就能感受到仿佛进入了五十万年前。那样，“北京人”遗址会越来越受人们，特别是青少年朋友们的喜爱，成为真正的教育基地。青少年对这门学科产生了浓厚的兴趣，就会有更多的青年加入到这门学科队伍中来，这门学科就会有更加突出的发展，再现新的辉煌。我在七运会亲手点燃的“文明之火”的火种传给了青年，他们又一个个传递下去，让“文明之火”与“进步之火”的火种燃起熊熊的科技之光，照亮祖国大地。

想到过去，就会想到父母对我的养育之恩，想到今天能有一点所得，就会想起我的先师杨钟健、裴文中、德日进、魏敦瑞等人对我的教育和鼓励，就会想到他们对我的严格要求。当然也和一些老中青朋友的无私帮助分不开，我愿意向这些人深深地鞠上一躬。

李鸣生：贾老，您已是一位九十二岁高寿的老人了，一生历经坎坷，见多识广，阅人无数。我想请您给青年朋友们说几句您对人生的一些体会和感受。比如，人生的价值、意义，以及如何做人什么的。

贾兰坡：我不是哲学家，这些问题我说不清楚。我一生从事古人类研究，对政治也基本不太关心。不过，我觉得现在的人呀，应该多长长志气！一个人，一个民族，志气这东西是很重要的。干什么事情，要干，就要干好，就要玩命，就一定要干出名堂来，就一定要有出息！如果一个人一天到晚老想自己升级，那就什么也干不好。领导也是一样，当领导的要支持干活的人，打击那些不干活的人；如果一个领导总打击真正干活的人、有本事的人，这是很坏的人。对青年人也一定要支持，要让他们成长起来。我现在老了，干不动了，让我给青年人写序，我就坚持给他们写，这也是一种支持。

另外，一个人要把自己放到很低的一个位置，不然就提高不了自己，因为你认为自己已经很高了嘛。一个人要知道自己有多大分量，如果得意忘了形，就会昏了头，就不知所以。所以，一个人一定要知所以。我这一辈子都是这么过来的，干事情从来不惜力气，生活上也没什么要求，不管好吃不好吃，反正到时有口饭吃就行；不管好房坏房，只要有房住就行；一天乐呵呵的，埋头干工作就行。

李鸣生：贾老，您的这些话说得非常好，非常实在，我相信青年朋友们听了后，一定会有所启发、有所收获的。谢谢您了！

贾兰坡：不用客气。我现在老了，应该谈一点情况。其实我这一生也没做什么大不了的事情，我是一个很普通、很普通的人。

李鸣生：您太谦虚了！贾老，您勤奋一生，为考古事业作出了巨大的贡献，当然也可能留下了某些遗憾。而今您年岁已高，不知您还有一些什么心愿，希望以期实现的？

贾兰坡：心愿倒是有不少，不过，这一辈子恐怕无法实现了。

李鸣生：那就给我说说吧。

贾兰坡：如果说我的心愿的话，主要有这么几点：第一，我希望有朝一日，能找到失踪多年的“北京人”头盖骨；第二，我希望政府要保护周口店北京猿人遗址，最好把它建成一个青少年科普基地；第三，我希望中国的考古研究工作能后继有人；第四，我希望在政府和社会各界的大力支持下，启动绿色长城环境保护系统工程；最后一点，我死了以后，我要将我的这把老骨头埋在周口店，和裴文中、杨钟健在一起。

李鸣生：好，贾老，但愿您的心愿都能圆满实现！今天我们就先聊到这里，下次有机会我再和您聊。最后，我祝您健康长寿！等您百岁大寿时，我来为您祝寿！

贾兰坡：谢谢！谢谢！

（补记：2001 年 7 月 8 日 11 点 44 分，贾兰坡先生在京去世，享年九十三岁。）

2001 年 9 月 9 日全书统稿于北京平安里

贾兰坡大事记

1908 年 11 月 25 日，出生于河北省玉田县邢家坞村一个普通农民家庭。

1920 年，十二岁随父亲来北京读书，以前在老家读私塾。

1922 年，进汇文小学读高小，之后进汇文中学读书。

1929 年，从汇文中学毕业，因家庭无力继续供他进大学读书，在家自学。

1931 年春，考入中国地质调查所，分配在新生代研究室当练习生，同年随裴文中到周口店，协助他搞发掘工作。

1935 年，裴文中去法国留学，他接替裴文中主持周口店的发掘工作。

1936 年 11 月 15 日至 11 月 26 日，在十一天之中，发现三个“北京人”头盖骨，再次震惊国内外学术界。

1937 年，继 1933 年升为练习员后，这一年又升为技士。“七七事变”后，周口店停止了发掘工作，地质调查所的工作人员陆续南迁，因新生代研究室的工作没有结束，他留在北平守摊。

1939 年至 1940 年，魏敦瑞派他进协和医学院解剖科学习人体解剖学。

1941 年 12 月 7 日，乘津浦路火车南下，准备先到南京，再乘火车到上海，然后乘轮船到香港，由香港至越南，再从越南到云南，再到重庆回地质调查所。12 月 8 日到了南京正赶上珍珠港事件发生，南下受阻，返回北平，回来后得知“北京人”化石全部失踪。

1942 年初新生代研究室无法继续工作，宣布解散，下半年与协和医学院的同事成立了“卉园”商行，任经理，经营西药和化妆品。

1945 年，日本投降后，中央地质调查所所长李春昱来访，要他回地质调查所上班，重建北平分所和恢复陈列馆。

1948 年，组成“河西考古队”，裴文中任队长，到甘肃河西走廊的戈壁滩考古。

1953 年，新生代研究室归属中国科学院领导，改为中国科学院古脊椎动物研究室，任副研究员。

1954 年 9 月 22 日至 11 月 12 日主持丁村遗址发掘工作。

1956 年，与裴文中等到广西寻找巨猿。

1957 年，中国科学院古脊椎动物研究室改为中国科学院古脊椎动物与古人类研究所，任研究员。这一年他和王健在《科学通报》第一期发表了《泥河湾期的地层才是最早人类的脚踏地》的短论，从此就“中国猿人”（现称“北京人”）是否是最早的人这一问题，展开了长达四年之久的争论。

1960 年 6 月，主持匼河遗址发掘工作。

1961 年至 1962 年，参加西侯度地点的研究工作。

1964 年春，任发掘队队长，主持了陕西蓝田地区新生界的调查和发掘，在公王岭村发现了距今一百一十万年前的蓝田人头盖骨，为长达四年之久的关于有没有比“北京人”更原始的人类之争，画上了圆满的句号。

1968 年，“文化大革命”中，进了八个月之久的“牛棚”。

1974 年 7 至 10 月，为了寻找旧石器和细石器起源，到内蒙古、宁夏、甘肃等地区考察。

1975年7至8月，到黑龙江考察。

1976年7月，再次赴黑龙江最北端十八站进行发掘。

1976年9月，赴内蒙古大窑村遗址考察时，因吉普车翻车受伤。

1980年，当选为中国科学院院士。

1993年8月26日，在周口店点燃了全国七运会“文明之火”。

1994年，当选为美国国家科学院外籍院士。

1996年，当选为第三世界科学院院士。